STS

山田社

STS

山田社

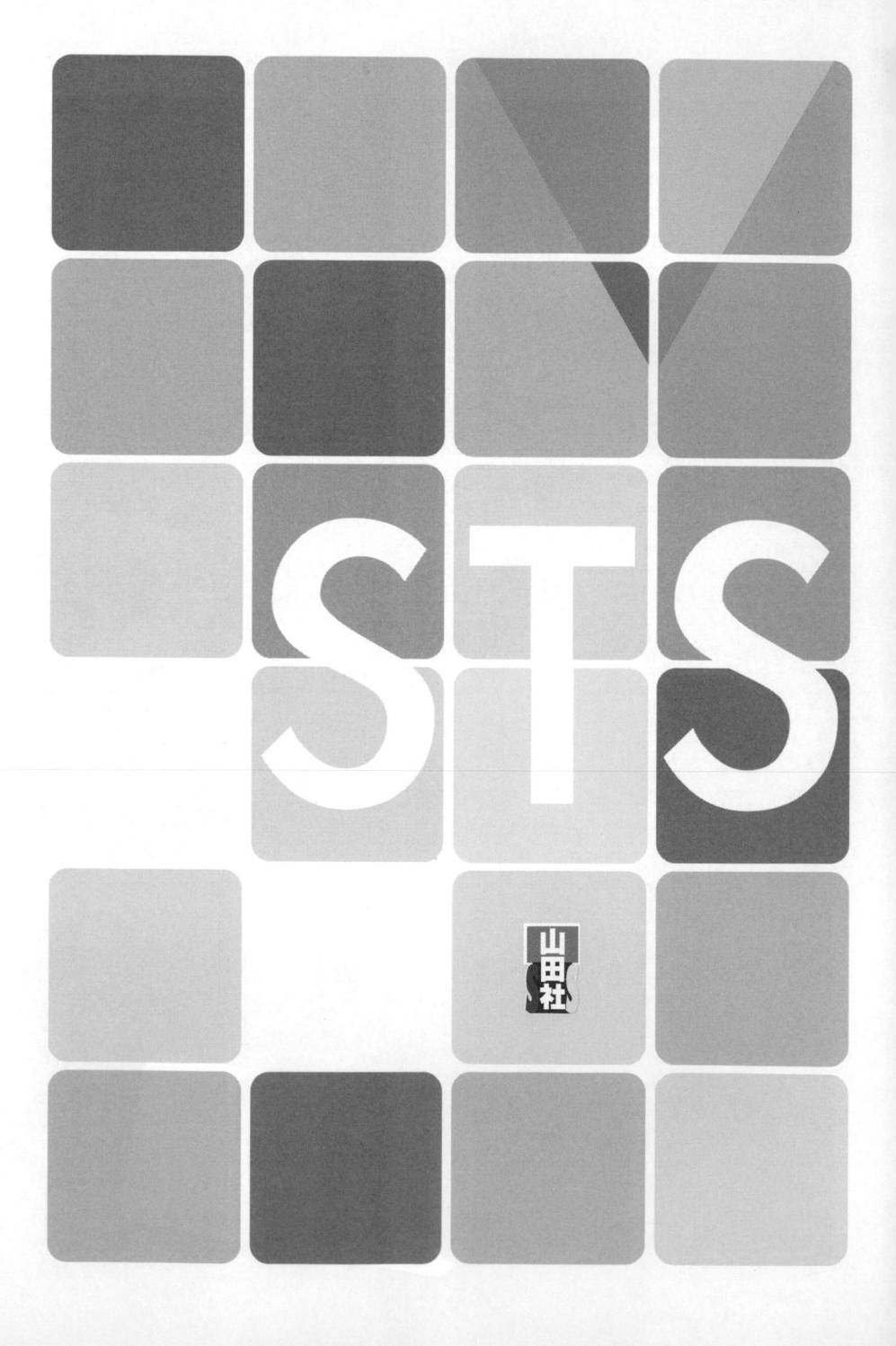

山田社日檢書

ここまでやる、だから合格できる　竭盡所能，所以絕對合格

絕對合格全攻略！

新制日檢 必背（かならずあんしょう）必出（かならずでる）聽力 N2

吉松由美・田中陽子・西村惠子
山田社日檢題庫小組

◉ 合著

前言 Preface

愛因斯坦說
「人的差異就在業餘時間，
業餘時間生產著人才。」

從現在開始，每天日語進步一點點，可別小看日復一日的微小累積，它可以水滴石穿，讓您從 N5 到 N1 都一次考上。

多懂一種語言，就多發現一個世界；多一份能力，多一份大大的薪水！

《合格班日檢聽力 N2—逐步解說＆攻略問題集》精心出版較小的 25 開本，方便放入包包，利用等公車、坐捷運、喝咖啡，或是等人的時間，走到哪，學到哪，一點一滴增進日語力，無壓力通過新制日檢！

還有精心編排的漂亮版型，好設計可以讓您全神貫注於內文，更能一眼就看到重點！

本書精華：

- 日中對照翻譯，迅速吸收，學習零死角！
- 詳盡解題＋戰略指導，快速完勝取證！
- 精選必考單字文法，建構全方位技能！

精彩加碼：聽力滿分 6 步驟，零私藏傳授！

- 幫您統整「問事、人物、順序…」等 11 大出題方向，摸透日檢出題模式。
- 將出題方向歸納成 5W2H，實際解題、徹底演練。
- 教您如何迅速且有條有理的做筆記，不放過任何解題線索！
- 「m 和 b 發音在聽力中如何區別」等發音比較，讓您巧妙避開陷阱。
- 「圖解情境單字」藉由圖像幫助記憶，並運用「聯想」技巧，增進詞彙能力 。
- 難倒大家的口語公式，這裡讓您反覆咀嚼，練就紮實的「基本功」。

▶ 常考會話「說法百百種」，幫助您撒出記憶巨網，加深記憶軌跡，加快思考力、反應力！

「聽力」一直是所有日語學習者最大的磨難所在。

磨難1 每次日檢考試總是因為聽力而失敗告終。

磨難2 做了那麼多練習，考試還是鴨子聽雷。

磨難3 複雜多變的口語用法、細節繁多的攏長內容經常令人頭痛不已。

不要再浪費時間！靠攻略聰明取勝吧！
讓這本書成為您的秘密武器，提供您 100% 掌握考試的技巧；為您披上戰袍，教您如何突破自我極限，快速攻下日檢！

本書特色：

100% 充足
題型完全掌握

新日檢 N2 聽力測驗共有 5 大主題：理解課題、理解重點、概要理解、即時應答、綜合理解。本書籍依照新日檢官方出題模式，完整收錄 90 題模擬試題，並把題型加深加廣。100% 充足您所需要的練習，短時間內有效提升實力！

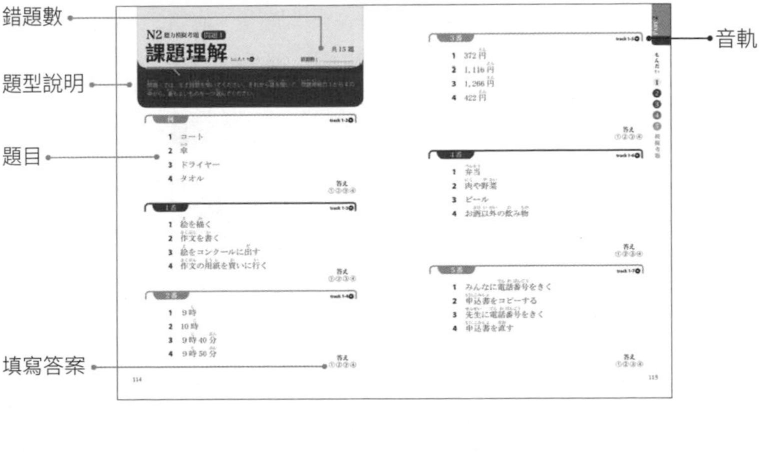

100% 準確
命中精準度高

為了掌握最新出題趨勢，《絕對合格 全攻略！新制日檢 N2 必背必出聽力》特別邀請多位金牌日籍教師，在日本長年持續追蹤新日檢出題內容，分析並比對近 10 年新、舊制的日檢 N2 聽力出題頻率最高的題型、場景、慣用語、寒暄語…等。同時，特別聘請專業日籍老師錄製符合 N2 程度的標準東京腔光碟，不管日檢考試變得多刁鑽，掌握了原理原則，就能 100% 準確命中考題，直搗閱讀核心！

100% 攻略
6 個步驟
聽力直達滿點

正式進入考題之前，先給予讀者們 6 種不同的攻略指南，內容完全針對日檢題型分析，讀完即刻應用，聰明過關。

STEP 1 透析日檢一掌握 11 大出題方向

第一步，先幫您將考題歸類出 11 種出題方式，指引您破題需掌握的重點關鍵字和問題重點，並培養聽到問句就能猜測考題方向的能力。不論題目是要問時間、地點、人物還是天氣，都能從容不迫的掌握關鍵對話，穩拿高分。

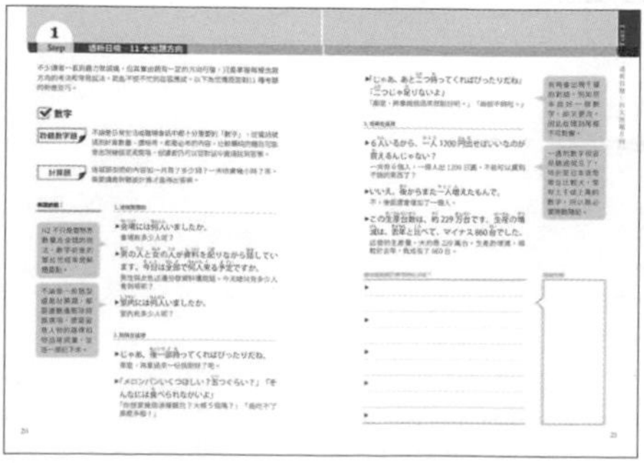

STEP 2 5W2H 系統式傳授解題密技

了解出題方向後，循序漸進幫您清楚明瞭的歸類成 5W2H，並舉出實際例題，告訴您實際的解題步驟和常見出題陷阱。透過演練及應用，不但能讓您對日檢的考法有更清晰的概念，還能事先歸納出解題的技巧、步驟。正式面對聽力考試時，也能不慌不忙、全心投入、一步步化解難題。

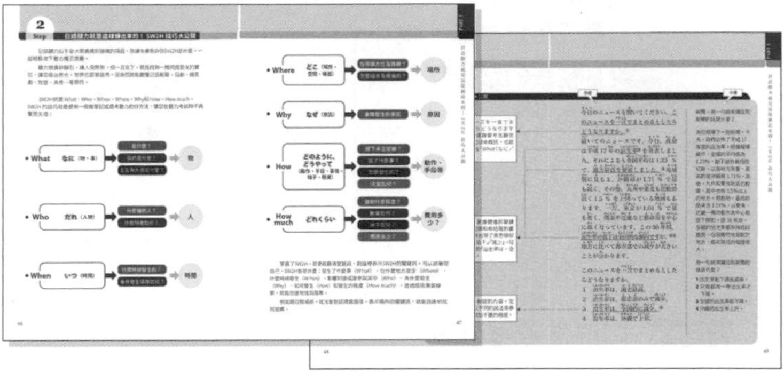

STEP 3 高分關鍵，做筆記的 6 大技巧

面對需要聆聽一段對話，並從整段對話中推敲答案的題型，本書將告訴您一邊聆聽一邊筆記的秘訣，讓作筆記變得更加清晰有系統，減少考試中的慌亂。把握重點不漏聽，答案自然呼之欲出。

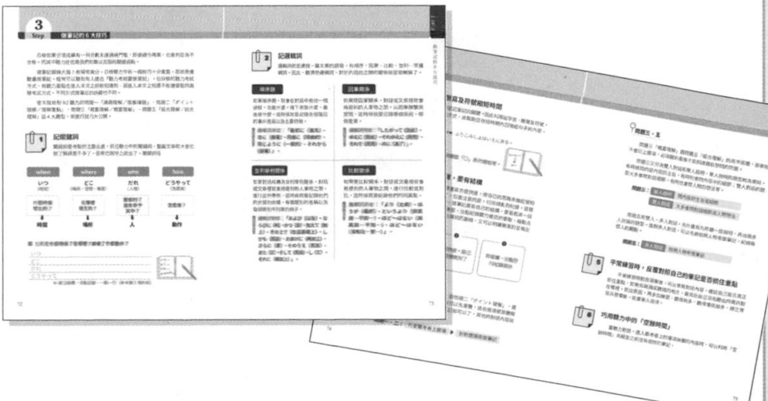

STEP 4 易混發音完全比較

您是否常常〔n〕、〔r〕不分？或是促音與直音總是分不清楚呢？本書將針對辨別相似單字和發音進行特訓，讓您的聽力不再含糊，可以自信、敏銳且精準的掌握每一句對話。

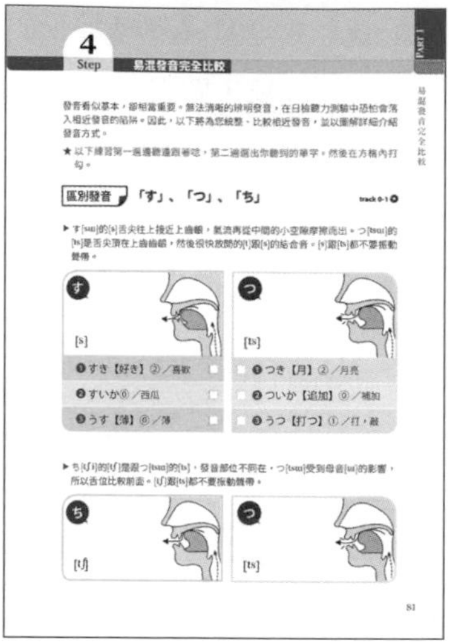

STEP 5 圖解常考場景單字

單字可說是學習語言的基礎，本書不只為您統整 N2 必考詞彙，還附上實用短句及豐富插圖。那些說不清楚的抽象辭意，我們用例子和具體圖像告訴您！生動教學讓單字不再生硬枯燥，還能啟動右腦圖像記憶，一秒烙印腦海裡。

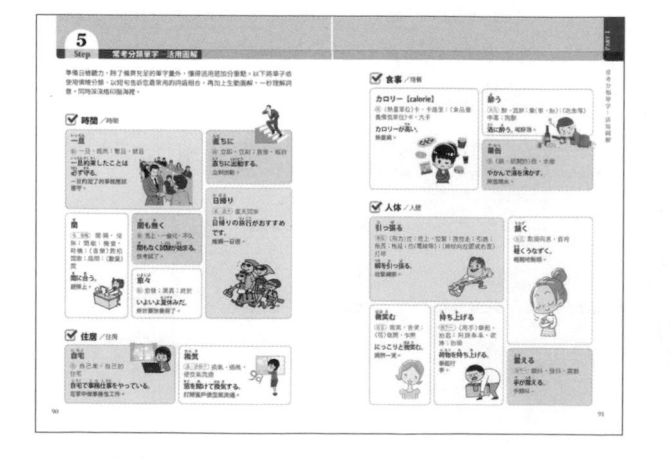

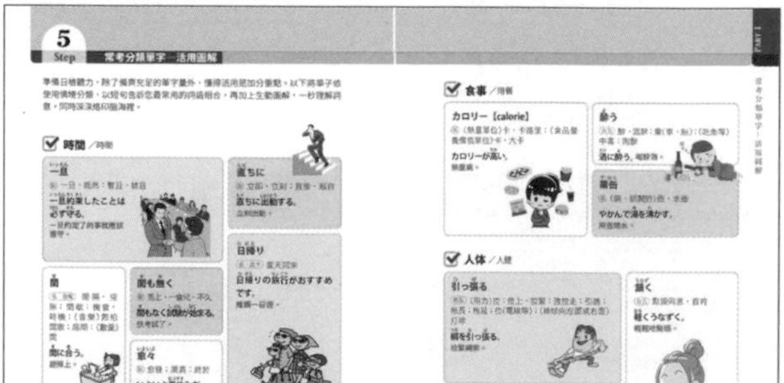

STEP 6 口語日語的變化公式

只會教科書上死板的說法是不夠的，各種省略、簡化、慣用語充斥在日本人的日常生活中，日檢聽力也有大量的口說用法。本書將為您統整出普通說法到口語的變化公式，不只幫您突破聽力瓶頸、勇奪高分，還能學會日本人最道地的口語表現。

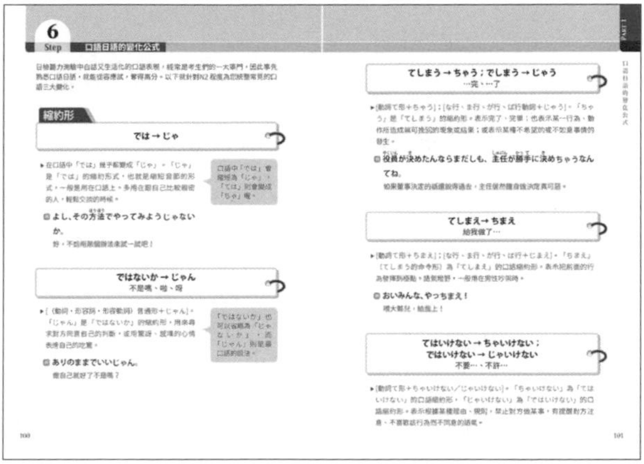

100% 有效
翻譯＋題解
全面教授

本書模擬考題皆附日中對照翻譯，任何不懂的地方一秒就懂，而藉由兩種語言對照閱讀，可一舉數得，增加您的理解力及翻譯力，詳細題解。此外，本書還會為您分析該題的破解小技巧，並了解如何攻略重點，對症下藥，快速解題。100% 有效的重點式攻擊，立馬 K.O 聽力怪獸！

100% 滿意
單字、文法一把抓

聽力測驗中，掌握單字和文法往往都是解題的關鍵，因此本書從考題中精心挑選 N2 單字和文法，方便讀者對照並延伸學習，學習最全面！另建議搭配《絕對合格！新制日檢 必勝 N2 情境分類單字》和《朗讀 QR 碼 精修關鍵字版 新制對應絕對合格 日檢必背文法 N2》，建構腦中的 N2 單字、文法資料庫，學習效果包準 100% 滿意！

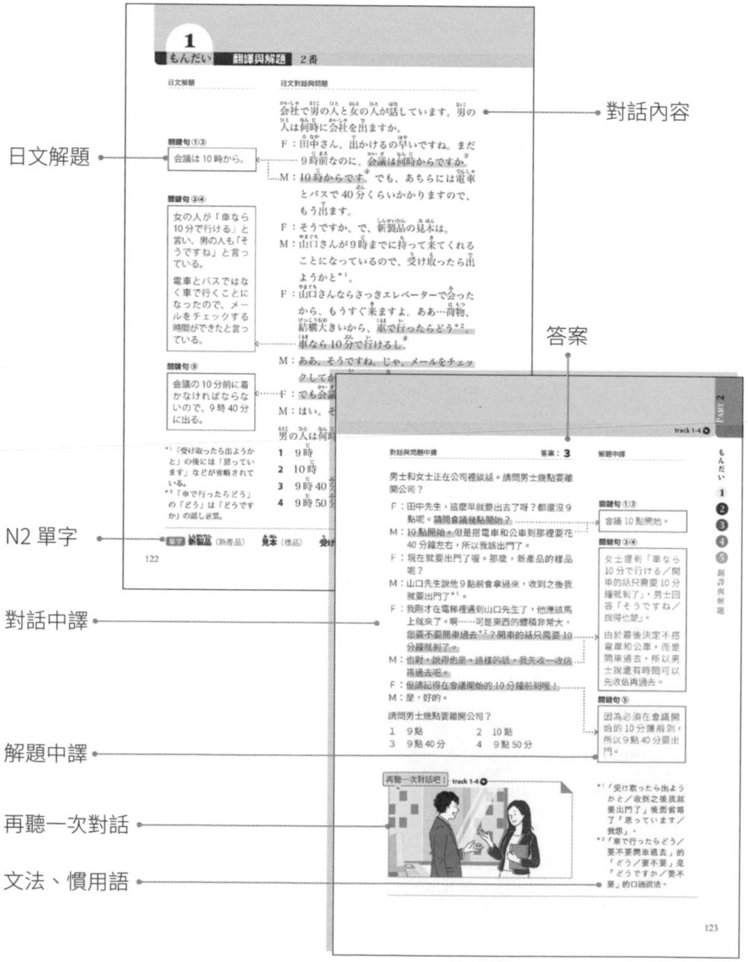

目錄 contents

JLPT

一、什麼是新日本語能力試驗呢

1. 新制「日語能力測驗」

從2010年起實施的新制「日語能力測驗」（以下簡稱為新制測驗）。

1－1　實施對象與目的

新制測驗與舊制測驗相同，原則上，實施對象為非以日語作為母語者。其目的在於，為廣泛階層的學習與使用日語者舉行測驗，以及認證其日語能力。

1－2　改制的重點

改制的重點有以下四項：

1　測驗解決各種問題所需的語言溝通能力

新制測驗重視的是結合日語的相關知識，以及實際活用的日語能力。因此，擬針對以下兩項舉行測驗：一是文字、語彙、文法這三項語言知識；二是活用這些語言知識解決各種溝通問題的能力。

2　由四個級數增為五個級數

新制測驗由舊制測驗的四個級數（1級、2級、3級、4級），增加為五個級數（N1、N2、N3、N4、N5）。新制測驗與舊制測驗的級數對照，如下所示。最大的不同是在舊制測驗的2級與3級之間，新增了N3級數。

N1	難易度比舊制測驗的1級稍難。合格基準與舊制測驗幾乎相同。
N2	難易度與舊制測驗的2級幾乎相同。
N3	難易度介於舊制測驗的2級與3級之間。（新增）
N4	難易度與舊制測驗的3級幾乎相同。
N5	難易度與舊制測驗的4級幾乎相同。

*「N」代表「Nihongo（日語）」以及「New（新的）」。

3 施行「得分等化」

由於在不同時期實施的測驗，其試題均不相同，無論如何慎重出題，每次測驗的難易度總會有或多或少的差異。因此在新制測驗中，導入「等化」的計分方式後，便能將不同時期的測驗分數，於共同量尺上相互比較。因此，無論是在什麼時候接受測驗，只要是相同級數的測驗，其得分均可予以比較。目前全球幾種主要的語言測驗，均廣泛採用這種「得分等化」的計分方式。

4 提供「日本語能力試驗Can-do自我評量表」（簡稱JLPT Can-do）

為了瞭解通過各級數測驗者的實際日語能力，新制測驗經過調查後，提供「日本語能力試驗Can-do自我評量表」。該表列載通過測驗認證者的實際日語能力範例。希望通過測驗認證者本人以及其他人，皆可藉由該表格，更加具體明瞭測驗成績代表的意義。

1－3 所謂「解決各種問題所需的語言溝通能力」

我們在生活中會面對各式各樣的「問題」。例如，「看著地圖前往目的地」或是「讀著說明書使用電器用品」等等。種種問題有時需要語言的協助，有時候不需要。

為了順利完成需要語言協助的問題，我們必須具備「語言知識」，例如文字、發音、語彙的相關知識、組合語詞成為文章段落的文法知識、判斷串連文句的順序以便清楚說明的知識等等。此外，亦必須能配合當前的問題，擁有實際運用自己所具備的語言知識的能力。

舉個例子，我們來想一想關於「聽了氣象預報以後，得知東京明天的天氣」這個課題。想要「知道東京明天的天氣」，必須具備以下的知識：「晴れ（晴天）、くもり（陰天）、雨（雨天）」等代表天氣的語彙；「東京は明日は晴れでしょう（東京明日應是晴天）」的文句結構；還有，也要知道氣象預報的播報順序等。除此以外，尚須能從播報的各地氣象中，分辨出哪一則是東京的天氣。

如上所述的「運用包含文字、語彙、文法的語言知識做語言溝通，進而具備解決各種問題所需的語言溝通能力」，在新制測驗中稱為「解決各種問題所需的語言溝通能力」。

新制測驗將「解決各種問題所需的語言溝通能力」分成以下「語言知識」、「讀解」、「聽解」等三個項目做測驗。

語言知識	各種問題所需之日語的文字、語彙、文法的相關知識。
讀　解	運用語言知識以理解文字內容，具備解決各種問題所需的能力。
聽　解	運用語言知識以理解口語內容，具備解決各種問題所需的能力。

作答方式與舊制測驗相同，將多重選項的答案劃記於答案卡上。此外，並沒有直接測驗口語或書寫能力的科目。

2. 認證基準

新制測驗共分為N1、N2、N3、N4、N5五個級數。最容易的級數為N5，最困難的級數為N1。

與舊制測驗最大的不同，在於由四個級數增加為五個級數。以往有許多通過3級認證者常抱怨「遲遲無法取得2級認證」。為因應這種情況，於舊制測驗的2級與3級之間，新增了N3級數。

新制測驗級數的認證基準，如表1的「讀」與「聽」的語言動作所示。該表雖未明載，但應試者也必須具備為表現各語言動作所需的語言知識。

N4與N2主要是測驗應試者在教室習得的基礎日語的理解程度；N1與N2是測驗應試者於現實生活的廣泛情境下，對日語理解程度；至於新增的N3，則是介於N1與N2，以及N4與N5之間的「過渡」級數。關於各級數的「讀」與「聽」的具體題材（內容），請參照表1。

■ 表1 新「日語能力測驗」認證基準

難易度	級數	認證基準 各級數的認證基準，如以下【讀】與【聽】的語言動作所示。各級數亦必須具備為表現各語言動作所需的語言知識。
↑ 困難＊	N1	能理解在廣泛情境下所使用的日語 【讀】・可閱讀話題廣泛的報紙社論與評論等論述性較複雜及較抽象的文章，且能理解其文章結構與內容。 ・可閱讀各種話題內容較具深度的讀物，且能理解其脈絡及詳細的表達意涵。 【聽】・在廣泛情境下，可聽懂常速且連貫的對話、新聞報導及講課，且能充分理解話題走向、內容、人物關係、以及說話內容的論述結構等，並確實掌握其大意。
	N2	除日常生活所使用的日語之外，也能大致理解較廣泛情境下的日語 【讀】・可看懂報紙與雜誌所刊載的各類報導、解說、簡易評論等主旨明確的文章。 ・可閱讀一般話題的讀物，並能理解其脈絡及表達意涵。 【聽】・除日常生活情境外，在大部分的情境下，可聽懂接近常速且連貫的對話與新聞報導，亦能理解其話題走向、內容、以及人物關係，並可掌握其大意。
	N3	能大致理解日常生活所使用的日語 【讀】・可看懂與日常生活相關的具體內容的文章。 ・可由報紙標題等，掌握概要的資訊。 ・於日常生活情境下接觸難度稍高的文章，經換個方式敘述，即可理解其大意。 【聽】・在日常生活情境下，面對稍微接近常速且連貫的對話，經彙整談話的具體內容與人物關係等資訊後，即可大致理解。
＊容易 ↓	N4	能理解基礎日語 【讀】・可看懂以基本語彙及漢字描述的貼近日常生活相關話題的文章。 【聽】・可大致聽懂速度較慢的日常會話。
	N5	能大致理解基礎日語 【讀】・可看懂以平假名、片假名或一般日常生活使用的基本漢字所書寫的固定詞句、短文、以及文章。 【聽】・在課堂上或周遭等日常生活中常接觸的情境下，如為速度較慢的簡短對話，可從中聽取必要資訊。

＊N1最難，N5最簡單。

3. 測驗科目

新制測驗的測驗科目與測驗時間如表2所示。

■ 表2 測驗科目與測驗時間＊①

級數	測驗科目（測驗時間）				
N1	語言知識（文字、語彙、文法）、讀解（110分）		聽解（60分）	→	測驗科目為「語言知識（文字、語彙、文法）、讀解」；以及「聽解」共2科目。
N2	語言知識（文字、語彙、文法）、讀解（105分）		聽解（50分）	→	
N3	語言知識（文字、語彙）（30分）	語言知識（文法）、讀解（70分）	聽解（40分）	→	測驗科目為「語言知識（文字、語彙）」；「語言知識（文法）、讀解」；以及「聽解」共3科目。
N4	語言知識（文字、語彙）（30分）	語言知識（文法）、讀解（60分）	聽解（35分）	→	
N5	語言知識（文字、語彙）（25分）	語言知識（文法）、讀解（50分）	聽解（30分）	→	

N1與N2的測驗科目為「語言知識（文字、語彙、文法）、讀解」以及「聽解」共2科目；N3、N4、N5的測驗科目為「語言知識（文字、語彙）」、「語言知識（文法）、讀解」、「聽解」共3科目。

由於N3、N4、N5的試題中，包含較少的漢字、語彙、以及文法項目，因此當與N1、N2測驗相同的「語言知識（文字、語彙、文法）、讀解」科目時，有時會使某幾道試題成為其他題目的提示。為避免這個情況，因此將「語言知識（文字、語彙、文法）、讀解」，分成「語言知識（文字、語彙）」和「語言知識（文法）、讀解」施測。

＊①：聽解因測驗試題的錄音長度不同，致使測驗時間會有些許差異。

4. 測驗成績

4－1　量尺得分

舊制測驗的得分，答對的題數以「原始得分」呈現；相對的，新制測驗的得分以「量尺得分」呈現。

「量尺得分」是經過「等化」轉換後所得的分數。以下，本手冊將新制測驗的「量尺得分」，簡稱為「得分」。

4－2　測驗成績的呈現

新制測驗的測驗成績，如表3的計分科目所示。N1、N2、N3的計分科目分為「語言知識（文字、語彙、文法）」、「讀解」、以及「聽解」3項；N4、N5的計分科目分為「語言知識（文字、語彙、文法）、讀解」以及「聽解」2項。

會將N4、N5的「語言知識（文字、語彙、文法）」和「讀解」合併成一項，是因為在學習日語的基礎階段，「語言知識」與「讀解」方面的重疊性高，所以將「語言知識」與「讀解」合併計分，比較符合學習者於該階段的日語能力特徵。

■ 表3　各級數的計分科目及得分範圍

級數	計分科目	得分範圍
N1	語言知識（文字、語彙、文法）	0～60
	讀解	0～60
	聽解	0～60
	總分	0～180
N2	語言知識（文字、語彙、文法）	0～60
	讀解	0～60
	聽解	0～60
	總分	0～180

N3	語言知識（文字、語彙、文法）	0～60
	讀解	0～60
	聽解	0～60
	總分	0～180
N4	語言知識（文字、語彙、文法）、讀解	0～120
	聽解	0～60
	總分	0～180
N5	語言知識（文字、語彙、文法）、讀解	0～120
	聽解	0～60
	總分	0～180

各級數的得分範圍，如表3所示。N1、N2、N3的「語言知識（文字、語彙、文法）」、「讀解」、「聽解」的得分範圍各為0～60分，三項合計的總分範圍是0～180分。「語言知識（文字、語彙、文法）」、「讀解」、「聽解」各占總分的比例是1：1：1。

N4、N5的「語言知識（文字、語彙、文法）、讀解」的得分範圍為0～120分，「聽解」的得分範圍為0～60分，二項合計的總分範圍是0～180分。「語言知識（文字、語彙、文法）、讀解」與「聽解」各占總分的比例是2：1。還有，「語言知識（文字、語彙、文法）、讀解」的得分，不能拆解成「語言知識（文字、語彙、文法）」與「讀解」二項。

除此之外，在所有的級數中，「聽解」均占總分的三分之一，較舊制測驗的四分之一為高。

4－3　合格基準

舊制測驗是以總分作為合格基準；相對的，新制測驗是以總分與分項成績的門檻二者作為合格基準。所謂的門檻，是指各分項成績至少必須高於該分數。假如有一科分項成績未達門檻，無論總分有多高，都不合格。

新制測驗設定各分項成績門檻的目的，在於綜合評定學習者的日語能力，須符合以下二項條件才能判定為合格：①總分達合格分數（＝通過標準）以上；②各分項成績達各分項合格分數（＝通過門檻）以上。如有一科分項成績未達門檻，無論總分多高，也會判定為不合格。

N1～N3及N4、N5之分項成績有所不同，各級總分通過標準及各分項成績通過門檻如下所示：

級數	總分		分項成績					
			言語知識（文字・語彙・文法）		讀解		聽解	
	得分範圍	通過標準	得分範圍	通過門檻	得分範圍	通過門檻	得分範圍	通過門檻
N1	0～180分	100分	0～60分	19分	0～60分	19分	0～60分	19分
N2	0～180分	90分	0～60分	19分	0～60分	19分	0～60分	19分
N3	0～180分	95分	0～60分	19分	0～60分	19分	0～60分	19分

級數	總分		分項成績			
			言語知識（文字・語彙・文法）・讀解		聽解	
	得分範圍	通過標準	得分範圍	通過門檻	得分範圍	通過門檻
N4	0～180分	90分	0～120分	38分	0～60分	19分
N5	0～180分	80分	0～120分	38分	0～60分	19分

※上列通過標準自2010年第1回(7月)【N4、N5為2010年第2回(12月)】起適用。

缺考其中任一測驗科目者，即判定為不合格。寄發「合否結果通知書」時，含已應考之測驗科目在內，成績均不計分亦不告知。

4－4　測驗結果通知

依級數判定是否合格後，寄發「合否結果通知書」予應試者；合格者同時寄發「日本語能力認定書」。

■ N1, N2, N3

得点区分別得点 Scores by Scoring Section			総合得点 Total Score
言語知識(文字・語彙・文法) Language Knowledge(Vocabulary/ Grammar)	読解 Reading	聴解 Listening	
50／60	30／60	40／60	120／180

参考情報 ReferenceInformation	
文字・語彙 Vocabulary	文法 Grammar
A	B

■ N4, N5

得点区分別得点 Scores by Scoring Section		総合得点 Total Score
言語知識(文字・語彙・文法)・読解 Language Knowledge(Vocabulary/Grammar) & Reading	聴解 Listening	
80／120	40／60	120／180

参考情報 ReferenceInformation		
文字・語彙 Vocabulary	文法 Grammar	読解 Reading
A	B	A

判定基準
A：答題正確率 67% 以上
B：答題正確率 34% 以上，未滿 67%
C：答題正確率未滿 34%

※各節測驗如有一節缺考就不予計分，即判定為不合格。雖會寄發「合否結果通知書」但所有分項成績，含已出席科目在內，均不予計分。各欄成績以「*」表示，如「**／60」。

※所有科目皆缺席者，不寄發「合否結果通知書」。

N2 題型分析

測驗科目（測驗時間）		試題內容				
		題型			小題題數＊	分析
語言知識、讀解（105分）	文字、語彙	1	漢字讀音	◇	5	測驗漢字語彙的讀音。
		2	假名漢字寫法	◇	5	測驗平假名語彙的漢字寫法。
		3	複合語彙	◇	5	測驗關於衍生語彙及複合語彙的知識。
		4	選擇文脈語彙	○	7	測驗根據文脈選擇適切語彙。
		5	替換類義詞	○	5	測驗根據試題的語彙或說法，選擇類義詞或類義說法。
		6	語彙用法	○	5	測驗試題的語彙在文句裡的用法。
	文法	7	文句的文法1（文法形式判斷）	○	12	測驗辨別哪種文法形式符合文句內容。
		8	文句的文法2（文句組構）	◆	5	測驗是否能夠組織文法正確且文義通順的句子。
		9	文章段落的文法	◆	5	測驗辨別該文句有無符合文脈。
	讀解＊	10	理解內容（短文）	○	5	於讀完包含生活與工作之各種題材的說明文或指示文等，約200字左右的文章段落之後，測驗是否能夠理解其內容。
		11	理解內容（中文）	○	9	於讀完包含內容較為平易的評論、解說、散文等，約500字左右的文章段落之後，測驗是否能夠理解其因果關係或理由、概要或作者的想法等等。
		12	綜合理解	◆	2	於讀完幾段文章（合計600字左右）之後，測驗是否能夠將之綜合比較並且理解其內容。
		13	理解想法（長文）	◇	3	於讀完論理展開較為明快的評論等，約900字左右的文章段落之後，測驗是否能夠掌握全文欲表達的想法或意見。
		14	釐整資訊	◆	2	測驗是否能夠從廣告、傳單、提供訊息的各類雜誌、商業文書等資訊題材（700字左右）中，找出所需的訊息。

聽解（50分）	1	課題理解	◇	5	於聽取完整的會話段落之後，測驗是否能夠理解其內容（於聽完解決問題所需的具體訊息之後，測驗是否能夠理解應當採取的下一個適切步驟）。
	2	要點理解	◇	6	於聽取完整的會話段落之後，測驗是否能夠理解其內容（依據剛才已聽過的提示，測驗是否能夠抓住應當聽取的重點）。
	3	概要理解	◇	5	於聽取完整的會話段落之後，測驗是否能夠理解其內容（測驗是否能夠從整段會話中理解說話者的用意與想法）。
	4	即時應答	◆	12	於聽完簡短的詢問之後，測驗是否能夠選擇適切的應答。
	5	綜合理解	◇	4	於聽完較長的會話段落之後，測驗是否能夠將之綜合比較並且理解其內容。

＊「小題題數」為每次測驗的約略題數，與實際測驗時的題數可能未盡相同。此外，亦有可能會變更小題題數。

＊有時在「讀解」科目中，同一段文章可能會有數道小題。

＊符號標示：「◆」舊制測驗沒有出現過的嶄新題型；「◇」沿襲舊制測驗的題型，但是更動部分形式；「○」與舊制測驗一樣的題型。

資料來源：《日本語能力試驗JLPT官方網站：分項成績・合格判定・合否結果通知》。2016年1月11日，取自：http://www.jlpt.jp/tw/guideline/results.html

JLPT • Listening

滿分必備 6 步驟－攻略心訣

Step 1 透析日檢—11 大出題方向

不少讀者一看到聽力就頭痛，但其實出題有一定的方向可循，只要掌握每種出題方向的考法和常見說法，就能不慌不忙的從容應試。以下為您傳授面對11 種考題的對應技巧。

數字

聽聽數字題

不論是日常生活或職場會話中都十分重要的「數字」，從電話號碼到計算數量、價格等，都是必考的內容。比較單純的題目可能會出現幾個混淆選項，但讀者仍可以從對話中直接找到答案。

計算題

這類題型問的內容如一共買了多少錢？一天唸書幾小時？等，需要讀者聆聽後計算才能得出答案。

解題訣竅：

> 不論是一般題型還是計算題，都要邊聽邊刪除錯誤選項，還要留意人物的選擇和物品等詞彙，並逐一筆記下來。

1. 這樣開頭的

▶ 会場には何人いましたか。
會場有多少人呢？

▶ 男の人と女の人が資料を配りながら話しています。今日は全部で何人来る予定ですか。
男性與女性正邊分發資料邊說話。今天總共有多少人會到場呢？

▶ 室内には何人いましたか。
室內有多少人呢？

> N2 不只是要熟悉數量及金錢的說法，數字前後的單位也經常是解題要點。

2. 陷阱在這裡

▶ じゃあ、後一部持ってくればぴったりだね。
那麼，再拿過來一份就剛好了吧。

▶「メロンパンいくつほしい？五つぐらい？」「そんなには食べられなかいよ」
「你想要幾個波羅麵包？大概 5 個嗎？」「我吃不了那麼多啦！」

▶「じゃあ、あと二つ持ってくればぴったりだね」
「二つじゃ足りないよ」
「那麼，再拿兩個過來就剛好吧。」「兩個不夠啦。」

有時會出現干擾的對話，例如原本說好一個數字，卻又更改，因此從頭到尾都不可鬆懈。

3. 答案在這裡

▶ 6人いるから、一人1200円出せばいいなのが買えるんじゃない？
一共有6個人，一個人出1200日圓，不就可以買到不錯的東西了？

▶ いいえ、後からまた一人増えたもんで。
不，後面還會增加一個人。

▶ この生産台数は、約229万台です。生産の増減は、去年と比べて、マイナス860台でした。
這個的生產量，大約是229萬台。生產的增減，相較於去年，負成長了860台。

一遇到數字很容易聽過就忘了，特別是日本貨幣單位比較大，常有上千或上萬的數字，所以務必要隨聽隨記。

還有哪些關於數字的句子呢？

▶

▶

▶

▶

▶

解題特搜

1 Step

數字常用單字

- 依然（いぜん）として／依然，照舊
- 一概（いちがい）に／一概，一律（後常接否定）
- 一向（いっこう）に／完全，一點也（後常接否定）
- 概（がい）して／一般，大概；一般來說
- 過半数（かはんすう）／過半以上，過半數
- 代（か）わる代（が）わる／輪流，輪轉；輪班
- ぐっと／一口氣，使勁；更加；啞口無言；深受感動
- 順番（じゅんばん）／順序
- ずるずる／拖拉貌；拖拖拉拉；滑溜
- ずんずん／飛快地，毫不停滯；一陣一陣地
- 立（た）ち続（つづ）けに／一直站著，長時間站著
- 偶々（たまたま）／偶爾
- とかく／動不動，總是；不知不覺，沒一會就
- ナンバー【number】／編號，號碼
- ～に反（はん）して／和…相反；違反…
- ～年分（ねんぶん）／…年份
- 後（のち）ほど／待會，稍後
- 半額（はんがく）／半價
- ぴったり／恰好，剛好；緊密；說中
- 割（わ）り勘（かん）／均攤費用

- ずるずる／拖拉貌；拖拖拉拉；滑溜
- ずんずん／飛快地，毫不停滯；一陣一陣地
- 立（た）ち続（つづ）けに／一直站著，長時間站著
- 偶々（たまたま）／偶爾
- とかく／動不動，總是；不知不覺，沒一會就
- ナンバー【number】／編號，號碼
- ～に反（はん）して／和…相反；違反…

時間

N2 聽力主要會考驗學生是否能抓住生活中的重要訊息，其中「時間」又是言談中的關鍵部分，從年代、日月到分秒都是時間的範圍。

解題訣竅：

1. 這樣開頭的

▶部長と社員が企画書の締め切りの日について話しています。締め切りは何日ですか。
部長正與員工談論有關企劃書的截止日，截止日是幾號呢？

▶女の人がビデオを借りたのは何月ですか。
女士是在幾月租錄影帶的？

▶この女の人が犯人を見たのは何曜日ですか。
這女士是在禮拜幾看到犯人的？

掌握必考單字是解題的關鍵，不只要熟悉時間、日期和星期等的說法，聽懂每個時間要做的動作、要前往的地點等也經常是解題要點。

2. 陷阱在這裡

▶えっ？だって、映画は４時からじゃなかったの？まだ３時半だよ。
咦？可是，電影不是從４點開始嗎？現在才３點半而已耶。

▶「申し訳ございません、８日は祝日ですので、もう満席なんですが」「困ったなあ」
「非常抱歉，由於８日是國定假日，都已經客滿了。」「真傷腦筋。」

▶今日はまだ２日ですよ。
今天才２號喔。

時間考題的特色在於，如果對話直接道出明確時間，就會有幾個干擾項目混淆。出現許多干擾項目時，不需著急，用刪去法刪掉被否決的時段。

有些題目則不會直接說出與選項一致的時間，而是在最後拐彎抹角的說出之前提到的某個時間。因此除了記錄時間之外，考生可多加留意人物對每個時間的想法，例如是同意還是認為不方便等等。

3. 答案在這裡

▶「来月(らいげつ)の 10 日(とおか)あたりなら大丈夫(だいじょうぶ)だと思(おも)うんだけど」「ああ、そう。じゃ、決(き)まりね」
「如果是在下個月 10 號左右的話，我想就沒問題了。」「這樣啊！那就說定了。」

▶「やっぱり 4 日(よっか)に届(とど)けていただきたいんです」「かしこまりました」
「我還是希望你們在 4 號送到。」「好的。」

▶ 部長(ぶちょう)、締(し)め切(き)りを 3 日(みっか)まで伸(の)ばすっておっしゃったじゃないですか。
部長，您不是說截止日要延到 3 號。

時間常用單字

- ◆ **明け方**(あけがた)／黎明
- ◆ **朝方**(あさがた)／清晨
- ◆ **朝晩**(あさばん)／早晚，日夜；經常
- ◆ **朝夕**(あさゆう)／早晚；每天，經常
- ◆ **以降**(いこう)／之後
- ◆ **現時点**(げんじてん)／現在，現在的時間點
- ◆ **ゴールデンウィーク【(和) golden+week】**／黃金週（日本 4 月底至 5 月初，一年中最長的假期）
- ◆ **祭日**(さいじつ)／祭日；節日
- ◆ **週休二日**(しゅうきゅうふつか)／週休 2 日
- ◆ **祝日**(しゅくじつ)／（政府規定的）節日
- ◆ **四六時中**(しろくじちゅう)／一天到晚，整天；經常
- ◆ **深夜**(しんや)／深夜
- ◆ **日没**(にちぼつ)／日沒，日落
- ◆ **日夜**(にちや)／日夜；總是
- ◆ **日の出**(ひので)／日出
- ◆ **平日**(へいじつ)／平日（禮拜日、節日、假日之外的日子）；平常
- ◆ **一瞬**(いっしゅん)／一瞬間，剎那
- ◆ **前売り**(まえうり)／預售
- ◆ **夜中**(よなか)／半夜
- ◆ **連日**(れんじつ)／連日，連續多天

場所

組合及擺放

場所也是日常話題中的關鍵，組合及擺放題問的是事物存在的位置，或是擺放、配置的場所。

1. 這樣開頭的

- 女の部屋はどうなりますか。
  女士的房間變成什麼樣子了？
- 冷暖房機はどこにつけますか。
  冷暖氣會裝在什麼地方？

2. 陷阱在這裡

- 「机は窓のそばがいいじゃない」「窓のそばじゃまぶしいから、こっち側の壁にくっつけておいて」
  「書桌放在窗戶旁邊比較好吧？」「窗戶旁太刺眼了，就讓它靠這邊的牆壁吧。」
- 時計は奥の机に置いておいたよ。本棚の上じゃ、見えないと思ってね。
  我把時鐘放在裡面的書桌上了。放在書架上的話，我覺得會看不到的。
- 「傘はどう？いつも持ってるの？」「いつも持ってるわけじゃないんだけど」
  「雨傘呢？都隨身帶著嗎？」「也不是隨時都帶在身上啦。」

3. 答案在這裡

- 右側だよ。3段目の真ん中あたりに、そう、『大辞泉』の隣あたりに。
  在右邊。第3層的中間一帶，對！『大辭泉』的隔壁那附近。
- 椅子は壁のそばに並べて。テーブルは2列がいいわね。入り口付近に置いといてくれる？
  椅子就排在牆壁的旁邊。桌子排成兩排比較好。然後可以幫我放在入口附近嗎？

▸ ベンチが木のしたにしたら、どう？夏は涼しいからよ。
長椅放在樹木的下面，如何？夏天會很涼快的。

方位及路線 方向題會問考生對話人物想前往的地方，或是動作、行為的目的地等等。

解題訣竅：

N2 中出現的場所題，經常問人物們決定去哪裡？關鍵就在形容各種場所特徵的單字，務必要記熟！

1. 這樣開頭的

▸ 銀行は何処ですか。
銀行在哪裡？

▸ 男の人が試験会場にいます。男の人はこれから何館の何階の教室に行きますか。
男子在考試會場。男子接著要去什麼館？幾樓的教室？

▸ 雑誌はどこにありますか。
雜誌在哪裡？

除了方向相關的詞彙以外，題目經常會詢問建築物或物品的位置，因此常考的建築物和物品名稱也務必要聽熟。考試時如有選項也應先瀏覽以便掌握內容。

2. 陷阱在這裡

▸ バイクの試験を受ける方は西館 1 階へ移動してください。
考機車駕照的考生請到西館 1 樓。

▸「緑の窓口側の改札口ね」「いや、そっちじゃない」
「是 JR 售票服務窗口那邊的剪票口嗎？」「不，不是那一邊。」

▸「ソファの後ろとかは？」「変だな、ない」
「沙發的後面呢？」「奇怪了，沒有耶！」

3. 答案在這裡

▶ 駅を出ましたら、まっすぐ行ってください。そのまま行くと、大きな十字路がありますね。そこを左に曲がって、50 メートルぐらい来たところで信号があります。その先が 2 丁目なんですけどね。

出車站之後，請直走。繼續往前走，你會看到一個大十字路口。就在那裡左轉，再前進到約 50 公尺的地方，會有紅綠燈。那前面就是 2 段了。

▶「自動車の試験を受ける方は東館 6 階へ」「僕は車だから…」

「考汽車駕照的考生請到東館 6 樓。」「我是汽車所以…。」

空間常用單字

- ◆ **辺り**／一帶，附近
- ◆ **位置**／位置
- ◆ **奥**／裡頭，深處；盡頭；內宅；太太
- ◆ **囲む**／包圍；圍攻
- ◆ **重ねる**／重疊；蓋上；反覆
- ◆ **くっ付く**／緊黏在一起；黏著；吸附
- ◆ **周囲**／周圍
- ◆ **沿る**／沿著
- ◆ **中央**／中央
- ◆ **包み方**／包裝方式
- ◆ **東西**／（方位的）東西
- ◆ **内部**／內部，裡面；內幕，內情
- ◆ **斜め前**／斜前方
- ◆ **表面**／表面
- ◆ **方向**／方向
- ◆ **交わる**／交集，交叉；交往，交際
- ◆ **真似**／模仿
- ◆ **真ん中**／正中間，正中央
- ◆ **分かれる**／分開，分叉
- ◆ **脇**／腋下；側面；旁邊；別的地方

Step 1

方向常用單字

- **横断歩道**（おうだんほどう）／斑馬路，人行横道
- **片隅**（かたすみ）／一個角落
- **交互に**（こうごに）／交替的；輪流的
- **交差点**（こうさてん）／十字路口
- **十字路**（じゅうじろ）／十字路口，十字交叉路
- **接する**（せっする）／接連，連接；連結；接觸；靠近；接應，接待
- **背中合わせ**（せなかあわせ）／（兩人）背對背，背靠背；背面，背後
- **先頭**（せんとう）／最前一列，前頭，排頭，最先
- **突き当たり**（つきあたり）／（道路等的）盡頭，底；衝突，撞上
- **なかば**／中央，中間；一半；中途，半途；一半（左右）；半圓形的月亮
- **斜め**（ななめ）／斜，傾斜；不如往常
- **二股**（ふたまた）／兩岔，叉端；腳踏兩條船，三心二意
- **踏み切り**（ふみきり）／（鐵路的）平交道；（體）起跳點；決心
- **並行する**（へいこうする）／平行；並進，同時舉行
- **歩道橋**（ほどうきょう）／天橋
- **真下に**（ましたに）／正下方
- **真正面**（ましょうめん）／正前方
- **末端**（まったん）／尖端，末端，盡頭
- **面する**（めんする）／面向，面對，面臨
- **四つ角**（よつかど）／十字路口；（方形的）四角

人物

人物題通常會通過人物的外表、長相、個性、特徵及人物的動作來談論話題中的人物，有時也有當事人談論自己的家族、朋友等的問題。

1. 這樣開頭的

▶ 山田（やまだ）さんはどんな顔（かお）／格好（かっこう）をしていますか。
山田小姐的臉長得如何？是什麼樣的打扮？

▶ 二人（ふたり）の女（おんな）の人（ひと）が水泳（すいえい）をする友達（ともだち）を見（み）ながら話（はな）しています。中山（なかやま）さんはどれですか。
二位女性邊看著正在游泳的朋友邊聊天。中山小姐是哪位呢？

▶ お父（とう）さんは、今（いま）、どんな気持（きも）ちですか。
爸爸現在的心情如何？

2. 陷阱在這裡

▶ あれ、中山（なかやま）でしょう。すごくうまくなったね。
那人是中山吧，什麼時候游泳變得這麼好。

▶ 驚（おどろ）いたわ、子供（こども）のごろ、あんなに太（ふと）っているのに。
真叫人驚訝，小時候還很胖的。

▶ いつもにこにこしていて、背（せ）はそんなに高（たか）い方（ほう）じゃない。
經常笑容滿面，身材沒那麼高。

解題訣竅：

這類考題中，性格、能力和形容外觀的日文是關鍵，有時還會藉由一段獨白或對話，考人物說話的對象，或是兩人的關係等，必須能夠掌握各種身分的特徵，還有他們會說什麼話。

考題有時會以時態來干擾作答，問的是現在，卻又聊到過去的特徵，因此要留意過去式的說法。

談論人物，還包括人物的年齡、職業、國籍等，內容是比較廣泛的。所以要聽準這樣的對話，不僅要特別注意人物的外表和動作，還要聽準對話中的「どの」、「どれ」等人稱指示詞，注意可別張冠李戴喔！

3. 答案在這裡

▶ 身長(しんちょう)は 165 センチぐらい、痩(や)せた中年(ちゅうねん)の男(おとこ)で、白(しろ)いのシャツに青(あお)いズボンを穿(は)いています。なんか優(やさ)しい感(かん)じの人(ひと)だった。

身高大約 165 公分，瘦削的中年男子，身穿白襯衫和藍色的褲子。人感覺還蠻親切的。

▶ 違(ちが)うってば。手前(てまえ)で沈(しず)んでのが中山(なかやま)よ。

不是那人啦，靠我們這邊沈下去的那個才是中山啦！

▶ 30 ぐらいの男(おとこ)の人(ひと)で、目(め)や鼻(はな)は大(おお)きくて、意地悪(いじわる)そうな人だった。それに、すごい筋肉(きんにく)だよ。

大概 30 上下的男子，眼睛和鼻子都很大，感覺心眼很壞的人。還有，肌肉很發達。

人物常用單字

- **中指(なかゆび)**／中指
- **人指し指(ひとさしゆび)**／食指
- **親指(おやゆび)**／拇指
- **薬指(くすりゆび)**／無名指
- **小指(こゆび)**／小指
- **がっしり**／健壯，粗勇；堅實
- **大柄(おおがら)**／身材大，骨架大
- **小柄(こがら)**／身材小，骨架小
- **すらり**／身材苗條；順利
- **ずんぐり**／矮胖，粗短
- **ほっそり**／纖細，苗條
- **顔(かお)たち**／容貌，臉龐
- **丸顔(まるかお)**／圓臉
- **目(め)がさがっている**／眼角下垂
- **目(め)がつりあがっている**／眼睛上吊
- **鼻(はな)が高(たか)い**／鼻子挺
- **横(よこ)に分(わ)ける**／往旁邊分，旁分
- **カール【curl】**／卷髮
- **禿(は)げ**／禿，禿頭
- **顎(あご)**／下巴

順序

包含問動作的先後順序，或是事物的排列順序，也是日常生活中，常聽到的對話。例如，先做什麼，再做什麼，最後做什麼；由大到小、由好到差等等。
也會問交通工具順序，例如從出發點到目的地，依序要搭乘什麼交通工具呢？交通工具的名稱會是此題型的關鍵。

1. 這樣開頭的

▶ 二人（ふたり）はどの順番（じゅんばん）で行（い）きましたか。
兩人是按哪個順序繞的？

▶ このロボットはどうやって作（つく）りますか。
這個機器人是怎麼組成的？

▶ 豚肉（ぶたにく）を洗（あら）った後（あと）、どうしますか。洗（あら）ったすぐ後（あと）です。
洗了豬肉之後，要做什麼？是問洗完之後馬上進行的動作。

2. 陷阱在這裡

▶「じゃあ、ついでに掃除（そうじ）も先（さき）にしよう」「やだよ」
「那麼，順便也先打掃吧！」「不要啦！」

▶「えっ？確認（かくにん）の電話（でんわ）を必（かなら）ず一番先（いちばんさき）にいれなくちゃ」「あ、そうなの？」
「咦？一定得先打個電話確認才行啊！」「啥！這樣呀？」

▶ お前（まえ）は先（さき）に牛肉（ぎゅうにく）を炒（いた）めて、今玉（いまたま）ねぎを炒（いた）めているだろう。逆（ぎゃく）だよ。玉（たま）ねぎが先（さき）だよ。
你是不是先炒牛肉，現在在炒洋蔥？反了啦！洋蔥要先炒啦！

解題訣竅：

這類考題首先必須掌握日常生活中的動作和交通工具的說法。

既然是跟動作順序有關，那麼就要多注意動作順序相關的接續詞了。例如「まず／首先」、「それから／接著」、「次に／接著」、「最後／最後」、「その後／之後」、「…後／之後」、「たあと／之後」、「…てから／先…」「その上で／在這基礎上」、「その前／之前」以及「て形」等等。另外，還要聽準時間詞，因為動作的先後順序，一定跟時間有緊密的關係囉！

這類題目的訊息量較大，建議用時間軸的方式做筆記。

有時會先給一長串資訊混淆讀者，再反駁說出真正的答案，因此從頭到尾都要集中注意力！

3. 答案在這裡

▶ 日曜日(にちようび)はどうする？ドライブして、食事(しょくじ)して、雅夫君(まさおくん)のうちでビデオを見(み)るって話(はなし)だったわね。

禮拜天怎麼安排？說好要先去兜風，再吃飯，然後到雅夫家看錄影帶，沒錯吧？

▶ まず、時計回(とけいまわ)りに、ダイヤルを１に合(あ)わせて、それから、 もう１回同(かいおな)じ向(む)きに回(まわ)して、また１に合(あ)わせて、その後(あと)、反時計回(はんとけいまわ)りに、８に合(あ)わせたら開(ひら)くんだよ。

首先，將號碼順時鐘轉到１，然後，同一方向再轉一次，再度轉到１，之後，再往逆時鐘方向轉到８，這樣就開了。

順序常用單字

- **～おき**／（時間等）每隔…
- **代(か)わりに**／替代，代理
- **～後(ご)**／…之後
- **今回(こんかい)**／這次，這回
- **今度(こんど)**／最近，這回；下一次，將來
- **最後(さいご)**／最後
- **最初(さいしょ)**／最初，一開始
- **さきほど**／剛剛，方才
- **順番(じゅんばん)**／順序
- **前回(ぜんかい)**／上次，上回
- **その後(あと)**／那之後，那以後
- **それから**／然後，接下來
- **次(つぎ)に**／接下來
- **～てから**／…之後
- **時計回(とけいまわ)り**／順時針
- **並(なら)べる**／排放，排列
- **～抜(ぬ)き**／省去，除去，跳過；戰勝（接在表示人數的詞後面）
- **先(ま)ず**／首先，先
- **また**／再，又
- **翌日(よくじつ)**／隔天，隔日

原因

「為什麼？」也是日常談話永恆的話題，是訓練聽力的重要部分！談原因的對話，有時候是單純的一方問原因，一方直接回答。但也有，對話中提到多種原因，但真正的原因只有一項的。

解題訣竅：

先留意問題問的是哪個人物，表示原因的用法最常見的就是「から／因為」和「ので／因為」，不過有時也會出現在陷阱句中，不能聽到「因為」就貿然作答。弄清楚題目要問什麼是最重要的基本步驟。

1. 這樣開頭的

▶ 男(おとこ)の人(ひと)と女(おんな)の人(ひと)が話(はな)しています。男(おとこ)の人(ひと)のほほはどうして赤(あか)いですか。
一男一女在講話。男子的臉頰為什麼會紅腫？

▶ 女(おんな)の人(ひと)が夫(おっと)を選(えら)んだ一番(いちばん)の理由(りゆう)は何(なん)ですか。
哪一個是女士挑選丈夫最主要的理由？

▶ 男(おとこ)の人(ひと)はなぜ髪形(かみがた)を変(か)えようと思(おも)ったのですか。
男子為什麼想換髮型？

2. 陷阱在這裡

▶「お兄(にい)ちゃん、どうしたの？失恋(しつれん)？わかった。課長(かちょう)にしかられたでしょう？」「馬鹿(ばか)言(い)うんじゃないの」
「哥，你怎麼了？失戀了嗎？我知道了，被課長給罵了一頓對吧？」「你鬼扯些什麼啊！」

▶ 私(わたし)はてっきり刺(さ)されただけかと思(おも)っていたんですが。
我想一定只是被蟲咬到而已。

▶「仕事(しごと)やめたの？」「いや、やめさせられたのよ」
「你辭職啦？」「不，是被開除了。」

3. 答案在這裡

有時不會直接說出「因為」兩個字，需要讀者從對話進行推論。

▶ どうやら体質（たいしつ）らしくて、腫（は）れが人（ひと）よりひどいみたいで。

但好像是體質的關係，紅腫得比一般人還嚴重的樣子。

▶ いやあ、何（なん）と言（い）っても明（あか）るく元気（げんき）が売（う）りのお店（みせ）です。

真棒啊！這家店的賣點主要在明亮有朝氣呢！

▶ この病院（びょういん）の患者（かんじゃ）の満足度（まんぞくど）が高（たか）い理由（りゆう）は何（なに）をおいても、医師（いし）や医療（いりょう）スタッフは、患者（かんじゃ）を一番（いちばん）に考（かんが）えるところにあります。

病患對這家醫院的滿意度之所以高，最主要的理由，是在醫生和醫療團隊，都以病患為優先考量這一點上。

原因常用單字

- ◆ **朝寝坊**（あさねぼう）／早上睡過頭，賴床
- ◆ **言い訳**（いいわけ）／藉口，原因
- ◆ **いよいよ**／更，越；到底，終於；緊要關頭；果真
- ◆ **過労**（かろう）／過度操勞
- ◆ **気が重い**（きがおもい）／心情沉重，心情不愉快
- ◆ **義理**（ぎり）／人情，情面；情理，道理；姻親
- ◆ **きりがない**／無止境，沒完沒了
- ◆ **近眼**（きんがん）／近視眼
- ◆ **苦情**（くじょう）／抱怨，不滿；（商）請求，要求
- ◆ **困る**（こまる）／困擾，為難；苦惱；窘困
- ◆ **賛成**（さんせい）／贊成
- ◆ **実は**（じつは）／老實說，說真的，說實在的
- ◆ **収納**（しゅうのう）／收納，收藏
- ◆ **濁す**（にごす）／使…混濁；含糊（其詞）
- ◆ **人間関係**（にんげんかんけい）／人際關係

- ◆ **反対**（はんたい）／反對，不贊成
- ◆ **不振**（ふしん）／不好；不佳；不興旺；蕭條
- ◆ **不正**（ふせい）／不正當；不正經；壞行為
- ◆ **利益**（りえき）／盈利，利潤；利益，好處，便宜
- ◆ **理由**（りゆう）／理由，原因，緣故

天氣

今天要不要帶傘，需不需要多加一件衣服，先看一下天氣預報吧！天氣預報或談論天氣，在人們的生活中已經是一個重要的話題了。而能否聽懂談話中，提到的天氣狀況，是這類對話的聽力訓練重點了。

1. 這樣開頭的

▶ 今日（きょう）の天気（てんき）はどうなりますか。
今天的天氣會怎麼樣？

▶ いつもの年（とし）と比（くら）べて、今年（ことし）の雨量（うりょう）はどうですか。
跟往年比起來，今年的雨量怎麼樣？

▶ 女（おんな）の人（ひと）は天気（てんき）について何（なん）と言（い）っていますか。
女士說天氣怎麼樣？

解題訣竅：

想要聽懂天氣的內容、瞭解必要的信息，掌握有關天氣、氣象報告的表達詞語和句式是關鍵。

2. 陷阱在這裡

▶ これから夜（よる）にかけて気温（きおん）が下（さ）がり、このまま降（ふ）り続（つづ）けば、積（つ）もるかも？
現起到夜晚的這段期間氣溫會下降，如果繼續這樣下的話，或許有可能積雪。

答題前可先看選項來推敲，聽的時候須留意時間、地點以及天氣狀態。

▶今日は、どうも一日中雨みたいですね、外で遊ぶ予定があったので。残念。

今天，看起來一整天都會下雨，本來有計畫要到外面玩的。好可惜。

▶昨日の予報じゃあまり風もなく暑い一日だって言うから。

都是昨天的氣象報告說是沒什麼風、很熱的一天啦。

3. 答案在這裡

N2 的內容較長，還是要邊聽邊作筆記。有時會有讓人混淆的陷阱，可用刪去法刪掉被否定的答案。

▶今日は、日中の気温が、今年最低気温に達したけれども、それでもまだいつもの年よりは5度ほど高いです。

今天白天的氣溫，是今年以來的最低溫，但還是比往年還高出 5 度左右。

▶天気予報では、今日一日中、お天気マークでした。どうやら雪の心配はなさそうですね。

氣象報告報導，今天整天都是晴天記號。看來不用擔心會下雪了。

▶明日は午前中はよく晴れますが、午後は曇りで、夕方から雪が降るでしょう。

明天上午非常晴朗，下午是陰天，傍晚開始預計會下雪。

天氣常用單字

- **安定**（あんてい）／安定，穩定；安穩
- **恐れ**（おそれ）／憂慮，惟恐；害怕，恐懼
- **穏やかに**（おだやかに）／平穩，穩靜；溫和，安祥；妥當，圓滿
- **期間**（きかん）／期間，期限
- **降水量**（こうすいりょう）／降雨量
- **最高気温**（さいこうきおん）／最高溫
- **最低気温**（さいていきおん）／最低溫
- **シーズン【season】**／季節；時期
- **時期**（じき）／時期
- **台風**（たいふう）／颱風
- **近づく**（ちかづく）／接近；靠近
- **天気が崩れる**（てんきがくずれる）／天氣變壞
- **～度**（ど）／（溫度）～度
- **後**（のち）／之後，以後；今後，將來；死後，身後
- **遥かに**（はるかに）／（程度、空間、時間等）遙遠，遠比
- **日焼け**（ひやけ）／曬傷
- **広がる**（ひろがる）／蔓延，擴展；變寬；舒展；（規模）擴大
- **～分**（ぶ）／（溫度、體溫）一度的十分之一
- **見込み**（みこみ）／估計，預測；可能性；希望
- **向こう**（むこう）／今後，今起，從今以後；前面，正對面；另一邊；對方，目的地

還有哪些關於數字的句子呢？

▶

▶

▶

解題特搜

1
Step

領悟含意

日語的特點之一就是說話委婉、含蓄。一般日本人不把自己的看法說得太直接、肯定，而是點到為止，留有餘地。日本人想表達肯定還是否定？真實的想法是什麼？都要聽者自己去揣摩。這類聽力訓練著重在能否領悟出談話中的含意是什麼。

解題訣竅：

要破解這個題型要熟悉日本人常用的曖昧說法。

1. 這樣開頭的

▶ 男の人はどう思っていますか。
男士覺得怎麼樣？

▶ 女の人がほしかった果物はどれですか。
女士本來想要的水果是哪一個？

▶ 女の人はこの後、学生に何と言いますか。
女士待會要跟學生說什麼？

2. 陷阱在這裡

▶ ああ、午前中に電気屋さんの人が来ることになっててねえ。ちょっと。
嗯，上午會有電器行的人來。不大方便。

▶ あ、ごめん。聞いてなかった。
啊！抱歉！我沒在聽。

▶ 全然面白くないじゃありませんか。
根本就不有趣嘛！

留意逆接接續詞「だけど／可是」、「けれども／但是」、「それでも／儘管如此」等等，轉折後通常才是人物真正想說的想法。

3. 答案在這裡

▶「最近、デートの方はどうなんですか」「う～ん、今、それどころじゃないんだよ」
「最近約會那邊進展得如何？」「嗯…，現在不是談那個的時候啦。」

▶「思い切って、彼に告白したら」「うーん。できることはできるけど」
「豁出去跟他告白怎樣？」「嗯…。可以是可以啦。」

▶「よくこんな写真が撮れましたね」「でしょう？」
「你還真有辦法拍到這樣的照片耶。」「對吧？」

表示提議或做總結的用語「そうします／就這麼辦」、「～しましょう／做…吧」和「じゃ／那麼」等等也是破題要點喔！

領悟含意常用單字

- **あべこべ**／（位置、順序等）相反，顛倒
- **いっそ**／乾脆，倒不如，索性
- **遠慮する**／客氣；謝絕，迴避；深謀遠慮
- **こっそり**／偷偷地，悄悄地
- **ざるをえない**／不得不…
- **承諾**／答應；承諾；允許
- **～すぎる**／（程度等）太…
- **せっかく**／特意，好不容易；好好地，拼命地
- **都合悪い**／不方便，不碰巧
- **どうせ**／反正，不管怎樣
- **当然**／當然，理所當然
- **どころじゃない**／哪能，豈是…的時候
- **とにかく**／總之，反正；無論如何
- **なんとか**／想辦法，設法
- **ばたばた**／事情進行順利；連續碰撞聲；（昆蟲等）翅膀拍動聲；（連續不斷）腳步聲
- **無理に**／勉強，硬是要，強迫；不合理，無理；不合適，辦不到；過分
- **もったいない**／可惜，浪費
- **～やすい**／容易…
- **やっぱり**／果然，還是
- **～よりしょうがない**／只好，別無他法，除此之外

動向／問事

問人物做了哪些事情、要做哪些事情、不能做哪些事情，是日檢中非常常見的「問事」題型。問事題型中，還有一種問人物接下來要做什麼？首先應該要做什麼？的「動向」題型。

解題訣竅：

此題型內容通常較長，會出現好幾個動作，且陷阱百出，經常一連串的對話都在最後被否定，因此從頭到尾都要謹慎聆聽，隨時做筆記。

留意否定轉折「でも／可是」、「が／雖然…但…」、「だけど／但…」，還有表示提議或做總結的用語「そうします／就這麼辦」、「～しましょう／做…吧」和「じゃ／那麼」等等。

1. 這樣開頭的

▶ 女(おんな)の人(ひと)は男(おとこ)の人(ひと)に何(なに)をしてほしいですか。
女士想要請男士做什麼事？

▶ 娘(むすめ)は何(なに)が嫌(いや)だと言(い)っていますか。
女兒說討厭什麼？

▶ 田中(たなか)さんは昨日(きのう)どうしましたか。
田中小姐昨天怎麼了？

2. 陷阱在這裡

▶「ねね、このドレス、どう？」「どれ？うん～、まあまあかな」
「老公！這件衣服，好看嗎？」「哪件？嗯…還可以吧！」

▶「こっちのほうが大(おお)きいよ」「大(おお)きさはいいじゃないの」
「這個比較大喔！」「不是大就好啊！」

▶ 田中(たなか)さんって、美人(びじん)は美人(びじん)だし、仕事(しごと)もできるらしいけど、性格(せいかく)がちょっとねえ…。
田中小姐人美，工作能力又好，只是個性上就不是那麼好了。

3. 答案在這裡

▶ この人(ひと)は性格(せいかく)は良(よ)さそうなんだけど、借金(しゃっきん)まみれらしいです。
這個人個性看起來很不錯，但好像欠了一屁股債。

▶ この会社(かいしゃ)がまずしなければならないことは、資金(しきん)の導入(どうにゅう)と人材(じんざい)を大切(たいせつ)にすることです。
這家公司首先該做的，就是籌措資金和珍惜人才。

▶「この旅館(りょかん)、町(まち)の中(なか)にあるのに、静(しず)かだし、料理(りょうり)もおいしいらしいよ」「あら、いいじゃない。ここにしましょうよ」
「這家旅館，雖然是在鎮上，但很幽靜，料理也很好吃的樣子喔！」「唉呀！那不錯啊。就這家吧！」

動向／問事常用單字

- **入(い)れ替(か)える**／更換；（火車）換軌；（戲劇）換場
- **襲(おそ)う**／侵襲，襲擊；繼承；突然趕到，闖到
- **固(かた)める**／使堅固，堅硬；堆集一處；加強防守；使安定；組成
- **計算(けいさん)する**／計算；考慮；估計；運算
- **断(ことわ)る**／拒絕；禁止；道歉；預先通知；解雇，辭退
- **ごまかす**／欺騙，欺瞞；掩蓋；敷衍；弄虛作假；舞弊
- **誘(さそ)う**／邀請，約；引起，引誘；誘惑
- **仕上(しあ)げる**／完成，做完
- **救(すく)う**／拯救，搭救；救濟；挽救
- **貯(た)める**／存，積，集，儲，蓄；停滯，堆積
- **掴(つか)む**／抓；抓住（重點），掌握，了解
- **取(と)り戻(もど)す**／取回，要回，拿回；挽回，恢復
- **計(はか)る**／測量；衡量；計量；推測，揣摩
- **増(ふ)える**／增加，增多
- **振(ふ)り込(こ)む**／存入，匯入
- **減(へ)る**／減少；磨損；（肚子）餓
- **まとめる**／解決，了結；談妥；總結；集中；整理，收拾；統一
- **迷(まよ)う**／迷失，迷惑，困惑；錯覺，幻覺
- **申(もう)し込(こ)む**／申請，報名；訂購；提出，提議
- **渡(わた)す**／交付；渡；架，搭；給

1
Step

主旨與大意

N2 聽力中有不少題型會由一個人物針對某事發表想法或說明，這類題目經常會詢問「話題的主旨事什麼？」考生要能掌握談話方向，並且要知道談話者想要表達什麼。

解題訣竅：

這類型的考題通常都有結構可以掌握，例如主旨經常在開頭第一句就被道出，有時則在最後才做總結，因此考生一定要留意第一句和最後一句。

1. 這樣開頭的

▶ 男の人がある村について話しています。この村の人口はどのように変化しましたか。

男士針對某一村落在講話。這個村落於人口上有了什麼變化？

▶ 話の内容と合っているのはどれですか。

哪一個和話中的內容是相符的？

▶ 女の人は図書館の中の温度について、何と言っていますか。

女士說圖書館理面的溫度怎麼樣？

這類題型經常會舉出正反兩面的例子來佐證自己的觀點，由此也能抓出人物想要表達的想法。

2. 陷阱在這裡

▶ 冷房が苦手な人のためには冷房の弱い「弱冷房車」もありますよ。

也有針對怕吹冷氣的人的「弱冷車廂」喔。

▶ うそは絶対につかないことが一番大切だと考える夫婦もいるし、それよりお互いの価値観や家事の分担が大事だと思う夫婦もたくさんいます。

有夫妻認為絕對不說謊是最重要的，也有很多夫妻認為，更重要的是彼此的價值觀和家事的分擔。

▶ この村の人口は、約 10 万人です。

這個村落的人口約有 10 萬人。

3. 答案在這裡

▶ 人口の増減は、去年と比べて、マイナス 150 人でした。

與去年相比，人口數量的增減是負成長 150 人。

▶ 会員になっていただいたお客様には、さまざまなマッサージ体験や抽選でコンサートの入場券が当たるというのはどうですか。

請加入會員的客戶們，參加各種按摩體驗課程和抽選，從中抽出演唱會的門票的話如何？

主旨與大意常用單字

- ◆ **維持**（いじ）／維持
- ◆ **追いかける**（お）／追趕；緊接著
- ◆ **課題**（かだい）／課題，任務；（提出的）題目
- ◆ **活動**（かつどう）／活動
- ◆ **義務**（ぎむ）／義務
- ◆ **グループ【group】**／團體，組，夥伴
- ◆ **経済**（けいざい）／經濟
- ◆ **原則**（げんそく）／原則
- ◆ **構成**（こうせい）／構成，組織，結構
- ◆ **際**（さい）／時候，時機
- ◆ **再利用**（さいりよう）／再度利用，重新利用
- ◆ **初心者**（しょしんしゃ）／初學者
- ◆ **対等**（たいとう）／對等，平等
- ◆ **徹底**（てってい）／（思想、態度等）徹底，有始有終；貫徹到底
- ◆ **伴う**（ともな）／伴隨著；跟隨；保持平衡
- ◆ **～に応じて**（おう）／根據；按照
- ◆ **敗れる**（やぶ）／敗北，輸，敗
- ◆ **横ばい**（よこ）／（物價、股市等）平穩，停滯
- ◆ **例年**（れいねん）／往年，歷年
- ◆ **割り当て**（わ・あ）／分攤，分配；分擔（任務），分派

圖表

圖表考題一般會有兩張長得很像的圖，可能是比較多個類別之間的差異，或是不同時間內數量的變化等等。

解題訣竅：

在聆聽前事先看懂圖表或快速記憶圖表的內容，可幫助理解談話。

1. 這樣開頭的

▶ 二人が見ているグラフはどれですか。
兩人所看的圖表是哪一個？

▶ この男の人が説明しているグラフはどれですか。
這男子說明的是哪一個圖表？

▶ 生産量の変化を表すグラフはどれですか。
哪一個是生產量變化的圖表？

聆聽時要留意時態的使用，釐清人物所說的是過去還是現在，並熟悉比較相關詞語。逆接連接詞經常是陷阱所在，也要多加留意。

2. 陷阱在這裡

▶ 以前は自転車で通学すると答えた学生の数が、最も多かったのですが、今回は大きく減りました。
過去回答騎腳踏車上學的學生人數是最多的，但這次卻大幅減少了。

▶ ですが、9月終わりの生産率は5月初めほどは高くなっていません。
但是，9月底的生產率，沒有5月初那麼高。

▶ なお、定年離婚は去年の調査では、3位でしたが、今回は「中途退職離婚」より多く、2位でした。
而且，退休離婚在去年的調查中，是第3名，但這次卻比「中途辭職離婚」還多，是第2名。

▶ 3月から6月にかけて下がり続けていた売上額ですが、7月に入ると上がり始めました。

原本3月到6月間持續下滑的營業額，進入7月就開始往上成長了。

▶ レストランで食事をすることとドライブをすること、という回答の合計が、全体の約70％占めて、1位，2位。続いて、3位の旅行をすることでした。

回答到餐廳用餐和開車兜風的，合計占了全體的70％，各是第1名，第2名。接下來是第3名的去旅行。

圖表常用單字

- **上回る**（うわまわる）／超出，超越；（才能、力量等）卓越，優越
- **大幅**（おおはば）／（數量等變動的範圍、程度）廣泛、大幅度；寬幅（的布）
- **～ヶ月分**（げつぶん）／…個月份
- **嵩む**（かさむ）／（體積、數量等）增多，增大
- **急激に**（きゅうげきに）／急劇，驟然
- **繰り返す**（くりかえす）／反覆，重複；再說（寫）一次
- **傾向**（けいこう）／傾向；趨勢；性質
- **減少**（げんしょう）／減少
- **下回る**（したまわる）／在…之下，不夠…的水平
- **上昇**（じょうしょう）／上昇；上漲；提高
- **じわじわ**／一點一點地；緩緩地
- **増減**（ぞうげん）／增減
- **高める**（たかめる）／提高；抬高
- **続ける**（つづける）／繼續；連續；連接起來；（停下後又）繼續起來
- **どんどん**／接二連三，連續不斷；（鼓等連續不斷的聲音）咚咚
- **プラス【plus】**／利益，加分；加上；（數）加號；正數；（醫）陽性反應；（電）正極，陽極
- **分析**（ぶんせき）／分析，解析
- **マイナス【minus】**／不利，扣分；（數）負號；（電）陰極；虧損
- **緩やかに**（ゆるやかに）／緩和，緩慢；寬鬆；舒暢；寬闊
- **僅かに**（わずかに）／僅，才；稍微；勉勉強強；一點點

2 Step 日語聽力就是這樣練出來的！5W2H 技巧大公開

日語聽力似乎是大家最感到頭痛的項目，就讓本書告訴你5W2H是什麼，一起輕鬆攻下聽力魔王堡壘。

聽力就像絆腳石，讓人很煎熬，但一旦攻下，就是找到一塊閃亮發光的寶石，讓您發出亮光，世界也跟著發亮。因為您就能聽懂日語新聞、日劇、搞笑劇、旅遊、美食…等節目。

5W2H就是 What、Who、When、Where、Why和 How、How much。5W2H 的技巧就是提供一個做筆記或是考聽力的好方法，讓您在聽力考試時不再驚慌失措！

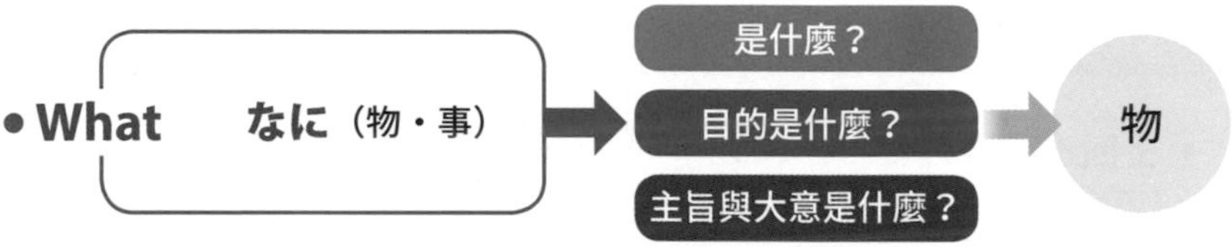

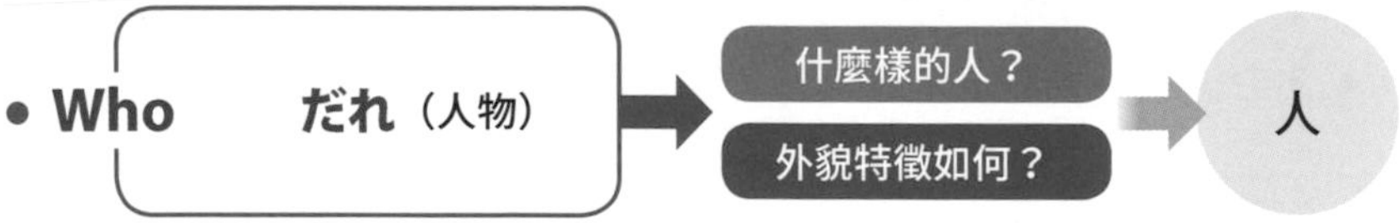

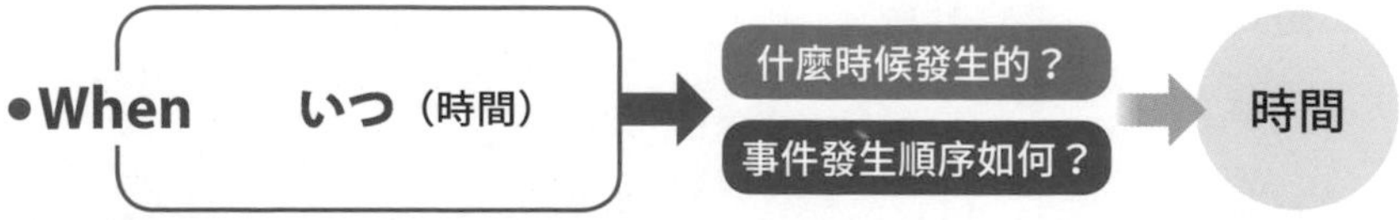

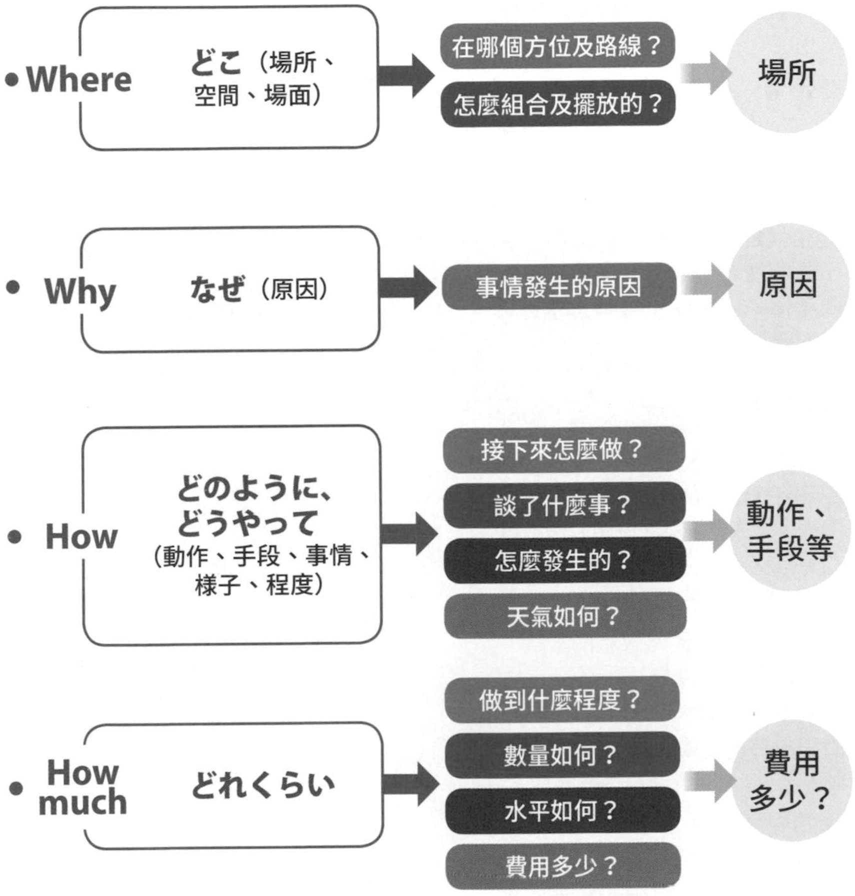

掌握了5W2H，就更能聽清楚題目，對話裡表示5W2H的關鍵詞。可以試著問自己，5W2H各是什麼：發生了什麼事（**W**hat）、在什麼地方發生（**W**here）、什麼時候發生（**W**hen）、影響到誰或誰參與其中（**W**ho）、為什麼發生（**W**hy）、如何發生（**H**ow）和發生的程度（**H**ow much），透過這些重要線索，就能迅速地找到答案。

例如題目問場所，就注意對話裡跟選項，表示場所的關鍵詞，就能迅速地找到答案。

What なに／什麼？

▶ 要聽懂一個對話，首先是What（なに／什麼），也就是對話中發生了什麼或是對話和哪一方面的主題有關，目的是什麼。

▶ 要點就是「邊聽邊抓關鍵字」，不需聽懂每個單字，千萬別因為聽不懂一個字就糾結半天喔。常見的題型有：

主旨與大意

▶ 我們常問對方，你說的意思是什麼呢？這就是要問對方說話的主旨在哪裡了。人們講話，一定有個主題的，也就是想說什麼，就是這裡指的「主旨與大意」題型了。

▶ 這類考題一般是問對話的主題，對話的重點，或是為一段話定主題。如果要問大意時，一般是談話中所含的信息量跟所包括的範圍。

▶ 我們對照對話跟選項，可以知道，跟對話中相同的內容，在選項中一般會以不同的說法來表達，這就增加了干擾的程度，要多加注意喔！

▶ 在這訊息量暴增的時代，大量閱讀是很重要，但更重要的是透過這些訊息，你得到了什麼資訊，而且是正確的資訊。這時候就需要立即看懂一篇文章的大意了。這裡舉個例子：

5W2H 解題技巧大公開

① 提問

從「このニュースを一言でまとめるとしたらどうなりますか。」知道，這道題要考生聽完新聞後，用一句話來概括，也就是這段話的主旨「What（なに／什麼）」了。

② 關鍵字

問「What」時，要邊聽邊抓關鍵字。首先抓住開頭和和結尾的畫線處，然後反覆出現了意思類似的詞彙「最低」、「低下」、「減少」。可以知道答案是3的「出生率は、全国的に減少」了。

③ 不同說法

問「What」時，對話的內容，在選項中一般會以不同的說法來表達，為的就是增加干擾的程度。

例題

今日のニュースを聞いてください。このニュースを一言でまとめるとしたらどうなりますか。❶
続いてのニュースです。今日、政府は平成17年の出生率❷を発表しました。それによると全国平均は1.23％で、過去最低を更新しました。❷地域別に見ると、沖縄県が1.71％で最も高く、その他、九州や東北も比較的高く1.5％を上回っている地域もあります。一方、東京が1.01％で最も低く、関東や近畿など都市部を中心に低くなっています。この30年間、出生率の低下は全国的な傾向ですが、❷❸地方に比べて都市部での減少が大きいことが分かります。

このニュースを一言でまとめるとしたらどうなりますか。

1 出生率は、過去最高。
2 出生率は、都市部のみで減少。
3 出生率は、全国的に減少。❸
4 出生率は、沖縄で上昇。

中譯

請聆聽今天的新聞。用一句話來講這則新聞的話是什麼？

為您報導下一則新聞。今天，政府公佈了平成17年度的出生率。根據報導顯示，全國的平均值為1.23%，創下過去最低的紀錄。以各地方來看，最高的是沖繩縣1.71%，其他，九州和東北地區也較高，其中也有1.5%以上的地方。相對地，最低的是東京1.01%，以關東、近畿一帶的都市為中心都是下降的。這30年來，全國的出生率都有降低的趨勢，但很顯然地相較於地方，都市降低的幅度很大。

用一句話來講這則新聞的話是什麼？

1 出生率創下過去最高。
2 只有都市一帶出生率才下降。
3 全國的出生率都下降。
4 沖繩的出生率上升。

Who だれ／誰？

▶ Who（だれ／誰？），也就是什麼樣的人？外貌特徵如何？相對於What，Who 是非常好掌握的，一般而言Who 要問的就是誰。常見的題型有：

人物

▶ 人物是聽力考試中經常出現的題型，聽錄音前，請先迅速瀏覽試卷上的４張圖或４個句子，並找出這４張圖或句子不同的地方，聽到關鍵詞後，選出正確的答案。這樣的考題，一般對話中不會直接描寫人物的全貌，而是通過一問一答，有肯定有否定，來對照人物的特徵、人物的動作及位置關係，所以用排除法就可以得到答案了。

▶ 跟人物有關的考題，一般是從人物的外表、動作及表情或心情等３個方面出題，來測試考生能否辨識，對話中提到的人物是誰。從外表上，內容一般談論的是人物的性別、身高、髮型、長相、胖瘦、穿戴跟穿戴的顏色等等。從動作上，一般是談論人物在看報、打手機、抽煙、招手、談話及玩耍等動作。

▶ 從表情或心情上，一般是提到幾個表情或心情的詞語，透過這些詞語，來判斷人物的表情或心情，所以要能聽出並抓住表情或心情相關的詞語。接下來排除否定的說法，還有附加的干擾項。

物品或外貌特徵

▶ 人的外貌或物品特徵的考題，一般多為有４張圖或４個句子的題型，所以對話內容一般會先圍繞在這４張圖或４個句子上，然後再鎖定在差異較小的兩張圖上，透過一問一答，有肯定有否定，來進行干擾，或以平行線的方式兩人各談一個，或一口氣完整敘述該物，因此，聽解考題不到最後是絕不妄下判斷的。

▶ 當然一開始快速瀏覽這４張圖或４個句子，馬上反應相關的單字，再抓住設問要的對象的特徵，會是致勝的關鍵。這裡舉個例子：

5W2H 解題技巧大公開

① 提問

「女の人が好きなのはどの人ですか。」兩人在談論女性喜歡的對象，也就是「Who（だれ／誰？）」了。

② 看圖

「Who」人物是聽力考試中經常出現的題型，聽錄音前，請先迅速瀏覽試卷上的４張圖，並找出這４張圖不同的地方，聽到關鍵詞後，選出正確的答案。

③ 動作

聽準「Who」關鍵詞後。從「司会のほうよ。今ちょうど話してる人。」跟「髪がちょっとパーマのほうね。」知道正確答案是「2」了。

④ 陷阱

「Who」會通過一問一答，給予肯定或否定，來對照人物的特徵、動作及位置關係，可以邊聽邊排除干擾項來得到答案。因此，對話中的「画面の右側にいる人。」不是「短いネクタイしてる人」是干擾項，馬上排除選項「3,4」。

例題

男の人と女の人が話しています。女の人が好きなのはどの人ですか。❶

女：ほら見て。私の好きな人がテレビに出てる。

男：えっ、どの人。

女：画面の右側にいる人。❹

男：えっ、あの短いネクタイしてる人❹？そんなにかっこいいとは思わないけど。

女：そっちじゃないって。司会のほうよ。今ちょうど話してる人❸、ほら。

男：あっ、あっちか。髪がちょっとパーマのほうね❸。一瞬、ちょっと趣味を疑っちゃたよ。

女：やめてよね、もう。

男：意外と背も高いね。

女の人が好きなのはどの人ですか。

中譯

一男一女在講話。女子喜歡的是哪一個人？

女：你看！我喜歡的人在電視上耶。

男：咦？你說哪個？

女：在畫面右邊的那個。

男：咦？那個打個短領帶的嗎？我不認為他有多好看。

女：不是那個啦。是主持人啦。你看，現在正在講話的那個。

男：啊，是那個啊。妳說是頭髮有點捲的那一個呀。我差點懷疑妳的品味了。

女：別鬧了，真是的。

男：沒想到個子也還蠻高的嘛！

女子喜歡的是哪一個人？

When いつ／什麼時候？

▶ When（いつ／什麼時候？），也就是什麼時候發生的？事件發生順序如何？也是屬於比較好掌握的W，基本上都是年、月、日，或是事件發生的先後順序。一般而言When 要問的就是時間。常見的題型有：

時間

▶ 時間考題的答案不是間接的暗示，就是需要一點計算，通常很少直接在對話中說出答案要的時間點。為了提高答題的精準度跟速度，如果是題目卷上有圖或句子的考題，請先迅速瀏覽試卷上的圖或句子。

▶ 時間考題對話中出現的時間詞較多，有「時、星期、上下午」等，有一定的複雜度。這類考題，前面往往會有幾個干擾項，對話後部分才是關鍵內容。所以需要邊聽邊判斷，還要邊排除干擾，最後進行簡單的計算。

▶ 如果是題目卷上沒有圖或句子的考試形式。沒有圖或句子的輔助，會有一定的難度，有必要邊聽邊做簡單的紀錄。要聽懂同位語關係的時間詞。譬如：聽準「明日」就是「20 日」，才能往後推「21 日」是「明後日」等等。這裡舉個例子：

5W2H 解題技巧大公開

① 提問

「男の人は何時に病院へ行きますか。」這是同事間針對醫院的診療時間在對話，也就是問「When（いつ／什麼時候？）」了。

② 推算

「When」時間考題的答案不是間接的暗示，就是需要一點計算，通常很少直接在對話中說出答案要的時間點。因此，從３個畫線處的３個時間點，串連起來是「星期４、下午」，再加上一點計算「１點半」的「30分鐘前」知道是「１點」。正確答案是「３」。

③ 陷阱

畫線處是干擾項目。「When」考題，往往會有幾個干擾項，所以需要邊聽邊判斷，還要邊排除干擾。

例題

男の人が同僚と話しています。男の人は何時に病院へ行きますか。❶

男　：明日の朝❸、ちょっと病院に行きたいので、会社には午後から出勤させて下さい。

同僚：どこが悪いんですか。

男　：先週末から胃の調子がおかしくて。内科の診察は９時から始まります❸ので、遅くても１時半❸には会社につけるとい思います。

同僚：うん？あの病院、私も行ったことあるけど、木曜日の内科の診察時間は確か午後からのはずですよ。❷外科なら午前中もやっているはずですが。❸

男　：そうでしたか。では病院に電話して確認してみます。……

同僚：どうでしたか。内科の診察時間。

男　：やはり、午後からでした。１時半からだそうです❷ので、30 分前に行って受け付します。❷

同僚：じゃあ、明日は午前❸勤務ですね。

男の人は何時に病院へ行きますか。

1　水曜日の朝行きます
2　水曜日の午前中に行きます
3　木曜日の１時に行きます
4　木曜日の１時半に行きます

中譯

男士在和同事講話。男士什麼時候去醫院？

男　：明天早上，我想去一下醫院，請准許我下午再進公司。

同事：你哪裡不舒服呢？

男　：上個週末開始胃的狀況就怪怪的，因為內科的門診是從９點開始，我想最晚也會在１點半進公司。

同事：咦？那家醫院，我也去過，我記得禮拜四內科門診的時間，應該是從下午開始喔。如果是外科的話，早上也應該有門診。

男　：這樣啊。那我打電話到醫院確認看看。……

同事：內科門診的時間結果如何呢？

男　：果然是從下午開始。院方說是從１點半開始，所以我會在 30 分鐘前去掛號。

同事：那麼，明天是上午上班了。

男士什麼時候去醫院？

1　星期三一早過去。
2　星期三上午過去。
3　星期四１點過去。
4　星期四１點半過去。

順序

▶ 要聽解順序的題型，就要注意聽好一些相關的接續詞，如「まず、はじめに、それから、次に、また、その後、てから、最後、～後、ついでに、先に」等表示動作順序的詞。這些詞可以說，是這類題的特色，只有抓住它們，才有可能理順動作順序。

▶ 另外，動作順序的發生，常跟時間詞有關，因為動作總是在時間軸上出現，動作跟時間詞關係可是很密切的喔！這裡舉個例子：

5W2H 解題技巧大公開

① 提問

從「二人はどの順番でまわりますか」知道這是問「When（事情發生的時間順序如何？）」題了。

② 順序

畫線處就是就是答案。女性從「銀行」→「クリーニング屋」→「スーパー」→「図書館」，讓後又在「スーパー」之後插進「ガソリン」。最後的最後又提到要先去「図書館」。知道答案是「2」了。

③ 接續詞

「When」的順序題，特色是動作跟動作之間大量用了「まず、そのあと、最後に、ついでに、先に」等表示動作順序的詞。

例題

男の人と女の人が話しています。二人はどの順番でまわりますか。❶

女：明日なんだけど、色々済ませておきたい用事があるから、車で連れて行ってくれない。

男：いいけど、どこに行くの？

女：まずは銀行に行って、そのあとクリーニング屋で最後にスーパーね。そうだ、図書館に本を返しにも行きたいけど、❷面倒かしら？

男：別にいいよ。スーパーに行くなら、ついでにガソリンも入れておこうかな。❷

女：そうね。それじゃ、図書館だけは反対方向だから、先に行ってしまいましょう。❷

二人はどの順番でまわりますか。

1 銀行⇒クリーニング⇒図書館⇒ガソリンスタント
2 図書館⇒銀行⇒クリーニング⇒ガソリンスタント
3 銀行⇒クリーニング⇒ガソリンスタント⇒図書館
4 図書館⇒銀行⇒ガソリンスタント⇒クリーニング

中譯

一男一女在講話。兩個人要按哪個順序繞？

女：明天啊，我有很多事情要辦，可以開車載我去嗎？

男：好是好啦！妳要去哪裡？

女：先到銀行，再到乾洗店，最後到超市。對了！我還想去圖書館還書，會不會太麻煩你了？

男：不會啦！如果要去超市，那我順便也去加個油好了。

女：嗯！這樣的話，只有圖書館方向是相反的，就先去那裡吧！

兩個人要按哪個順序繞？

1 銀行→乾洗店→圖書館→加油站
2 圖書館→銀行→乾洗店→加油站
3 銀行→乾洗店→加油站→圖書館
4 圖書館→銀行→加油站→乾洗店

Where どこ／在哪裡？

▶ Where（どこ／在哪裡？），也就是在哪個方位及路線？怎麼組合及擺放的？Where 又更好掌握了，說的是事情是在哪裡發生的，除了地名、國家或是都市名之外，場所、空間、場面都屬於 Where。常見的題型有：

組合及擺放

▶ 先快速預覽試卷上的 4 張圖或 4 個句子以後，比對它們的差異，然後抓住對話中人物想要的條件。這是一道通過比對間接判斷場所、位置的特徵的題型。對話中一般不會直接說出對話中人物想要什麼樣的組合或擺設，而是透過一問一答，有肯定有否定的方式，讓考生去推測，兩人想要什麼樣的組合或擺設，雖有一定的干擾性，但只要抓住提問要的關鍵句，就可以得到答案了。

▶ 這類考題中通常出現的話題較多，當然方向詞也多，所以聽解這類考題，就要聽準對話中的物品跟它們相對的位置了。這裡舉個例子：

5W2H 解題技巧大公開

① 提問

從「二人がほしいのはどんな家ですか。」知道這是在問組合及擺放的「Where」的位置特徵題了。

② 看圖

能聽準問組合及擺放的「Where」題，可說是成功了一半了喔！先快速預覽這 4 張圖以後，比對它們的差異，然後抓住兩人想要的條件。

③ 技巧

畫線處就是就是答案的線索。透過一問一答的肯定跟否定方式。知道原來這對夫妻要的房子是「廚房大、庭院大、3 間小孩房間」的。正確答案是「1」。

例題

男の人と女の人が話しています。二人がほしいのはどんな家ですか。❶

女：ねえ、この家も良いんじゃない。キッチンが広くて。❷

男：そうだなあ。でも、庭が少し狭くないかい。❷

女：うん、確かにこの広さじゃ、車が1台しか駐車できないね。

男：そうだろ。こっちはどう。

女：庭は広いけど、子供部屋が二つしかないからダメね。❷

男：う～ん、三人兄弟だからな。なかなか良いのがないな…。

二人がほしいのはどんな家ですか。

中譯

一男一女在講話。2人想找的是怎麼擺放的房子？

女：老公，這房子也不錯啊。廚房很寬敞。

男：沒錯啊。但妳不覺得這院子有點窄嗎？

女：嗯，的確照這樣的寬度，就只能停1輛車了。

男：我說得沒錯吧。這一間如何？

女：院子夠寬大，但是小孩子的房間只有2個，所以不行啦！

男：嗯～，我們家有3個小孩子，合適的還真難找…。

2人想找的是怎麼擺放的房子？

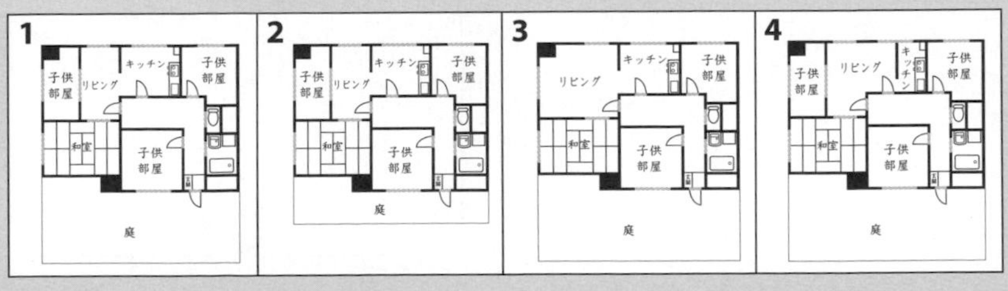

方位及路線

▶ 方位或路線的考題，在對話中不會直接說出要找的位置，而大多是先提到多個間接的目標，把訊息量提高，來設置迷惑，增加難度，最後才提到要找的地方，所以聽解這類考題，要注意引導的目標，隨著引導的目標，一步步找出設問要的方位。

▶ 方位及路線考題，對話中常常出現幾個指示方位詞，很難一聽就記住，所以為了選擇時不會忘記，請邊聽邊簡單在空白處，記下指示方位地點的詞。例如「玄関の横」記為「げん、よこ」；「ベッドの下」記為「べ、した」。這裡舉個例子：

5W2H 解題技巧大公開

① 提問

「女の人はどこにいますか。」兩人相約見面的地點在哪裡呢？知道這是道測試方位「Where」（どこ／在哪裡？）的考題了。

② 指示

方位及路線的「Where」題，特色就是會出現多個指示物。對話中女性經過６個指引目標，說出了女性所在的位置。

③ 技巧

方位及路線的「Where」題，只要能一一聽準指示物，就可以找到正確的答案了。正確的答案是「4」。

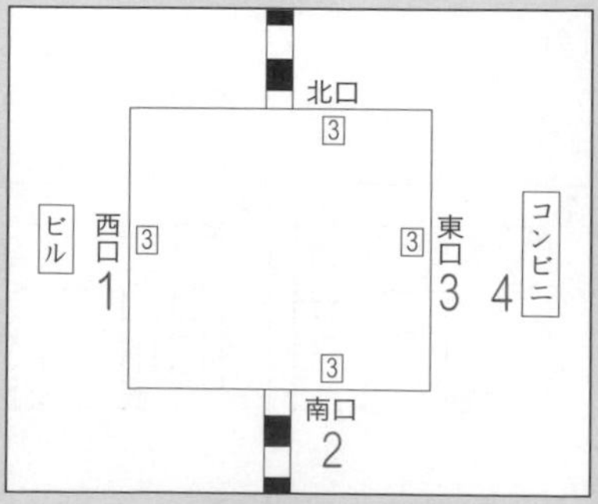

例題

男の人と女の人が電話で話しています。女の人はどこにいますか。❶

男：もしもし、今待ち合わせの場所にいるんですけど、伊藤さんももうすぐ着きますか。

女：あれ、おかしいですね、私も待ち合わせ場所にいますよ。3番出口ですよね？

男：はい。あ、分かりました。僕は3番の西口ですね。伊藤さんは東口じゃないですか？

女：本当ですね。二つもあるなんて。こっちに来ていただけますか？

男：もちろんです。

女：それじゃあ、まず中央改札口に戻って❷ください。右側の階段を下りて❷、地下道で東のビルに移動してから❷、突き当たりのエレベータを上って❷ください。

男：エレベーターですね。

女：ええ、出たところの向かいにコンビニがありますから❷、その前にいます。❷

男：分かりました。すぐそちらに移動しますね。

女の人はどこにいますか。

中譯

一男一女在講電話。女子現在在哪裡？

男：喂，我現在人已經到我們約定好的地方了，伊藤小姐妳到了嗎？

女：咦？怪了。我也在約定好的地方耶。是3號出口沒錯吧？

男：對啊！啊！我知道了。我在西口3號。伊藤小姐人是不是在東口？

女：真的耶。居然有兩個。可以請你過來嗎？

男：當然可以。

女：這樣的話，請你先走回到中央的剪票口。下右手邊的樓梯後，走地下道，往東邊的大廈走，走到底會有電梯，請搭電梯上樓。

男：電梯是嗎？

女：對，出來以後，對面有家便利商店，我就在它的前面。

男：我知道了，我現在就過去。

女子現在在哪裡？

Why なぜ、どうして／為什麼？

▶ Why（なぜ、どうして／為什麼？），也就是事情發生的原因。要聽出Why，常常會有因果關係，表達因果關係最常見的詞就是「なぜ（因為）」和「どうして（因為）」，但必須要注意的事情是，有時候不能過度依賴「なぜ」和「どうして」，有些句子的因果關係是順著句子順序，自然發展而成，反而沒有用到關鍵字。一般而言Why 要問的就是原因。常見的題型有：

原因

▶ 原因的題型，一般有在一段對話中，只有一對因果關係，例如，一方詢問某事的原因，另一方直接說出。文中會出現較多複雜的文法，提高了一定難度。對話中出現了許多原因，例如，又便宜品質又好、機能簡單又好用等，但要區別哪些是干擾項，答案就呼之欲出了。

▶ 原因相關指標字詞:「～から～」、「～ので～」、「～ために～」、「これは～のです」、「これは～からです」。也可以找出結果的接續詞：「それで」、「それゆえ」「だから」、「ですから」、「したがって」、「によって」、「というわけで」、「そういうわけで」。

▶ 另外，看到表示說明的「のだ」、「のです」，大都也可以充分判斷為是有因果關係的邏輯在內。這裡舉個例子：

5W2H 解題技巧大公開

① 提問

從「男の人のほほはどうして赤いですか」的「どうして」知道這是問「Why」（どうして／為什麼？）了。

② 轉折

畫線處就是「Why」的答案了。男性發現除了原本以為的原因「てっきり刺されただけかと思っていた」之外，「ですが」後面再帶出另一個原因「どうやら体質らしくて」從對話中找出紅腫的原因有兩個，就是「虫に刺された、体質らしく」男性沒有直接說出原因，而是分段說出，前後兩項相加就是答案了。正確答案是「2」。

③ 技巧

「んです」（了）表示說明導致某種結果的原因。也是問「Why」題的重要線索喔！

例題

男の人と女の人が話しています。男の人のほほはどうして赤いですか。❶

女：あれ、石田さん、左のほほどうしたんです。

男：実は昨日寝ている間に、虫に刺されちゃったみたいなんです。朝起きたら赤い点々がいっぱいあって。

女：病院には行ったんですか。

男：ええ、ちょうど今行って来たところです。

女：先生は何とおっしゃってましたか。

男：私はてっきり刺されただけかと思っていたんですが❷、どうやら体質らしくて❷、腫れが人よりひどいみたいで。

女：それで少しはよくなりましたか。

男：薬を塗ったら、かゆみがなくなってきたので、大丈夫だと思います。

男の人のほほはどうして赤いですか。

1　虫に刺されただけ。

2　虫に刺された上に、体質だから。

3　敏感な体質で、しょっちゅう腫れるから。

4　何もなくても、体質だから。

中譯

一男一女在講話。男子的臉頰為什麼紅紅的？

女：嗯？石田先生，你左邊的臉頰怎麼了？

男：跟你說，我昨天睡覺的時候，好像被蟲咬了。早上起來以後，就有很多的紅點。

女：去看醫生了嗎？

男：嗯，去看了現在剛好回來了。

女：醫師怎麼說？

男：我想一定只是被蟲咬到而已，但好像是體質的關係，紅腫得比一般人還嚴重的樣子。

女：好一點了嗎？

男：塗了藥以後，就比較不癢了，我想沒什麼大礙了。

男子的臉頰為什麼紅紅的？

1 只是被蟲咬而已。

2 被蟲咬之外，還有體質的關係。

3 由於屬過敏體質，所以常會紅腫。

4 因為是體質的關係，就算沒做什麼也會紅腫。

How どのように、どうやって／如何呢？怎麼做？

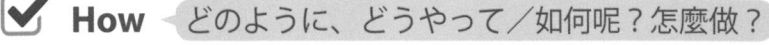

▶ How（どのように、どうやって／如何呢？怎麼做？）也就是接下來怎麼做？談了什麼事？怎麼發生的？天氣如何？掌握的原則就是要注意對話裡面，有沒有提到以上的要素。How 一般而言就是要達到某一個目的的動作、手段或是方式，或某狀況（如天氣）如何了？常見的題型有：

動向

▶ 什麼是動向呢？也就是指行為，即人物「接下來打算做什麼」。動向的考題，內容上大都談論多個行為，但有時候即使聽懂每個行為，但測試點的設置，往往令人意外，要一下子跟上有其困難度，如果聽不仔細，容易答非所問。所以需要跟上談話的思路，從前言後語的接續上，從整個談話中領悟出人物接下來要做的動作，才能選到正確的答案。

▶ 如上所述，動向考題在內容上會提到多個行為，所以不僅要仔細聽，也要跟上談話的速度，為了擔心注意力不集中、漏聽了，在聽解時，務必要邊聽邊記，再邊聽解邊排除干擾項。留下來的就是正確的答案了。

▶ 聽解動向考題，請邊聽邊記下關鍵字如「公園」→「弁当」→「自由」→「バス」。再簡單一點就是「公」→「弁」→「自」→「バ」。更簡單就是用假名代替了。這裡舉個例子：

5W2H 解題技巧大公開

① 提問

從「二人は明日どうしますか。」男女兩人在談明天的行程，知道這是問動向「How」（どうやって／怎麼做？）了。

② 掌握對話

畫線處就是就是答案。兩人原本要去山上賞楓，但因為下雨，又拿到朋友送的兩張票，所以想改到美術館「代わりに、美術館へ行かない？」最後男性說的那句「そうするか。」是同意去美術館了。正確答案是「3」。只有聽懂兩人的對話，才能判斷兩人明天的動向了。

③ 陷阱

後面又補了「家にいてもしかたないからな。」是個干擾項，把這一題的難度提高了一步，要排除掉。

④ 要排除多個行為

動向「How」的考題，內容上大都談論多個行為。例如，這道題提到3個行為「山へ紅葉を見に行く」「美術館へ行かない」「家にいて」，如果把第一句拆開，可以再加上「山へ行く」，那就是4個行為了。

例題

男の人と女の人が話しています。二人は明日どうしますか。❶

男：天気予報見たら、明日昼から雨になるみたいだよ。

女：そう。じゃあ、山へ紅葉を見に行くのはやめたほうがよさそうね。

男：そうだな。せっかく行っても雨ではね。

女：代わりに、美術館へ行かない？❷友達にもらったチケットが２枚あるし。

男：そうするか。❷家にいてもしかたないからな。❸

二人は明日どうしますか。

中譯

一男一女在講話。明天兩人怎麼打算？

男：我看了氣象報告，明天中午以後好像會下雨喔。

女：這樣啊！那看來只好打消去山上看楓葉的念頭囉！

男：就是呀！特地去那裡，還下雨就不好玩了。

女：換個地方，要不要去美術館？我這裡有兩張朋友給的票。

男：那就這樣吧。待在家裡也不是辦法。

明天兩人怎麼打算？

問事

▶「問事」就是「談論事情」，既然是問事，從出題的角度來看，會話中肯定會談論幾件事，讓考生從對話中，聽解出設問要的事情了。

▶「問事」題型，一般內容多，對話較長，需要仔細分析跟良好的短期記憶。這類題型屬略聽，不需要每個字都能聽懂。重點在抓住對話的主題或整體的談話方向，就不難找出答案了。這裡舉個例子：

5W2H 解題技巧大公開

① 提問

從提問「男の人は何を間違えましたか。」知道這是問事「How」（どうやって／怎麼做？）題了。這道題是部屬跟上司的對話。

② 看圖

由於是有圖的問題，請先快速預覽這張圖，並看出差異在「內容、テーマ、年、月日」。預想應該是「How」的報表問題了。

③ 抓住關鍵

果然內容提到了4處（畫線處）跟報表有關的內容。從部長說的「日にちは合っているけど、年が去年のままになってる。」就知道正確答案是「3」了。

例題

男の人が会社で話しています。男の人は何を間違えましたか。❶

男１：部長、昨日の会議のレポートです。❸ここにおいておきます。

男２：はい、ご苦労さん。どれどれ、「上半期営業報告」っと。❸あれ、鈴木君、ここ間違ってるよ。

男１：えっ、どこですか。

男２：ここのところ見て。日にちは合っているけど、年が去年のままになってる。❸

男１：それは、失礼しました。すぐに直します。

男２：あと５月分の売上げ報告はどうなってる？❸

男１：後ろにつけてあります。

男２：それも同じとこ間違ってないか注意して。

男１：はい、分かりました。直してから再提出します。

男の人は何を間違えましたか。

1　レポートの内容
2　レポートのテーマ
3　レポートの年
4　レポートの月日

中譯

男子在公司講話。男子什麼地方用錯了？

男１：部長，這是昨天的會議報告。我放在這裡。

男２：好，辛苦了。我看看！「上半期營業報告」。咦？鈴木，這裡不對啊！

男１：啊？哪個地方？

男２：你看這裡。日期是沒錯，但是年份還是去年的。

男１：真是抱歉。我馬上修改。

男２：還有５月份的營業額報表在哪裡？

男１：我放在後面。

男２：也注意同樣的地方有沒有弄錯。

男１：好的，我知道了。我修改後再交給您。

男子什麼地方用錯了？

1　報告內容。
2　報告主題。
3　報告年份。
4　報告的月份日期。

天氣

- 天氣的題型，一般內容較多，很難聽一遍就一一記住，所以屬略聽。另外，天氣的題型看似複雜，但如果跟新聞報導比起來，又單純多了。原因是天氣內容表達固定，用語有限。因此，掌握跟天氣相關的詞語跟表現句式，也是一個關鍵。
- 例如典型的颱風預報題型，一般包括「颱風的類型和強弱、颱風所在位置和經過的地點、進路和風速以及影響的範圍。」。「 」中可是一套颱風報導公式喔！請記住喔！
- 天氣題型除了對話之外，也常出現氣象報告類的長篇報導。這類考題用字及文法較為艱深，多半在N2以上程度，所以又增加了困難度。但因為使用的詞彙有限，表達固定，所以只要常看NHK，多看報紙，多熟悉相關說法，就是解題的關鍵。這裡舉個例子：

5W2H 解題技巧大公開

① 提問

「春の前の天気はどうですか。」知道這是問天氣「How」(どのように／如何呢？)了。

② 技巧

問天氣「How」題的特色是，內容表達固定，用語有限。這道題是兩人在討論春天來臨前的天氣，內容提到跟天氣相關的詞語有「雨、晴れる、寒い日、暖かい日」，還有跟時間相關的「繰り返す、3日間、急に」，天氣變化的部分要聽准，才不會有張冠李戴的情形。

③ 關鍵

從女性說「春の前には、3日間の寒い日と4日間の暖かい日を繰り返しながら、春になっていく。」，知道正確答案是「2」。

例題

男の人と女の人が話しています。<u>春の前の天気はどうですか。</u>❶

女：最近なんだか変な天気ばかりね。

男：本当に。雨が続くかと思えば、急に晴れるし、寒い日が続くかと思えば、暑い日も続くし。

女：ね。春の前だから仕方ないんでしょうけどね。

男：どういう意味。

女：日本では、<u>春の前には、3日間の寒い日と4日間の暖かい日を繰り返しながら、段々春になっていく</u>❸と言われてるのよ。

男：へ～、それは知らなかった。

女：今は、周期的に寒さが変わるときなのよ。

男：じゃあ、風邪引かないように注意しないとね。

春の前の天気はどうですか。

1 雨の日が3日間ぐらい続く。
2 寒い日と暖かい日を繰り返す。
3 突然寒くなる 。
4 雨の日と晴れの日を周期的に繰り返す。

中譯

一男一女在講話。春天來之前的天氣如何？

女：最近的天氣怎麼都不太正常呢！

男：就是啊！明明連續幾天都在下雨，這下子又突然轉晴了。明明連續幾天都很冷，接下來，又來個幾天的大熱天。

女：就是說啊！但這是因為春天要來了，也沒辦法啊！

男：怎麼說呢？

女：在日本，聽說春天到來之前，會反覆著冷３天、暖４天，再慢慢進入春天的唷。

男：嘿～，這我還真不知道！

女：現在就是週期性的冷天氣在變化的時候。

男：那麼，得好好保暖，免得感冒了。

春天來之前的天氣是怎麼樣？

1 持續約３天的下雨天。
2 反覆著寒冷的天氣和溫暖的天氣。
3 突然地變冷。
4 週期性的反覆著雨天和晴天。

How much どれくらい／多少？

▶ How much（どれくらい／多少?），也就是做到什麼程度？數量如何？水平如何？費用多少？掌握 How much 的原則就是要注意對話裡面，有沒有提到一些做到什麼程度？數量如何？水平如何？費用多少？一般而言How 要問的就是多少。常見的題型有：

數字

▶ 數字的題型，往往出現許多的數量詞。也因此，不要說是外國人，即使是母語的日本人，也很容易混淆的。由於聽力只播放一次，不一定能把數字記得一清二楚，所以邊聽邊記，是十分必要的。

▶ 聽解數字題型的訣竅在：一是迅速預覽試卷上的４張圖或４個句子；二是要聽准數量或號碼；三是一定要邊聽邊記下數量或號碼。對話中的數字詞，直接出現在選項中，一般是陷阱，要注意喔！這裡舉個例子：

5W2H 解題技巧大公開

① 提問

「女の人は最後にどの数字を選びましたか。」知道這是問數字「How much」（どれくらい／多少？）了。

② 陷阱

男女針對挑選彩券號碼，在對話。這道題比較難，對話中出現了多處數詞，干擾性強，而且不單純只是數字，還有「奇数、偶数」、「生年月日」、「ラッキーな７」等跟數字相關的詞，又增加了複雜性。這是問數字「How much」的特徵。

③ 陷阱

由於問的是女性最後選什麼號嗎？所以關鍵在女性說的，「よし、決めた。2・4・6・8にして、後一個奇数を足すわ。」然後把「２・４・６・８」換成「偶数四つ」;「一個奇数」換成「奇数一つ」，正確答案是「４」。

④ 陷阱

選項「２」是男性選的，是干擾項不要選錯了。對話中的數字詞，直接出現在選項中，一般是陷阱，要注意喔！

例題

男の人と女の人が話しています。女の人は最後にどの数字を選びましたか。❶

女：宝くじの数字、何を選ぶか鈴木さんはもう決めた。

男：うん、僕は奇数三つに、偶数二つを入れたよ。9・5・3と8・4。

女：そっか。私はどうしようかな。偶数が好きだから、じゃあ、私は偶数から選ぼうかな。

男：生年月日の中から適当に選んでも良いんじゃない。

女：うん、でも私の生年月日は3とか7とか5とかの奇数ばっかりで、実はあんまり好きじゃないの。

男：どうして偶数が好きなの。

女：なんか、セットになってるって感じがして。よし、決めた。2・4・6・8にして、後一個奇数を足すわ。❸

男：じゃあ、ラッキーな7にしたらどう。

女の人は最後にどの数字を選びましたか。

1　3、5、7と偶数二つ
2　奇数三つと偶数二つ
3　生年月日と偶数
4　偶数四つと奇数一つ

中譯

一男一女在講話。女性最後選了什麼號碼呢？

女：鈴木先生，你彩券的號碼，已經決定要選哪幾號了嗎？

男：嗯，我選了3個奇數，2個偶數。9・5・3和8・4。

女：這樣啊。那我挑什麼好呢…。我喜歡偶數，那我就選偶數好了。

男：你從生日裡頭，隨便選個號碼不就好了？

女：嗯，可是我的生日都是些3啦、7啦、5啦的奇數，說真的我都不怎麼喜歡。

男：妳為什麼喜歡偶數？

女：有種成雙成對的感覺啊！好，決定了。我就選2、4、6、8，再加上一個奇數。

男：那就選幸運號碼7如何？

女性最後選了什麼號碼呢？

1　3、5、7和兩個偶數。
2　3個奇數和兩個偶數。
3　出生的月份日期和偶數。
4　4個偶數和一個奇數。

圖表

▶ 圖表考題一般用在比較上，所以比較相關的詞彙，就要多記住。另外，圖表考題一般會有兩張長得很像的圖，抓出兩者的差異，跟聽準對話中最後的關鍵句，是答題的訣竅。這裡舉個例子：

5W2H 解題技巧大公開

① 提問

從「売上げの統計はどれですか。」知道這是問圖表「How much」（どれくらい／多少？）了。

② 陷阱

畫線處是「How much」的干擾項。男性說飯糰是超商的代表商品，但在夏天的營業額卻差強人意。接下來說「暑さが厳しい時期は、麺の売り上げが一気に伸びて、おにぎりよりも売上げがよくなっています。」據此可以刪去「2,3」。

③ 關鍵

畫線處是「How much」的答案。後從「秋以降にかけてはおにぎりが徐々に回復しています。」知道正確答案是「1」了。

例題

男の人と女の人が話しています。<u>売上げの統計はどれですか。</u>❶

男：これは今年のおにぎりの売上げを表にしたものです。おにぎりはコンビニのメインとなる商品ですが、やはり夏の売上げはいまいちでした。

女：そうめんなど、こちらの麺類のグラフと比較するとよく分かりますね。

男：はい、<u>暑さが厳しい時期は、麺の売上げが一気に伸びて、おにぎりよりも売上げがよくなっています。</u>❷<u>秋以降にかけてはおにぎりが徐々に回復しています。</u>❸

女：傾向が分かったからには、需要に応えられるよう、生産量を調整するほかないですね。

売上げの統計はどれですか。

中譯

一男一女在講話。營業額的統計圖是哪一個？

男：這是今年的飯糰銷售表。飯糰可說是便利商店的代表商品，但夏天的營業額卻差強人意。

女：跟涼麵等這邊的麵類圖表一比，就很明顯了。

男：是的，天氣炎熱的時候，麵類的銷售額會一口氣往上衝，比飯糰的銷售額還好。過了秋天之後，飯糰就會慢慢回升。

女：既然知道走向了，就只有因應需求，調整生產量了。

營業額的統計圖是哪一個？

1
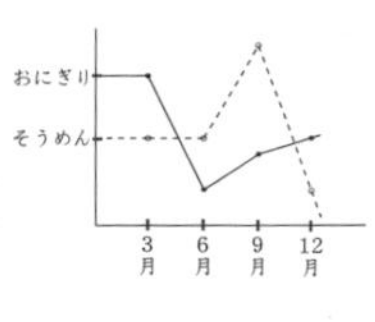

2
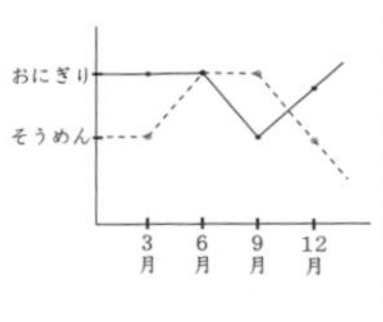

3
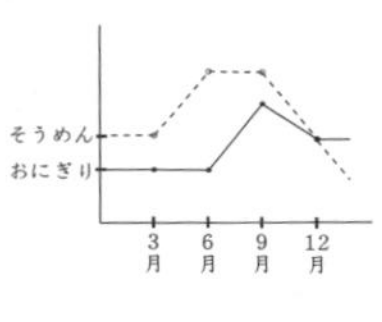

4
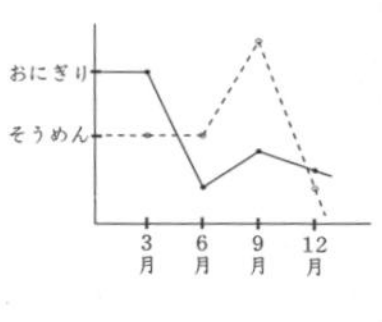

3 Step 做筆記的 6 大技巧

日檢如果分項成績有一科分數未達通過門檻，即使總分再高，也會判定為不合格。而其中聽力往往是我們的難以克服的關鍵弱點。

做筆記鍛鍊大腦！愈寫愈高分。日檢聽力中有一個技巧十分重要，那就是邊聽邊做筆記。經常可以聽到有人提出「聽力考試要做筆記」，但日檢的聽力考試方式，有聽力要點在進入本文之前就知道的，跟進入本文之前還不知道要點的兩種考試方式。不同方式做筆記的訣竅也不同。

這次就針對 N2 聽力的問題一「課題理解／理解課題」、問題二「ポイント理解／理解重點」、問題三「概要理解／概要理解」、問題五「総合理解／綜合理解」這 4 大題型，來進行技巧大公開。

1 記關鍵詞

關鍵詞是考點的主要出處，抓住聽力中的關鍵詞，整篇文章的大意也就了解得差不多了，答案也就呼之欲出了。關鍵詞指

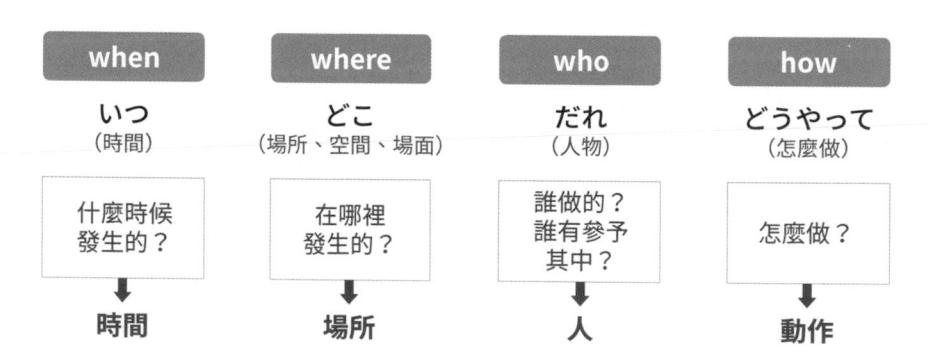

when	where	who	how
いつ（時間）	どこ（場所、空間、場面）	だれ（人物）	どうやって（怎麼做）
什麼時候發生的？	在哪裡發生的？	誰做的？誰有參予其中？	怎麼做？
↓ 時間	↓ 場所	↓ 人	↓ 動作

▩ 也就是**什麼時候？在哪裡？誰做了什麼動作？**

いつ
どこ
だれ
どうやって

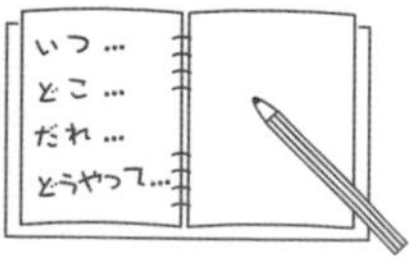

※ 建立結構、分點記錄、一點一行（參考第 5 項內容）

2 記邏輯詞

邏輯詞就是連接一篇文章的筋骨，有順序、因果、比較、並列…等邏輯詞。因此，聽清楚邏輯詞，對於內容的之間的關係就容易瞭解了。

順序題

如果順序題，就會在對話中敘述一個過程，先做什麼，接下來做什麼，最後做什麼。這時候就要記錄各個階段的事件進展以及主要特徵。

邏輯詞例如：**「最初に（首先）、次に（接著）、同樣に（同樣的）、同じように（一樣的）、それから（接著）」**。

因果關係

如果是因果關係，對話或文章裡就會將提到的人事物之間，以因果聯繫來提問，這時候就要記錄哪個是因，哪個是果。

邏輯詞例如：**「したがって（因此）、ゆえに（因此）、それゆえに（因而）、それで（因而）、のに（為了）」**。

並列舉例關係

如果對話結構為並列舉例關係，對話或文章裡就會將提到的人事物之間，進行並列舉例，這時候就要記錄他們的分類的依據、每個類別的名稱以及每個類別中列舉的例子。

邏輯詞例如：**「および（以及）、ならびに（和）、かつ（且）、加えて（加上）、その上で（在這基礎上）、しかも（而且）、おまけに（再加上）、さらに（更）、そのうえ（而且）、また（又）、そして（而且）、し（又）、それに（再加上）」**。

比較關係

如果是比較關係，對話或文章裡就會將提到的人事物之間，進行比較或對比，這時候就要記錄他們的同異點。

邏輯詞例如：**「より（比較）、ほうが（最好）、というより（與其說…不如…）、ほど～はない（與其說…不如…）、ほど～はない（沒有比…更…）」**。

3 利用記字首、簡寫及符號縮短時間

聽力時間有限，速度是記筆記的關鍵，因此利用記字首、簡寫及符號，以簡化自己的筆記的方式，來幫助您在短時間內回憶起句子的內容。例如：

❶ 振り込みの領収書は家にあります➡ ふりこみしょいえに。
❷ 一人増やす ➡ ＋1
❸ スピーチ ➡ スピー、SP
▩ 善用箭頭「→」表示關係等，善用圓圈「○」表示總結等。

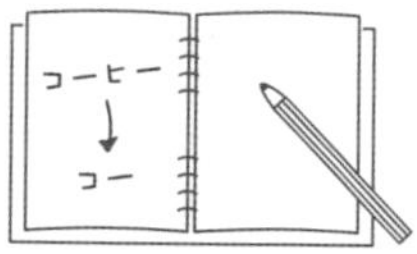

4 做筆記要自己看得懂，要有結構

做筆記方式，只要覺得書寫方便快速，按自己的思路來做記號和寫單詞，自己能看懂就好了。但要注意的是，切勿胡亂的紀錄，這樣做了筆記自己也會看不懂的。做筆記要有自己的結構，要看起來一目了然。建議在考卷上選項的後面，分點紀錄聽力資訊的要點，每點占一行。這樣不僅清楚地羅列出資訊的脈絡，又可以明確簡潔的呈現出每個部分的要點。

❶ 針對**選項**做筆記，沒有選項則針對**細節**和**人物觀點**做筆記。

❷ 方便快速，自己能看懂就好了

❸ 有結構，分點分行紀錄資訊

問題一、二

N2 聽力的問題一「課題理解」跟問題二「ポイント理解」，選項都在考卷上，在進入聽取本文前就可以先瀏覽，這些選項就是聽解的重點。這時，只要針對選項來做筆記就可以了，其他的對話內容就可以不理會了，聽不懂也沒有關係。

問題一、二： 先瀏覽考卷上選項 ▶ 針對選項來做筆記

問題三、五

問題三「概要理解」跟問題五「綜合理解」的其中兩題，答案紙不會印上選項，必須聽到最後才能知道題目想問的問題。

問題三又分為雙人對話和單人說明，單人說明的題型較為單純，有時候問的是內容的主旨，有時則會問內容中的細節；雙人對話的題型大多會問對話細節，有時也會問人物的想法等。

問題三： 單人說明 問內容的主旨或細節

雙人對話 大多會問對話細節或人物想法

問題五有雙人、多人對話，另外還有先聆聽一段說明，再出現多人討論的題型。面對多人對話，可以先將依照人物來做筆記，紀錄每個人的觀點。

問題五： 多人對話 依照人物來做筆記

5 平常練習時，反覆對照自己的筆記是否抓住重點

平常練習時對完答案後，可以參照對話內容，確認自己是否真正抓住重點，如果有疏漏或聽錯的地方，要找出自己沒有聽出的資訊點在哪裡。抓出原因，再多加練習，聽得夠多，聽得懂就越多，總之等耳朵習慣後，就會漸入佳境。

6 巧用聽力中的「空餘時間」

當聽力對話，進入跟考卷上的選項無關的內容時，可以利用「空餘時間」來補全之前沒有做好的筆記。

3 Step

這次就針對 N2 聽力的問題一「課題理解／理解課題」、問題二「ポイント理解／理解重點」、問題三「概要理解／概要理解」、問題五「総合理解／綜合理解」四大題型，我們選擇各一題來實際進行做筆記的演練。

問題一

男の人が病院の受付で話しています。男の人はいつ検査を受けますか。

M：おはようございます。関口ですけど、検査って時間かかりますか。
F：いいえ、30分もかかりません。今日は検査だけですので。
M：はい。あ、薬も頂けますか。
F：まだ痛みはありますか。
M：だいじょうぶな時もあるんですけど、ときどき痛みます。
F：そうですか…では、今日は診察も受けた方がいいですね。
M：ええと、今日はこれから会社なので時間がなくて。検査は受けますけど。
F：検査だけだと、お薬が出せないんですよね。先生の診察を受けていただかないと。
M：ああ、でも、明日は土曜日だから午前だけですよね？
F：はい…午後は…。
M：しょうがない。やっぱり、診てもらった方がよさそうだから、また夜に来ます。
F：わかりました。では、そちらでお待ちください。

男の人はいつ検査を受けますか。

選項	筆記方式
❶ 今	じかんない
❷ 明日の午前中	いけない
❸ 今夜	くる
❹ 明日の午後	やってない

答案 3

▩ 1. 先仔細閱讀選項，注意相同及相異之處。可知時間落在今天或明天。
2. 邊聽邊刪去不正確的選項。

問題二

天気予報で女の人が話しています。今日の昼の天気はどうなると言っていますか。

F：朝晩、冷え込む季節になってきました。昨夜寝る時に毛布を出された方も多かったのではないでしょうか。今は、朝から美しい秋空が広がっていますが、ここでこうして立っていても、寒く感じます。今日も湿度が低く、すっきりした天気になるでしょう。出かける時は、厚めの上着があったほうがいいかもしれません。日中はこのまま晴れますが、夕方から気圧の影響で、雨の降る地域もあります。折り畳み傘を持って出かけてください。夜は晴れて美しい星空が見えるでしょう。

今日の昼の天気はどうなると言っていますか。

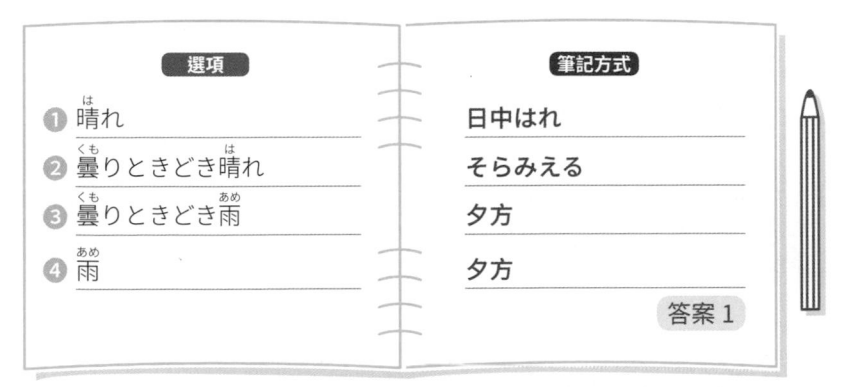

選項	筆記方式
1 晴れ	日中はれ
2 曇りときどき晴れ	そらみえる
3 曇りときどき雨	夕方
4 雨	夕方

答案 1

1. 先仔細閱讀選項，注意相同及相異之處。可知時間落在今天或明天。
2. 聽邊刪去不正確的選項。

問題三

女の人と男の人が、年をとってから住む場所について話しています。

F：私は、このまま都会で暮らしたいな。だって、年をとるとだんだん体が動かなくなるでしょう。不便な場所で暮らすのは大変だもん。

M：どこへ出かけるにしても都会は便利だからね。けど、お金がなかったら、都会にいてもつまらないよ。それに、年をとったらそんなに出かけたいと思うのかなあ。インターネットさえあれば僕はどこでも退屈しないから、どうせ暮らすなら緑に囲まれた自然がいっぱいの場所で生活したいな。

F：コンサートとか、美術館とか、たまに珍しい食べ物を買ったりするだけでもお金は使うね。ただ、人と会うのは都会の方が便利でしょう？私はずっとここで育ったから、友達や親戚と会えなくなるのはさびしいなあ。

M：結局、住みたい場所を選んでいると、自分にとって何が大事なのかってことがわかるね。

二人は年をとってから住む場所についてなんと言っていますか。

1　二人とも、どこかに出かけやすい便利な都会に住みたいと言っている。
2　二人とも、自然が豊かな場所に住みたいと言っている。
3　女の人は自然の豊かな所で、男の人はインターネットが使える便利な都会で暮らしたいと言っている。
4　女の人は親しい人の近くで、男の人は自然の豊かな場所で暮らしたいと言っている。

筆記方式

女：1.とかい、べんり
2.とかい、人とあえる
男：1.とかい、べんり、つまらない。ネット、しぜんがあればいい
2.すむばしょえらぶ、だいじなことわかる

答案 4

▩ 1. 無法先閱讀選項，只能詳細記錄。2. 聽邊刪去不正確的選項。
3. 從開頭得知是兩人對話，女生先發表看法，可針對人物、想法來記錄。

問題五

ラジオで講師が話しています。

M1：アンガーマネージメントということばをご存知でしょうか。英語で、アンガー、つまり怒るという気持ちをマネージメント、管理する、という意味で、要するに心理教育の一つです。最近では日本でも社員の研修で取り入れる企業が増えています。アンガーマネージメントを学ぶということは、怒らないようにすることではありません。怒ることは、まったく自然な感情です。問題は、自分が怒っていると感じた時、それを関係のない誰かや何かのせいにして感情を爆発させてしまうことで、自分にとって適切な時に適切な怒り方ができるように、自分の感情を調整することは、周囲との関係を良くするためにとても大事です。

F：怒った後ってイヤな気持ちになることが多いから、怒っちゃいけないって思っていた。

M2：そうだよな。だけど、子どもの頃、友達にされたことに怒ってケンカした後、すっきりしたこともあるなあ。

F：へえ。私は、怒るのも怒られるのも苦手。それに、怒られた経験は忘れないんだけど、なんで怒られたかは忘れてることも多いよ。

M2：そうかな。僕はたいてい自分がしたことも覚えてるよ。親に反抗したこととかね。

F：私の祖母はいつもニコニコしながらいろんなことを教えてくれた。それは、しっかり覚えてるんだよね。

M2：それ、よくわかるよ。逆に、急に殴られた時なんて、自分が相手に何をしたか考える余裕なんてなくなる。アンガーマネージメントができるってことは、精神的に大人になるってことなのかな。周りの人にも気持ちが伝わるとストレスも減るし。だから君のおばあちゃんはいつもニコニコしていられたんじゃない？

質問 1. 講師は、何について話していますか。

質問 2. アンガーマネージメントについて、男の人はどう考えていますか。

質問 1：

選項

1. 怒(おこ)ることについて
2. 管理(かんり)について
3. 忘(わす)れることについて
4. ストレスについて

筆記方式

內文：

1.おこる、かんり

2.おこっていい、てきとうな「とき、あいて」におこっていい

答案 1

質問 2：

選項

1. 怒(おこ)った後(あと)はすっきりするので、必要(ひつよう)はない
2. いつも冷静(れいせい)なので、あまり必要(ひつよう)ではない
3. アンガーマネージメントをするとストレスが増(ふ)える
4. アンガーマネージメントができればストレスが減(へ)る

筆記方式

女：

1.おこることはだめ

男：

1.おこったあとすっきり

2.きもちがつたわると、ストレスへる

答案 4

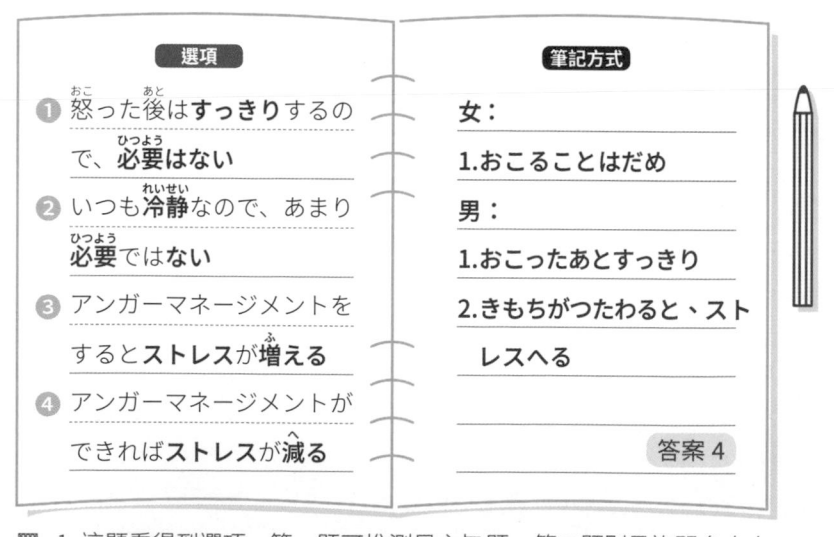

▩ 1. 這題看得到選項，第一題可推測是主旨題，第二題則是詢問多人之中某人的看法。
2. 圈出關鍵字，並記在腦海裡，以便邊聽邊作筆記。
3. 針對選項作筆記，同時也要記錄每個出場人物的想法。

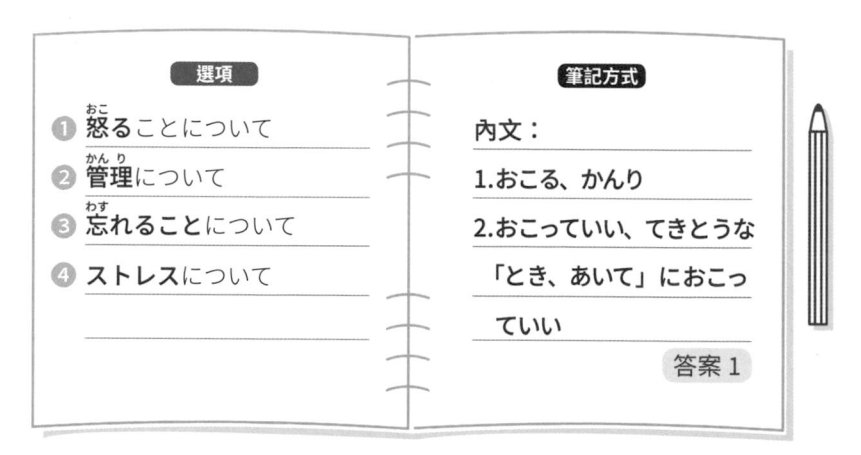

4 Step 易混發音完全比較

發音看似基本，卻相當重要。無法清晰的辨明發音，在日檢聽力測驗中恐怕會落入相近發音的陷阱。因此，以下將為您統整、比較相近發音，並以圖解詳細介紹發音方式。

★ 以下練習第一遍邊聽邊跟著唸，第二遍選出你聽到的單字。然後在方格內打勾。

區別發音1 「す」、「つ」、「ち」

track 0-1

▶ す[sɯ]的[s]舌尖往上接近上齒齦，氣流再從中間的小空隙摩擦而出。つ[tsɯ]的[ts]是舌尖頂在上齒齒齦，然後很快放開的[t]跟[s]的結合音。[s]跟[ts]都不要振動聲帶。

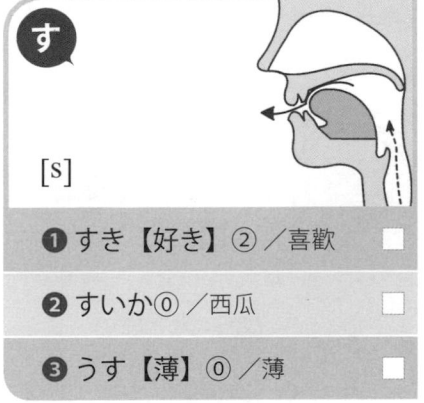

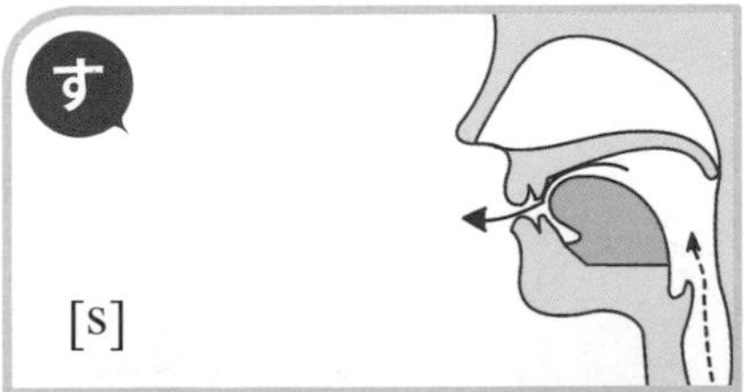

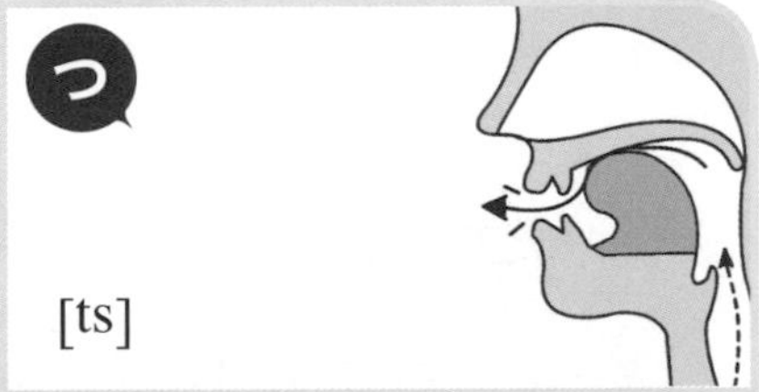

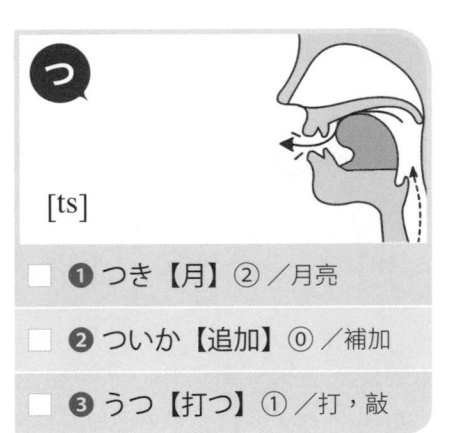

す		つ	
❶ すき【好き】②／喜歡	□	□	❶ つき【月】②／月亮
❷ すいか⓪／西瓜	□	□	❷ ついか【追加】⓪／補加
❸ うす【薄】⓪／薄	□	□	❸ うつ【打つ】①／打，敲

▶ ち[tʃi]的[tʃ]是跟つ[tsɯ]的[ts]，發音部位不同在，つ[tsɯ]受到母音[ɯ]的影響，所以舌位比較前面。[tʃ]跟[ts]都不要振動聲帶。

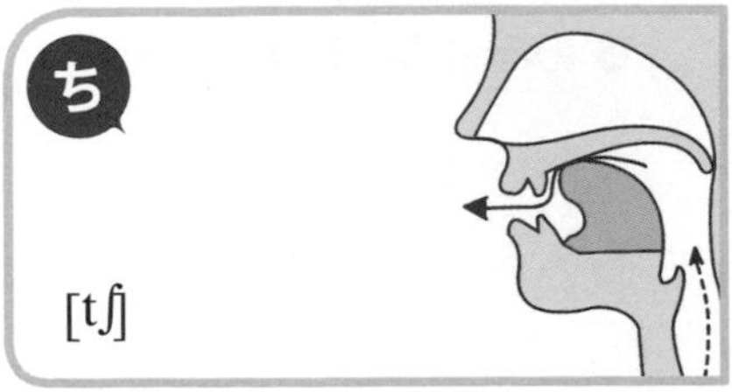

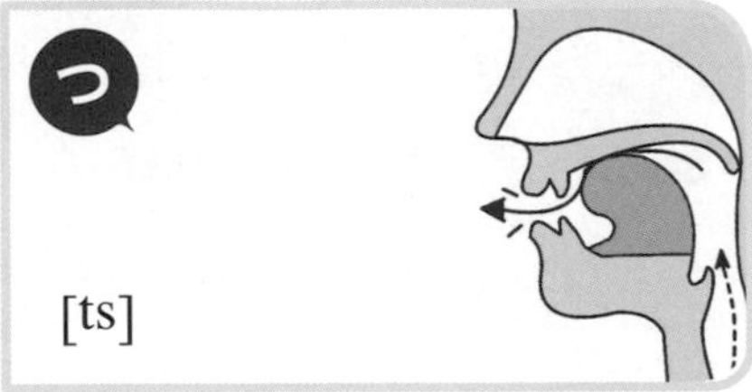

❹ ちえ【知恵】②／智慧 □	□ ❹ つえ【杖】①／拐杖
❺ いち【位置】①／位置 □	□ ❺ いつ①／什麼時候
❻ くち【口】⓪／嘴巴 □	□ ❻ くつ【靴】②／鞋子

區別發音2 「な」、「ら」、「た」

track 0-2

▶ な[nɑ]的[n]是舌尖頂住上牙齦，把氣流擋起來，讓氣流從鼻腔跑出來。而ら[rɑ]的[r]是日語特有的彈音，把舌尖翹起來輕輕碰上齒齦與硬顎，在氣流沖出時，輕彈一下！[n]跟[r]都要振動聲帶。た[ta]的[t]的發音是舌尖要頂在上齒根和齒齦之間，然後很快把它放開，讓氣流衝出。不要震動聲帶喔。

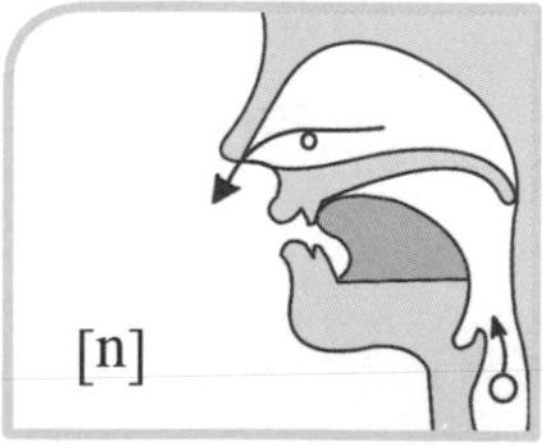

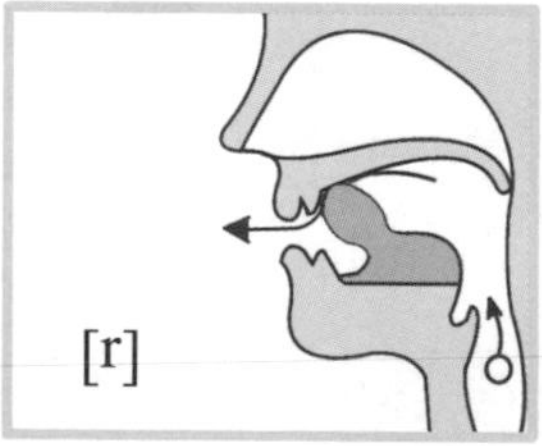

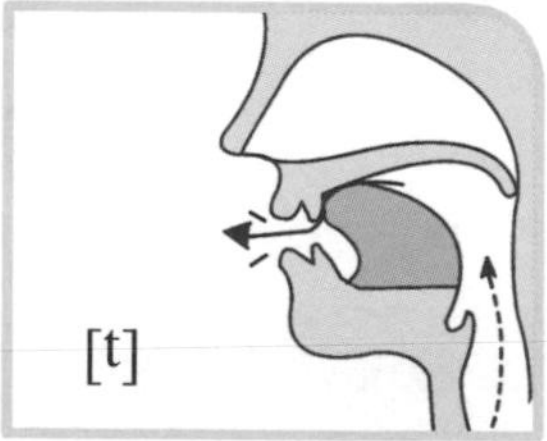

❶ はな【花】②／花 □	□ ❶ はら【腹】②／肚子
❷ なく【泣く】⓪／哭泣 □	□ ❷ らく【楽】②／快樂；輕鬆
❸ にく【肉】②／肉 □	□ ❸ りく【陸】⓪／陸地
❹ むら【村】⓪／村子 □	□ ❹ むだ【無駄】⓪／浪費
❺ とる【取る】①／拿，取 □	□ ❺ のる【乗る】⓪／乘坐
❻ てる【照る】①／照，照耀 □	□ ❻ ねる【寝る】⓪／睡覺
❼ かない【家内】①／妻子 □	□ ❼ からい【辛い】②／辣的

區別發音3 「m」、「b」

track 0-3

▶ [m]雙唇緊閉形成阻塞，讓氣流從鼻腔流出。[b]的雙唇要緊閉形成阻塞，然後讓氣流衝破阻塞而出。另外，[m]和[b]都要振動聲帶。

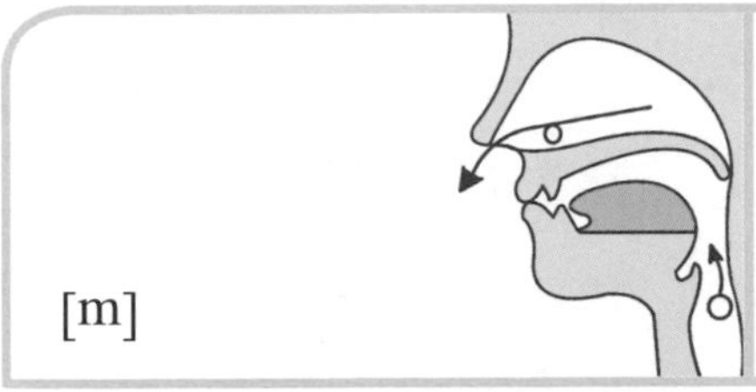

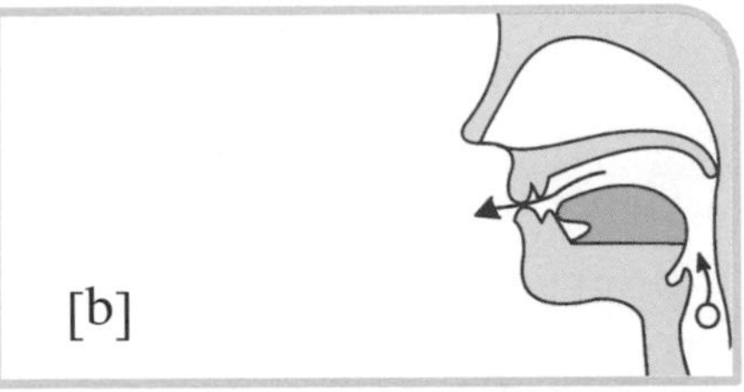

❶ まつ【松】①／松樹 □	□ ❶ ばつ【罰】②／懲罰
❷ ゆみ【弓】⓪／弓 □	□ ❷ ゆび【指】②／手指
❸ むじ【無地】①／素面的 □	□ ❸ ぶじ【無事】⓪／平安無事
❹ むり【無理】①／勉強 □	□ ❹ ぶり【振り】⓪／樣態
❺ ためる【溜める】⓪／儲存 □	□ ❺ たべる【食べる】②／吃
❻ もち【餅】⓪／年糕 □	□ ❻ ぼち【墓地】①／墳場
❼ もん【門】①／大門 □	□ ❼ ぼん【盆】⓪／盤子

區別發音4 清濁音比一比—「か」行

track 0-4

▶「が、ぎ、ぐ、げ、ご」是子音[g]跟母音[ɑ、i、ɯ、e、o]拼起來的。[g]的發音是發音的方式，跟部位跟[k]一樣，不一樣的是要振動聲帶。

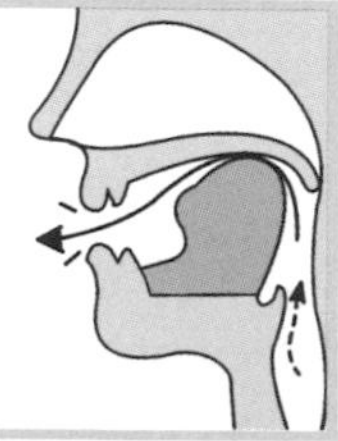

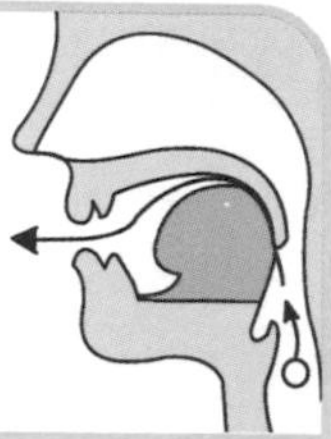

❶ きけん【危険】⓪／危險 ☐	☐ ❶ きげん【期限】①／期限
❷ ごい【語彙】①／詞彙 ☐	☐ ❷ こい【恋】①／愛情
❸ ぐち【愚痴】⓪／怨言 ☐	☐ ❸ くち【口】⓪／嘴巴
❹ ごうか【豪華】①／豪華 ☐	☐ ❹ こうか【効果】①／效果
❺ かい【貝】①／貝；貝殼 ☐	☐ ❺ がい【害】①／害
❻ がむ【ガム】①／口香糖 ☐	☐ ❻ かむ【噛む】①／咬；嚼

區別發音5 清濁音比一比—「さ」行

track 0-5

▶ [s]的發音是上下齒對齊合攏，軟顎抬起，堵住鼻腔通路，舌尖往上接近上齒齦，中間要留一個小小的空隙，再讓氣流從那一個小空隙摩擦而出。不要振動聲帶喔！

▶「ざ、ず、ぜ、ぞ」是子音[dz]跟母音[ɑ、i、ɯ、e、o]拼起來的。[dz]的發音方式、部位跟[ts]一樣，不一樣的是要振動聲帶。「じ」是子音[dʒ]跟母音[i]拼起來的。[dʒ]的發音是舌葉抵住上齒齦，把氣流擋起來，然後稍微放開，讓氣流從縫隙中摩擦而出。要振動聲帶喔！

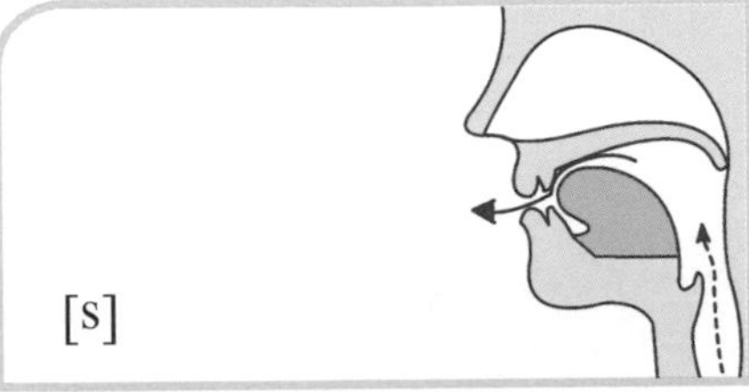

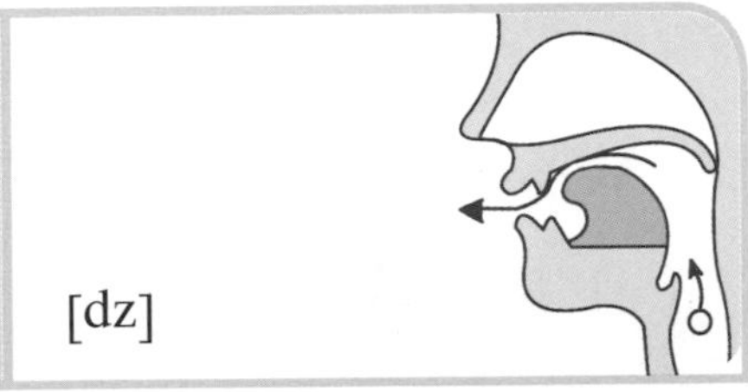

❶ かし【菓子】① ／糕點 □	□ ❶ かじ【火事】① ／火災
❷ ふそく【不足】⓪ ／缺少 □	□ ❷ ふぞく【付属】⓪ ／附屬
❸ すえ【末】⓪ ／末；末端 □	□ ❸ ずえ【図絵】① ／繪畫
❹ あいず【合図】① ／信號 □	□ ❹ あいす【アイス】① ／冰
❺ あざ【痣】② ／痣；青腫 □	□ ❺ あさ【麻】② ／麻；麻布
❻ ぜいかん【税関】⓪ ／海關 □	□ ❻ せいかん【生還】⓪ ／生還

區別發音6 清濁音比一比—「た」行

track 0-6

▶ [t]的發音是舌尖要頂在上齒根和齒齦之間，然後很快把它放開，讓氣流衝出。不要震動聲帶喔！

▶「だ、で、ど」是子音[d]跟母音[a、e、o]拼起來的。[d]發音的方式、部位跟[t]一樣，不一樣的是要振動聲帶。「ぢ」的發音跟「じ」一樣。「づ」的發音跟「ず」一樣。

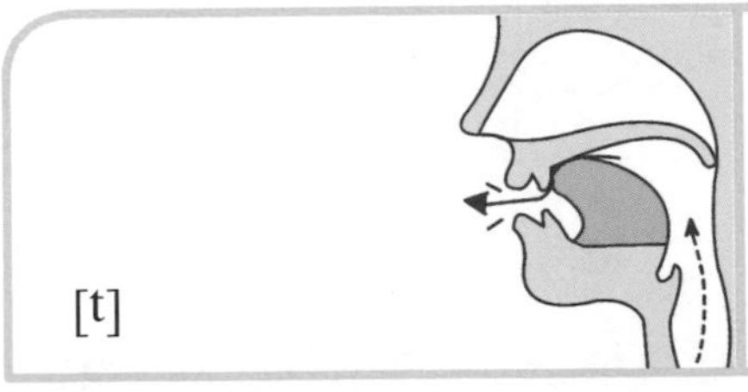

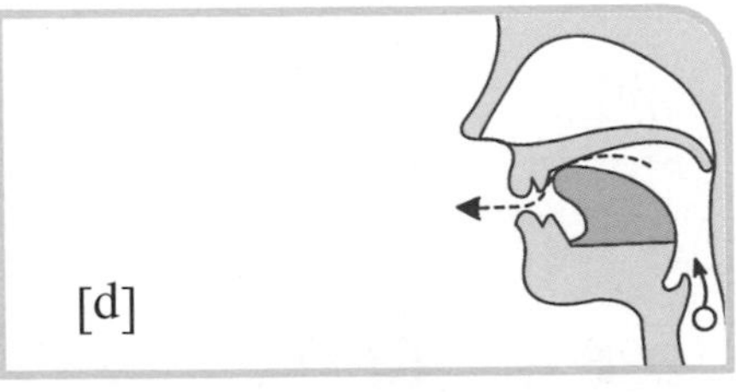

- ☐ ❶じく【軸】②／軸、卷軸
- ☐ ❶にく【肉】②／肉
- ☐ ❶りく【陸】②／大陸

- ☐ ❷とる【取る】①／取、拿
- ☐ ❷ドル①／美元；錢
- ☐ ❷のる【乗る】⓪／乘坐

- ☐ ❸でる【出る】①／出去
- ☐ ❸てる【照る】①／照耀
- ☐ ❸ねる【寝る】⓪／睡覺

區別發音7 清音、濁音、半濁音比一比—「は」行 track 0-7

▶ [h]發音時，嘴要張開，讓氣流從聲門摩擦而出，發音器官要盡量放鬆，呼氣不要太強。

▶「ば、び、ぶ、べ、ぼ」是子音[b]跟母音[ɑ、i、ɯ、e、o]拼起來的。[b]的發音是緊緊的閉住兩唇，為了不讓氣流流往鼻腔，叫軟顎把鼻腔通道堵住，然後很快放開，讓氣流從兩唇衝出。要同時振動聲帶喔！

▶「ぱ、ぴ、ぷ、ぺ、ぽ」是子音[p]跟母音[ɑ、i、ɯ、e、o]拼起來的。[p]的發音部位跟[b]相同，不同的是不需要振動聲帶。發音時要乾脆。

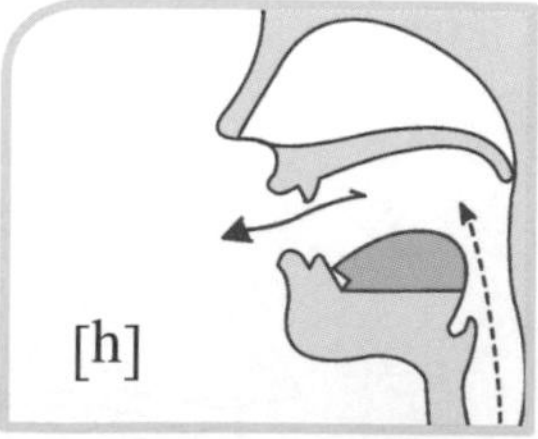

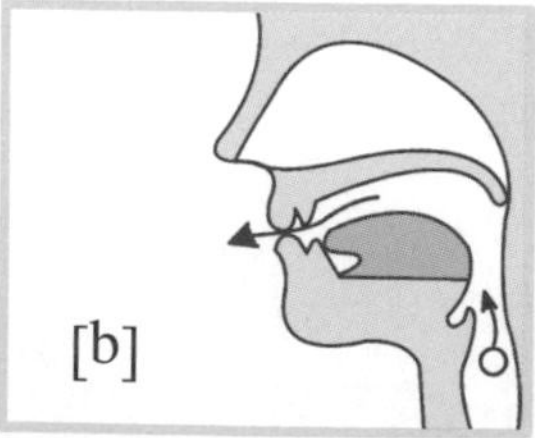

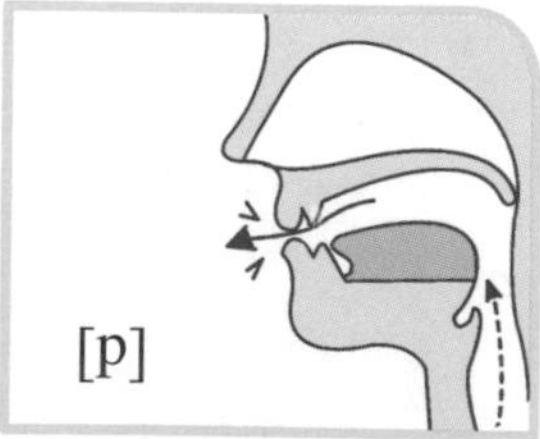

- ❶すべる【滑る】②／滑；滑溜 ☐
- ❷ぼうそう【暴走】⓪／狂奔 ☐

- ☐ ❶すぺる【スペル】②／拼法
- ☐ ❷ほうそう【放送】⓪／播放

❸ ぱい【パイ】①／～派 □	□ ❸ はい【灰】⓪／灰塵
❹ びよう【美容】⓪／美容 □	□ ❹ ひよう【費用】①／費用
❺ ばつ【罰】②／懲罰 □	□ ❺ はつ【初】①／首次
❻ せんぷん【千分】⓪／千分 □	□ ❻ せんぼん【千本】①／千枝、千顆
❼ ぴくぴく①／微動 □	□ ❼ びくびく①／畏首畏尾

區別發音8 「や」、「ゆ」、「よ」

track 0-8

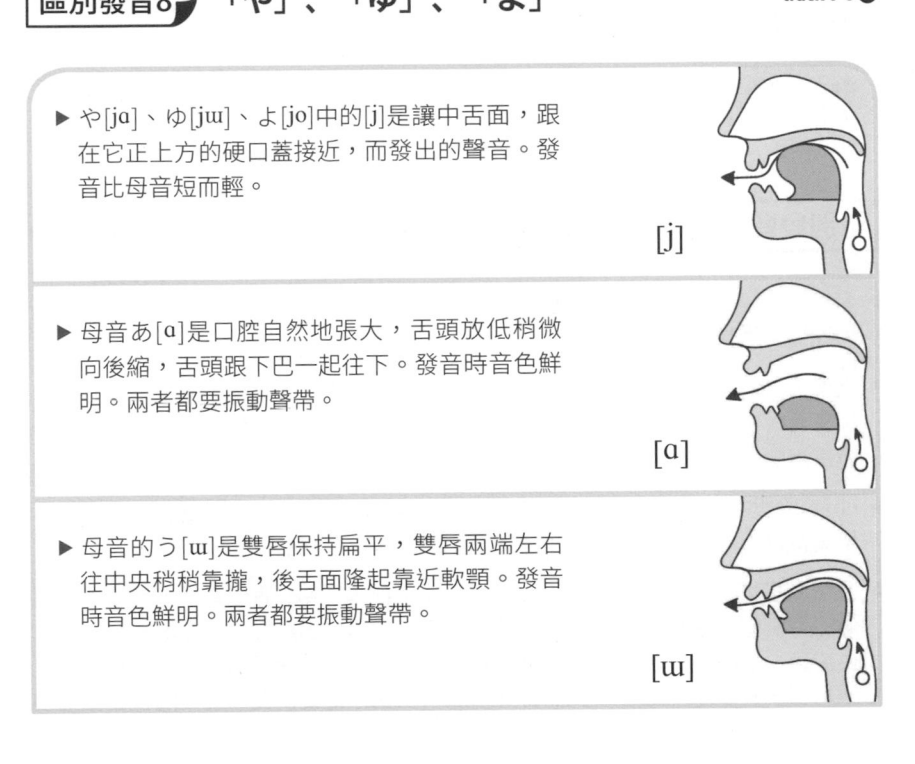

▶ や[jɑ]、ゆ[jɯ]、よ[jo]中的[j]是讓中舌面，跟在它正上方的硬口蓋接近，而發出的聲音。發音比母音短而輕。

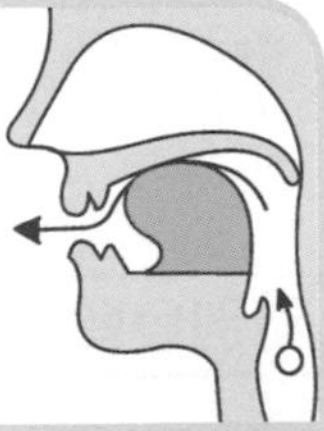
[j]

▶ 母音あ[ɑ]是口腔自然地張大，舌頭放低稍微向後縮，舌頭跟下巴一起往下。發音時音色鮮明。兩者都要振動聲帶。

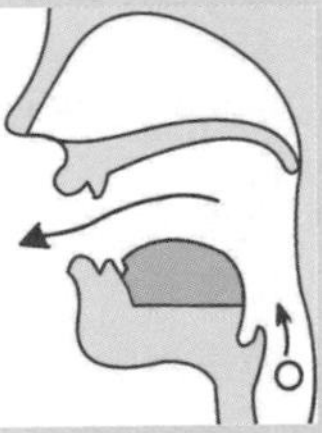
[ɑ]

▶ 母音的う[ɯ]是雙唇保持扁平，雙唇兩端左右往中央稍稍靠攏，後舌面隆起靠近軟顎。發音時音色鮮明。兩者都要振動聲帶。

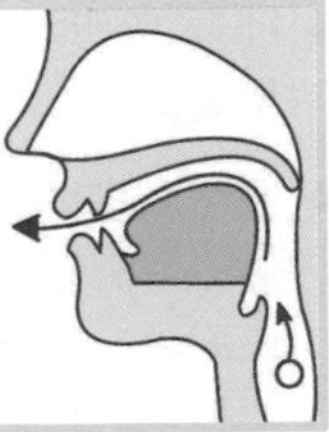
[ɯ]

▶ 母音的お[o]是下巴還要往下，舌向後縮後舌面隆起，要圓唇。發音時音色鮮明。兩者都要振動聲帶。

[o]

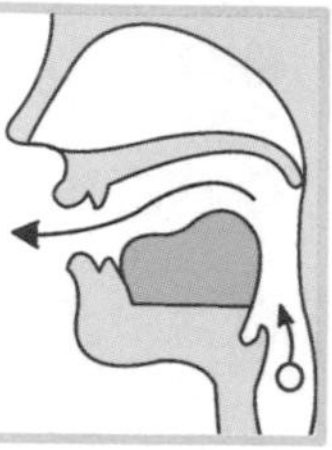

❶ やみ【闇】②／黑暗 ☐	☐ ❶ あみ【網】②／網子
❷ あゆ【鮎】①／香魚 ☐	☐ ❷ あう【合う】①／適合
❸ ゆず【柚子】①／柚子 ☐	☐ ❸ うず【渦】⓪／漩渦
❹ よみせ【夜店】⓪／夜市 ☐	☐ ❹ おみせ【お店】／店家
❺ よわる【弱る】②／衰弱 ☐	☐ ❺ おわる【終わる】⓪／結束

區別發音9 撥音、促音、長音、拗音、直音

track 0-9

▶ 音「ん」是[n]音，跟直音一樣的是都佔一拍，它的發音，會隨著後面發音的不同而受到影響。

▶ 促音「っ」要停頓一下，佔一拍直音跟促音的不同，是直音不需要停一拍。發促音時，嘴形要保持跟它後面的子音一樣，這樣持續停頓約一拍的時間，最後讓氣流衝出去，就行啦！

▶「い」段假名和小的「ゃ、ゅ、ょ」所拼起來的音叫拗音。拗音跟直音的不同，是拗音是由兩個假名拼成一拍，而直音是一個假名就佔一拍。

▶ 長音就是把假名的母音，拉長一拍唸。除了撥音「ん」跟促音「っ」以外，日語的每個假名都可以發成長音。長音的標示法是，あ段假名後加あ；い段假名後加い；う段假名後加う；え段假名後加い或え；お段假名後加お或う；外來語以「ー」表示。直音跟長音的不同是，直音不需要拉長一拍，而長音要拉長一拍。

❶ ぶんたい【文体】⓪／文章體材 □	□ ❶ ぶったい【物体】⓪／物體
❷ いせい【異性】⓪／異性 □	□ ❷ いっせい【一斉】⓪／一起
❸ すぱい【スパイ】②／間諜 □	□ ❸ すっぱい【酸っぱい】③／酸的
❹ にし【西】⓪／西邊 □	□ ❹ にっし【日誌】⓪／日記
❺ せかい【世界】①／世界 □	□ ❺ せいかい【正解】⓪／正確答案
❻ とる【取る】①／拿取 □	□ ❻ とおる【通る】①／通過
❼ いしゃ【医者】⓪／醫生 □	□ ❼ いしや【石屋】⓪／石材店

區別發音解答

1. ①①②①②①
2. ①②②②①②①
3. ②①①①①①①
4. ②②②①②①
5. ②①②②②②
6. ③①②
7. ②①②①②②①
8. ①②①①②
9. ①①①②②①②

5 Step 常考分類單字—活用圖解

準備日檢聽力，除了備齊充足的單字量外，懂得活用是加分重點。以下將單子依使用情境分類，以短句告訴您最常用的詞語組合，再加上生動圖解，一秒理解詞意，同時深深烙印腦海裡。

時間／時間

一旦（いったん）

副 一旦，既然；暫且，姑且

一旦約束（いったんやくそく）したことは必（かなら）ず守（まも）る。

一旦約定了的事就應該遵守。

直（ただ）ちに

副 立即，立刻；直接，親自

直（ただ）ちに出動（しゅつどう）する。

立刻出動。

日帰（ひがえ）り

名・自サ 當天回來

日帰（ひがえ）りの旅行（りょこう）がおすすめです。

推薦一日遊。

間（ま）

名・接尾 間隔，空隙；間歇；機會，時機；（音樂）節拍間歇；房間；（數量）間

間（ま）に合（あ）う。

趕得上。

間（ま）も無（な）く

副 馬上，一會兒，不久

間（ま）もなく試験（しけん）が始（はじ）まる。

快考試了。

愈々（いよいよ）

副 愈發；果真；終於

いよいよ夏休（なつやす）みだ。

終於要放暑假了。

住居／住房

自宅（じたく）

名 自己家，自己的住宅

自宅（じたく）で事務仕事（じむしごと）をやっている。

在家中做事務性工作。

換気（かんき）

名・自他サ 換氣，通風，使空氣流通

窓（まど）を開（あ）けて換気（かんき）する。

打開窗戶使空氣流通。

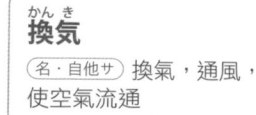

食事 ／用餐

カロリー【calorie】

㊔（熱量單位）卡，卡路里；（食品營養價值單位）卡，大卡

カロリーが高（たか）い。

熱量高。

醉（よ）う

自五 醉，酒醉；暈（車、船）；（吃魚等）中毒；陶醉

酒（さけ）に醉（よ）う。喝醉酒。

薬缶（やかん）

㊔（銅、鋁製的）壺，水壺

やかんで湯（ゆ）を沸（わ）かす。

用壺燒水。

人体 ／人體

引（ひ）っ張（ぱ）る

他五（用力）拉；拉上，拉緊；強拉走；引誘；拖長；拖延；拉（電線等）；（棒球向左面或右面）打球

綱（つな）を引（ひ）っ張（ぱ）る。

拉緊繩索。

頷（うなず）く

自五 點頭同意，首肯

軽（かる）くうなずく。

輕輕地點頭。

微笑（ほほえ）む

自五 微笑，含笑；（花）微開，乍開

にっこりと微笑（ほほえ）む。

嫣然一笑。

持（も）ち上（あ）げる

他下一（用手）舉起，抬起；阿諛奉承，吹捧；抬頭

荷物（にもつ）を持（も）ち上（あ）げる。

舉起行李。

震（ふる）える

自下一 顫抖，發抖，震動

手（て）が震（ふる）える。

手顫抖。

5 Step

生理／生理（現象）

遺伝（いでん）

(名・自サ) 遺傳

ハゲは遺伝（いでん）するの。

禿頭會遺傳嗎？

しわ

㊔（皮膚的）皺紋；（紙或布的）縐折，摺子

しわが増（ふ）える。

皺紋增加。

切（き）る

(接尾)（接助詞運用形）表示達到極限；表示完結

疲（つか）れきる。

疲乏至極。

崩（くず）す

(他五) 拆毀，粉碎

体調（たいちょう）を崩（くず）す。

把身體搞壞。

目眩（めまい）・眩暈（めまい）

㊔ 頭暈眼花

めまいを感（かん）じる。

感到頭暈。

虫歯（むしば）

㊔ 齲齒，蛀牙

虫歯（むしば）が痛（いた）む。

蛀牙疼。

骨折（こっせつ）

(名・自サ) 骨折

足（あし）を骨折（こっせつ）する。

腳骨折。

嚔（くしゃみ）

㊔ 噴嚏

くしゃみが出（で）る。

打噴嚏。

人物／人物

スマート【smart】

(形動) 瀟灑，時髦，漂亮；苗條；智能型，智慧型

スマートな体型（たいけい）がいい。

我喜歡苗條的身材。

醜（みにく）い

㊎ 難看的，醜的；醜陋，醜惡

醜（みにく）いアヒルの子（こ）が生（う）まれた。

生出醜小鴨。

可愛がる（かわいがる）

(他五) 喜愛，疼愛；嚴加管教，教訓

子供を可愛がる。

疼愛小孩。

巫山戯る（ふざける）

(自下一) 開玩笑，戲謔；愚弄人，戲弄人；(男女)調情，調戲；(小孩)吵鬧

謝罪しないだと、ふざけるな。

說不謝罪，開什麼玩笑。

厚かましい（あつかましい）

(形) 厚臉皮的，無恥

厚かましいお願いですが。

真是不情之請，不過…。

幼稚（ようち）

(名・形動) 年幼的；不成熟的，幼稚的

幼稚な議論が続いている。 幼稚的爭論持續著。

余裕（よゆう）

(名) 富餘，剩餘；寬裕，充裕

余裕がある。

綽綽有餘。

仲直り（なかなおり）

(名・自サ) 和好，言歸於好

弟と仲直りする。

與弟弟和好。

悪口・悪口（わるくち・わるぐち）

(名) 壞話，誹謗人的話；罵人

悪口を言う。

說壞話。

天体、気象／天體、氣象

格別（かくべつ）

(副) 特別，顯著，格外；姑且不論

今日の寒さは格別だ。

今天格外寒冷。

雷（かみなり）

(名) 雷；雷神；大發雷霆的人

雷が鳴る。

雷鳴。

日陰（ひかげ）

(名) 陰涼處，背陽處；埋沒人間；見不得人

日陰で休む。

在陰涼處休息。

舞う（ま）

(自五) 飛舞；舞蹈

雪が舞う。（ゆき・ま）

雪花飛舞。

接近（せっきん）

(名・自サ) 接近，靠近；親密，親近，密切

台風が接近する。（たいふう・せっきん）

颱風靠近。

万一（まんいち）

(名・副) 萬一

万一に備える。（まんいち・そな）

以備萬一。

施設、機関 ／設施、機關單位

宿泊（しゅくはく）

(名・自サ) 投宿，住宿

ホテルに宿泊する。（しゅくはく）

投宿旅館。

窓口（まどぐち）

(名) (銀行，郵局，機關等)窗口；(與外界交涉的)管道，窗口

3番の窓口へどうぞ。（ばん・まどぐち）

請至3號窗口。

見舞い（みまい）

(名) 探望，慰問；蒙受，挨(打)，遭受(不幸)

見舞いにいく。（み・ま）

去探望。

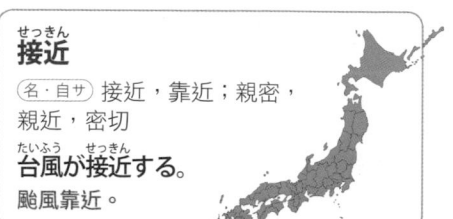

交通／交通

遭う（あう）
自五 遭遇，碰上
事故に遭う。
碰上事故。

配達（はいたつ）
名・他サ 送，投遞
新聞を配達する。
送報紙。

脱線（だっせん）
名・他サ （火車、電車等）脫軌，出軌；（言語、行動）脫離常規，偏離本題
列車が脱線する。
火車脫軌。

改札（かいさつ）
名・自サ （車站等）的驗票
改札を抜ける。
通過驗票口。

満員（まんいん）
名 （規定的名額）額滿；（車、船等）擠滿乘客，滿座；（會場等）塞滿觀眾
満員の電車が走る。
滿載乘客的電車在路上跑著。

数量、図形、色彩／數量、圖形、色彩

超過（ちょうか）
名・自サ 超過
時間を超過する。
超過時間。

うんと
副 多，大大地；用力，使勁地
うんと殴る。
狠揍。

だらけ
接尾 （接名詞後）滿，淨，全；多，很多
借金だらけになる。
一身債務。

リットル【liter】
名 升，公升
1リットルの牛乳がスーパーで並んでいる。
一公升的牛奶擺在超市裡。

5 Step

職業、仕事 ／職業、工作

応接（おうせつ）

(名・自サ) 接待，應接

客（きゃく）に応接（おうせつ）する。

接見客人。

研修（けんしゅう）

(名・他サ) 進修，培訓

研修（けんしゅう）を受（う）ける。

接受培訓。

締切る（しめきる）

(他五) (期限)屆滿，截止，結束

今日（きょう）で締（し）め切（き）る。

今日截止。

せっせと

(副) 拼命地，不停的，一個勁兒地，孜孜不倦的

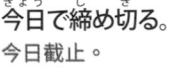

せっせと運（はこ）ぶ。

拼命地搬運。

役目（やくめ）

(名) 責任，任務，使命，職務

役目（やくめ）を果（は）たす。

完成任務。

躓く（つまずく）

(自五) 跌倒，絆倒；(中途遇障礙而)失敗，受挫

事業（じぎょう）に躓（つまず）く。

在事業上受挫折。

経済 ／經濟

勘定（かんじょう）

(名・他サ) 計算；算帳；(會計上的)帳目，戶頭，結帳；考慮，估計

勘定（かんじょう）を済（す）ます。

付完款，算完帳。

手頃（てごろ）

(名・形動) (大小輕重)合手，合適，相當；適合(自己的經濟能力、身分)

手頃（てごろ）なお値段（ねだん）で食（た）べられる。

能以合理的價錢品嚐。

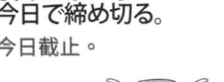

小遣い（こづかい）
㊔ 零用錢
小遣いをあげる。
給零用錢。

通帳（つうちょう）
㊔（存款、賒帳等的）折子，帳簿
通帳を記入する。
記入帳本。

心理、感情 ／心理、感情

惜しい（おしい）
㊎ 遺憾；可惜的，捨不得；珍惜
時間が惜しい。
珍惜時間。

気の毒（きのどく）
（名・形動）可憐的，可悲；可惜，遺憾；過意不去，對不起
気の毒な境遇にあった。
遭逢悲慘的處境。

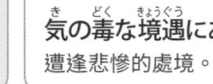

油断（ゆだん）
（名・自サ）缺乏警惕，疏忽大意
油断してしくじる。
因大意而失敗了。

さっさと
㊓（毫不猶豫、毫不耽擱時間地）趕緊地，痛快地，迅速地
さっさと帰る。
趕快回去。

吹き飛ばす（ふきとばす）
（他五）吹跑；吹牛；趕走
迷いを吹き飛ばす。
拋開迷惘。

皮肉（ひにく）
（名・形動）皮和肉；挖苦，諷刺，冷嘲熱諷；令人啼笑皆非
皮肉に聞こえる。
聽起來帶諷刺味。

草臥れる（くたびれる）
（自下一）疲勞，疲乏
人生にくたびれる。
對人生感到疲乏。

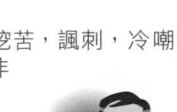

5 Step

不運（ふうん）
(名・形動) 運氣不好的，倒楣的，不幸的
不運に見舞われる。（ふうん／みま）
遭到不幸，倒楣。

苦情（くじょう）
(名) 不平，抱怨
苦情を訴える。（くじょう／うった）
抱怨。

恨み（うら）
(名) 恨，怨，怨恨
恨みを買う。（うら／か）
招致怨恨。

誇る（ほこ）
(自五) 誇耀，自豪
成功を誇る。（せいこう／ほこ）
以成功自豪。

思考、言語 ／思考、語言

浮かぶ（う）
(自五) 漂，浮起；想起，浮現，露出；(佛)超度；出頭，擺脱困難
名案が浮かぶ。（めいあん／う）
想出好方法。

見当（けんとう）
(名) 推想，推測；大體上的方位，方向；(接尾)表示大致數量，大約，左右
見当がつく。（けんとう）
推測出。

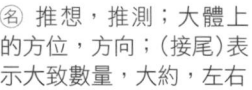

無視（むし）
(名・他サ) 忽視，無視，不顧
事実を無視する。（じじつ／むし）
忽視事實。

心得る（こころえ）
(他下一) 懂得，領會，理解；有體驗；答應，應允記在心上的
事情を心得る。（じじょう／こころえ）
充分理解事情。

別（べつ）
(名・形動・漢造) 分別，區分；分別
正邪の別を明らかにする。（せいじゃ／べつ／あき）
明白的區分正邪。

偏（へん）

(名・漢造) 漢字的(左)偏旁；偏，偏頗

偏見を持っている。（へんけん、も）

有偏見。

利口（りこう）

(名・形動) 聰明，伶利機靈；巧妙，周到，能言善道

利口な子が揃った。（りこう、こ、そろ）

齊聚了一群機靈的小孩。

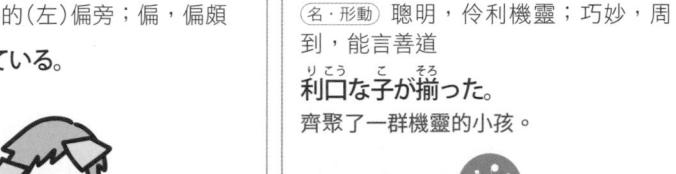

Step 6 口語日語的變化公式

日檢聽力測驗中白話又生活化的口語表現，經常是考生們的一大罩門，因此事先熟悉口語日語，就能從容應試，奪得高分。以下就針對N2 程度為您統整常見的口語三大變化。

縮約形

では → じゃ

▶在口語中「では」幾乎都變成「じゃ」。「じゃ」是「では」的縮約形式，也就是縮短音節的形式，一般是用在口語上。多用在跟自己比較親密的人，輕鬆交談的時候。

口語中「では」會縮短為「じゃ」，「ては」則會變成「ちゃ」喔。

例 **よし、その方法(ほうほう)でやってみようじゃないか。**

好，不妨用那個辦法來試一試吧！

ではないか → じゃん
不是嗎、啦、呀

▶[（動詞・形容詞・形容動詞）普通形＋じゃん]。「じゃん」是「ではないか」的縮約形，用來尋求對方同意自己的判斷，或用驚訝、感嘆的心情表達自己的吃驚。

「ではないか」也可以省略為「じゃないか」，而「じゃん」則是最口語的說法。

例 **ありのままでいいじゃん。**

做自己就好了不是嗎？

てしまう → ちゃう；でしまう → じゃう

…完、…了

▶[動詞て形＋ちゃう]；[な行、ま行、が行、ば行動詞＋じゃう]。「ちゃう」是「てしまう」的縮約形。表示完了、完畢；也表示某一行為、動作所造成無可挽回的現象或結果；或表示某種不希望的或不如意事情的發生。

例 **役員(やくいん)が決(き)めたんならまだしも、主任(しゅにん)が勝手(かって)に決(き)めちゃうなんてね。**

如果董事決定的話還說得過去，主任居然擅自做決定真可惡。

てしまえ→ ちまえ

給我做了…

▶[動詞て形＋ちまえ]；[な行、ま行、が行、ば行＋じまえ]。「ちまえ」（てしまう的命令形）為「てしまえ」的口語縮約形。表示把前面的行為發揮到極點。語氣粗野，一般用在男性吵架時。

例 **おいみんな、やっちまえ！**

喂大夥兒，給我上！

てはいけない → ちゃいけない；ではいけない → じゃいけない

不要…、不許…

▶[動詞て形＋ちゃいけない／じゃいけない]。「ちゃいけない」為「てはいけない」的口語縮約形，「じゃいけない」為「ではいけない」的口語縮約形。表示根據某種理由、規則，禁止對方做某事，有提醒對方注意、不喜歡該行為而不同意的語氣。

例 ビール１杯にせよ、飲んだら運転しちゃいけない。

即使只喝一杯啤酒，只要喝了酒，就不可以開車。

なくてはいけない →
なくちゃいけない、なくちゃ
不能不…、不許不…；必須…

▶[動詞否定形（去い）；（形容動詞詞幹・名詞）で；形容詞く形＋なくちゃ（じゃ）いけない、なくちゃ]。「なくちゃいけない」為「なくてはいけない」的口語縮約形。表示規定對方要做某事，具有提醒對方注意，並有義務做該行為的語氣。多用在個別的事情，對某個人上。

例 引き受けた以上は、最後までやらなくちゃいけない。

既然說要負責，就得徹底做好。

なければならない
→ なきゃならない、なきゃ
不能不…、不許不…；必須…

▶[動詞否定形（去い）；（形容動詞詞幹・名詞）で；形容詞く形＋なきゃならない、なきゃ]為「なければならない」的口語縮約形。表示無論是自己或對方，從社會常識或事情的性質來看，不那樣做就不合理，有義務要那樣做。

「なくちゃ」和「なきゃ」的意思幾乎相同，不過前者是因某個條件或規定不做不行，後者則是以義務和客觀常識來看不做不行。

例 やらなきゃと思いつつ、今日もできなかった。

這個必須在今天之內完成。

音變形

は → って

▶這裡的「って」是由「は」音變而來的口語用法。

例 **堺照之（さかいてるゆき）って、このごろテレビでよく見（み）かけるあの堺照之（さかいてるゆき）。**

你說的那個堺照之，是最近常在電視上看到的那個堺照之嗎？

とは → って

是…

▶[名詞＋って]。這裡的「って」是由「とは」音變而來的口語用法。用在說明這一個名詞的意義、定義。

例 **赤字（あかじ）って何（なに）？**

什麼是赤字？

赤字（あかじ）って収入（しゅうにゅう）より支出（ししゅつ）が多（おお）いことです。

所謂的赤字，就是指支出大於收入。

というのは → って

所謂…就是…

▶[（動詞・形容詞・名詞）普通形＋って]。這裡的「って」是由「というのは」音變而來的口語形。表示針對提出的話題，進行說明意義或定義。

例 **夫婦（ふうふ）って、仲（なか）がいいからこそ、喧嘩（けんか）もするんだ。**

所謂的夫妻，就是因為感情好，才會吵架。

という → って
…所謂…、叫做…

▶[名詞＋って]。「って」是由「という」音變而來的口語形，表示人或事物的稱謂，或對不知道的事物做解釋。

> 另外「名詞＋っていう」也是相同的意思和用法。

例 **「江戸川乱歩（えどがわらんぽ）」って筆名（ひつめい）は、「エドガー・アラン・ポー」をもとにしている。**

「江戶川亂步」這個筆名的發想來自於「埃德加・愛倫・坡」。

と言（い）った → って
說…、聽說…

▶[（動詞・形容詞）普通形＋って]；[名詞・形容動詞詞幹＋だって]。這裡的「って」是由「と言った」音變而來的口語形。用在表示第三人稱傳聞的時候。但如果用在第二人稱跟第一人稱，意思就有些不一樣了。

例 **先生（せんせい）は、「レポートは今日中（きょうじゅう）に出（だ）さねばならない」って。**

老師說了：「今天一定要交報告」。

> 傳達第三人稱的老師說的話。

例 **「あの人（ひと）とは何（なに）もなかったって言（い）い切（き）れるの」「ああ、もちろんだ」**

「你敢發誓和那個人毫無曖昧嗎？」「是啊，當然敢啊！」

> 第二人稱有反問、質疑的意思。

例 言わなくても分かってるって！

我就說了嘛，你不說我也知道啦！

第一人稱有因對方不瞭解自己的心情，而帶著不耐煩生氣的情緒。

と聞いた → って
(某某) 說…、聽說…

▶[（動詞・形容詞）普通形＋って]；[名詞・形容動詞詞幹＋だって]。這裡的「って」是由「と聞いた」音變而來的口語形。用在告訴對方自己所聽到的。

例 英語ができるっていうと、山崎さん、TOEIC 850なんだってよ。

說到擅長英文，據說山崎小姐的多益成績是 850 分喔。

例 花子、見合い結婚だって。

聽說花子是由相親結婚的。

と → って

▶[（動詞・形容詞）普通形＋って（言います）]；[名詞・形容動詞詞幹＋だって（言います）]。表示引用。「と言います、と思います、と聞きます」等的「と」，口語常會音變成「って」，口語甚至會把「言います、思います、聞きます」等省去。只接只說「って」。

例 田中君、急に用事を思い出したから、少し時間に遅れるって（言った）。

田中說突然想起有急事待辦，所以會晚點到。

例 駅(えき)の近(ちか)くにおいしいラーメン屋(や)があるって（聞(き)いた）。

聽（朋友）說在車站附近有家美味的拉麵店。

例 やっぱり彼(かれ)はかっこいいって（思(おも)った）。

果然還是覺得他很酷。

は何(なに)？→ って
…是什麼

▶ 這裡的「って」是由「は何、は何ですか」音變而來的口語形。用在詢問對方某事物是什麼的表現。

例「PCR 検査(ピーシーアールけんさ)」って。

什麼是 PCR 檢查？

ということだ → って
據說、聽說

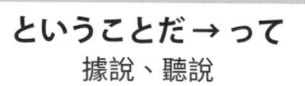

▶ [動詞普通形＋って]；[形容動詞・名詞＋だって]。這裡的「って」是由「ということだ」音變而來的口語形。表示傳聞。是引用傳達別人的話，這些話常常是自己直接聽到的。

例 天気予報(てんきよほう)によると、明日(あした)は雨(あめ)が降(ふ)るって。

根據天氣預報，明天會下雨。

ても → たって
即使…也…、雖說…但是…

▶[動詞た形・形容詞く形＋たって]。「たって」就是「ても」的口語音變形。表示假定的條件。後接跟前面不合的事，後面的成立，不受前面的約束。

「だって」也經常會出現在句首，後面搭配「もん」，表示「可是、但是…嘛！」的意思。

例 **彼(かれ)の決意(けつい)が固(かた)い以上(いじょう)、止(と)めたって無駄(むだ)だ。**

既然他已經下定決心，就算想阻止也是沒用的。

でも → だって
（名詞）即使…也…；（疑問詞）…都…

▶[名詞・形容動詞詞幹＋だって]。「だって」是「でも」的口語音變形。表示假定逆接。就是後面的成立，不受前面的約束；[疑問詞＋だって]。表示全都這樣，或是全都不是這樣的意思。

例 **法律(ほうりつ)の上(うえ)では無罪(むざい)だって、私(わたし)には許(ゆる)せない。**

在法律上縱使無罪，我也不能原諒。

撥音化

加入「ん」

▶加入撥音「ん」有加入感情強調的作用，也是口語的表現方法。如下：

Step 6

1

あまり → あんまり

（不）怎樣

おなじ → おんなじ

相同，一樣

そのまま → そのまんま

照原樣

みな → みんな

大家；全都

2

例 性格(せいかく)があんまりにまっすぐなばかりに、友人(ゆうじん)と衝突(しょうとつ)することもあります。

就因為他的個性太過耿直，有時候也會和朋友起衝突。

例 どんなに勉強(べんきょう)しても、アメリカ人(じん)とおんなじには英語(えいご)をしゃべれっこない。

不管再怎麼努力學習英語，也不可能和美國人講得一樣流利。

ら行→ん

▶[動詞て形・形容詞くて＋なんない]；[形容動詞＋でなんない]。口語中也常把「ら行」的「ら、り、る、れ、ろ」變成「ん」。如：「やるの → やんの」；「わからない → わかんない」；「お帰りなさい → お帰んなさい」；「信じられない → 信じらんない」。後３個有可愛的感覺，雖然男女都可以用，但比較適用女性跟小孩。

▶另外，口語中「な、に」也會變成「ん」。

對日本人而言，「ん」要比「ら行」的發音容易喔。

1

あるの → あんの

例 どこにあんの／哪裡有呢？

するの → すんの

例 何(なに)すんの／你幹嘛啊！

するな → すんな

例 邪魔(じゃま)すんな／你別妨礙我！

それで → そんで

例 そんで遅(おく)れちゃった／因此，遲到了。

それじゃ → そんじゃ

例 そんじゃさようなら、またね／那麼拜囉！回頭見啦！

らない → んない

例 わかんない／不知道。

られない → らんない

例 忘(わす)れらんない／忘不了。

あなた → あんた

例 あたしもあんたがほんとに好(す)きだ／我也真的喜歡你。

になる → んなる

例 だめんなっちゃった／搞砸了。

2

例 5年後(ねんご)の優勝(ゆうしょう)なんて待(ま)ってらんない。

等不及5年後要取得冠軍了。

例 この問題難(もんだいむずか)しくてわかんない。

這一題好難我看不懂。

の → ん

▶口語時，如果前接最後一個字是「る」的動詞，「る」常變成「ん」，而且，在[t]、[d]、[tS]、[r]、[n]前的「の」在口語上有發成「ん」的傾向。另外，[動詞普通形＋んだ]。這是用在表示說明情況或強調必然的結果，是強調客觀事實的句尾表達形式。「んだ」是「のだ」的口語撥音變形式。

のうち → んち

這是「某人的家」口語的常見說法，助詞「の」變成「ん」，「家（うち）」變成「ち」。

例 君（きみ）んち／你家。

例 腰（こし）が痛（いた）くて、勉強（べんきょう）どころか、横（よこ）になるのも辛（つら）いんだ。

腰實在痛得受不了，別說唸書了，就連躺著休息都覺得痛苦。

例 もう時間（じかん）なんで、失礼（しつれい）するわ。

時間已經差不多了，容我先失陪。

ない → ん

▶「ない」說文言一點是「ぬ」（nu），在口語時脫落了母音「u」，所以變成「ん」（n），也因為是文言，所以說起來比較硬，一般是中年以上的男性使用。

例 朝（あさ）から何（なに）も食（た）べていないのでお腹（なか）がすいてたまらん。

早上到現在什麼也沒吃，都快餓扁了。

例 間（ま）に合（あ）うかもしれんよ。

說不定還來得及啊。

JLPT • Listening

日本語能力試驗　試題開始

測驗前，請模擬演練，參考試前說明。
測驗時間 50 分鐘！

解答用紙

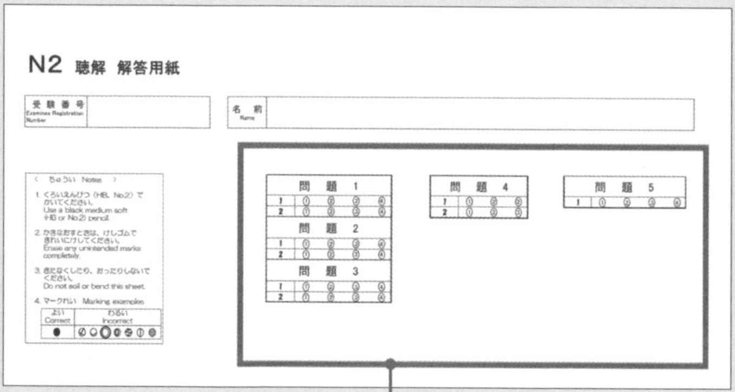
N2 聴解 解答用紙

受験番号 Examinee Registration Number		名前 Name	

〈ちゅうい Notes〉
1. くろいえんぴつ（HB、No.2）でかいてください。Use a black medium soft (HB or No.2) pencil.
2. かきなおすときは、けしゴムできれいにけしてください。Erase any unintended marks completely.
3. きたなくしたり、おったりしないでください。Do not soil or bend this sheet.
4. マークれい Marking examples

よい Correct	わるい Incorrect
●	⊘ ◌ ◯ ◑ ◍ ◐ ◉

問題 1				
1	①	②	③	④
2	①	②	③	④
問題 2				
1	①	②	③	④
2	①	②	③	④
問題 3				
1	①	②	③	④
2	①	②	③	④

問題 4			
1	①	②	③
2	①	②	③

問題 5				
1	①	②	③	④

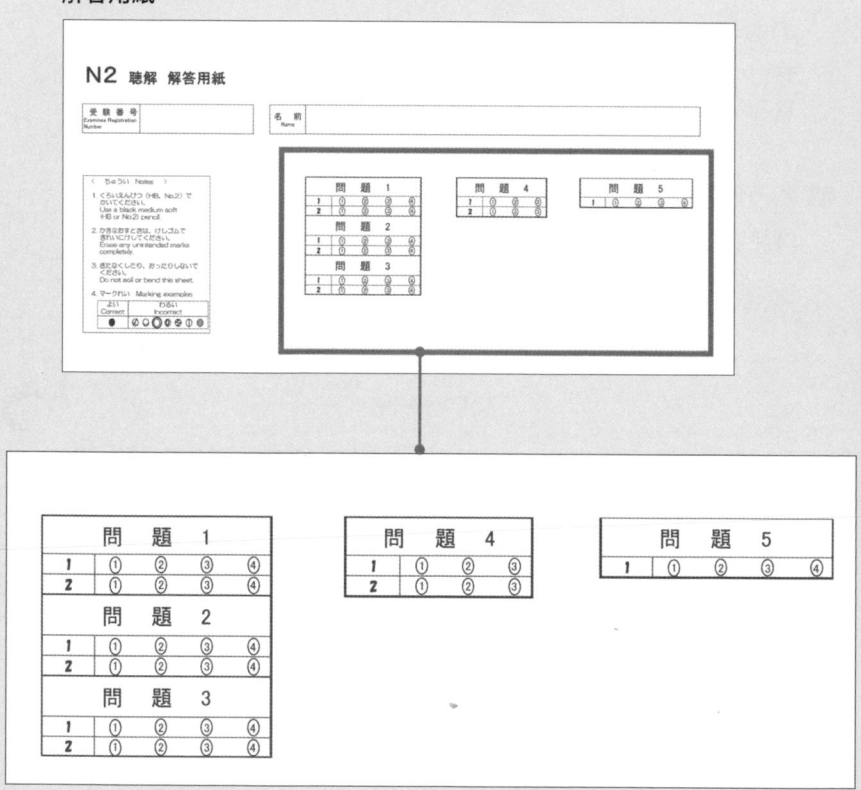

Listening　　　　問題用紙

N2

聴解

（50分）

注　　意
Notes

1. 試験が始まるまで、この問題用紙を開けないでください。
   Do not open this question booklet until the test begins.
2. この問題用紙を持って帰ることはできません。
   Do not take this question booklet with you after the test.
3. 受験番号と名前を下の欄に、受験票と同じように書いてください。
   Write your examinee registration number and name clearly in each box below as written on your test voucher.
4. この問題用紙は、全部で____ページあります。
   This question booklet has __ pages.
5. この問題用紙にメモをとってもいいです。
   You may make notes in this question booklet.

受験番号　Examinee Registration Number	

名　前　Name	

N2 聽力模擬考題 問題1

課題理解

track 1-1

共 15 題

錯題數：________

問題1では、まず質問を聞いてください。それから話を聞いて、問題用紙の1から4の中から、最もよいものを一つ選んでください。

例

track 1-2

1 コート
2 傘
3 ドライヤー
4 タオル

答え
①②③④

1番

track 1-3

1 絵を描く
2 作文を書く
3 絵をコンクールに出す
4 作文の用紙を買いに行く

答え
①②③④

2番

track 1-4

1 9時
2 10時
3 9時40分
4 9時50分

答え
①②③④

3番

track 1-5

1 372円(えん)

2 1,116円(えん)

3 1,266円(えん)

4 422円(えん)

答え
①②③④

4番

track 1-6

1 弁当(べんとう)

2 肉(にく)や野菜(やさい)

3 ビール

4 お酒(さけ)以外(いがい)の飲(の)み物(もの)

答え
①②③④

5番

track 1-7

1 みんなに電話番号(でんわばんごう)をきく

2 申込書(もうしこみしょ)をコピーする

3 先生(せんせい)に電話番号(でんわばんごう)をきく

4 申込書(もうしこみしょ)を直(なお)す

答え
①②③④

1 もんだい　翻譯與解題　例

問題1では、まず質問を聞いてください。それから話を聞いて、問題用紙の1から4の中から、最もよいものを一つ選んでください。

日文對話與問題

レストランで店員と客が話しています。客は店員に何を借りますか。

M：コートは、こちらでお預かりします。こちらの番号札をお持ちになってください。

F：じゃあこのカバンもお願いします。ええと、傘は、ここに置いといてもいいですか。

M：はい、こちらでお預かりします。

F：だいぶ濡れてる①んですけど、いいですか。

M：はい、そのままお預かりします。お客様、よろしければ、ドライヤーをお使いになりますか。

F：ハンカチじゃだめなので、何かふくものをお借りできれば……②。ドライヤーはいいです。ふくだけでだいじょうぶです。

客は店員に何を借りますか。

1　コート　　**2**　傘

3　ドライヤー　　**4**　タオル

日文解題

關鍵句 ①②

会話中に「（かばんが）だいぶ濡れているんですけど。」とある。さらに女性は最後の発言でまず「何かふくものをお借りできれば…」、またその後「ふくだけでだいじょうぶです」と言っている。

關鍵句 ②

「ふく」という単語はティッシュペーパーや布などを使って水や汚れを取って濡れた状態から乾かす、きれいにするという意味。この部分を聞き取ることができれば、答えが分かる。

選項

1「コート」は女性の着ている上着のこと。

2「傘」は女性が持ってきたもの。

3 女性は「ドライヤーはいいです」と言っている。ここでの「いいです」とは遠回しに否定したり、拒否する言い方の一つ。

單字 **そのまま**（照樣的，按照原樣）

第 1 大題。請先聽每小組的題目，接著聽完對話，再從答案卷上的選項 1 到 4 當中，選出最佳答案。

對話與問題中譯 **答案：4**

店員和客人正在餐廳裡談話，請問客人向店員借什麼東西？

M：我來為您保管外套。這是您的號碼牌，請收好。

F：那這個包包也拜託你了。嗯……雨傘可以放在這裡嗎？

M：是的，請交給我們。

F：雨傘蠻濕的，沒關係嗎？

M：沒關係，這樣交給我們就可以了。這位小姐，請問您需要使用吹風機嗎？

F：用手帕好像擦不乾，如果可以借我吸水力比較強的東西……。吹風機就不用了。只要是擦得乾的東西就行了。

請問客人向店員借什麼東西？

1 外套
2 雨傘
3 吹風機
4 毛巾

選項

選項 1，「コート／外套」是女士身上穿的。

選項 2，「傘／雨傘」是女士帶過去的。

選項 3，「ドライヤー／吹風機」被女士的「ドライヤーはいいです／吹風機就不用了」給拒絕了。「いいです／不用了」在這裡是一種委婉的謝絕或辭退的說法。

解題中譯

關鍵句 ①

從對話中的「だいぶ濡れてるんですけど／（包包）濕透了」。再加上女士最後一段話首先說「何かふくものをお借りできれば…／如果能借我可以擦拭之類的東西…」，後面又說「ふくだけでだいじょうぶです／可以擦拭就好了」。

關鍵句 ②

「ふく／擦」這個單字是指為了弄乾或弄乾淨，用布或紙等擦拭，以去掉水分或污垢等的意思，只要能聽出這一點就能知道答案了。

日文對話與問題

教室で男の先生と学生が話しています。学生はこのあと何をしなければなりませんか。

M：田中さん、夏休みの宿題で海の絵を提出したでしょう①。

F：ああ…はい。

M：あれ、上手く描けていたので、コンクールに出しました②。

F：ええっ。

M：で、あの絵について、短い作文を書いてくれませんか③。

F：作文ですか。あの、どれぐらいの長さですか。

M：百字程度でいいです。用紙は後で渡しますから、今週中に出してください。

F：はい、わかりました。

学生はこのあと何をしなければなりませんか。

1 絵を描く
2 作文を書く
3 絵をコンクールに出す
4 作文の用紙を買いに行く

日文解題

關鍵句 ①②

学生の描いた絵をコンクールに出した。

關鍵句 ③

絵について作文を書いてほしいと言っている。

選項

1 夏休みの宿題で海の絵はもう提出した。

3 絵をコンクールに出したと言っている。

4 用紙は後で渡すと言っている。

單字 提出（提出）　コンクール【concours】（競賽）　作文（作文）　用紙（專用紙）

對話與問題中譯 **答案：2**

男老師和學生正在教室裡談話，請問學生接下來必須做什麼？

M：田中同學，妳交的暑假作業是一幅大海的圖對吧？
F：嗯……是的。
M：畫得非常好，已經送去參賽了。
F：真的嗎！
M：所以，可以請妳為那幅畫寫一篇短文嗎？
F：要寫短文嗎？請問大概需要多長的篇幅？
M：大約 100 字左右就行了。稿紙我等一下拿給妳，請在這星期之內提交。
F：好的，我知道了。

請問學生接下來必須要做什麼？

1 畫圖
2 寫作文
3 把畫提交參賽
4 去買作文稿紙

解題中譯

關鍵句 ①②

學生畫的圖畫已經送去參賽了。

關鍵句 ③

老師提到希望學生為那幅畫寫一篇短文。

選項

選項 1，大海的圖已經作為暑假作業交出去了。

選項 3，對話中提到這幅畫已經送去參賽了。

選項 4，老師提到等一下會拿稿紙給學生。

再聽一次對話吧！ track 1-3

日文對話與問題

会社で男の人と女の人が話しています。男の人は何時に会社を出ますか。

F：田中さん、出かけるの早いですね。まだ9時前なのに。会議は何時からですか①。

M：10時からです②。でも、あちらには電車とバスで40分くらいかかりますので、もう出ます。

F：そうですか。で、新製品の見本は。

M：山口さんが9時までに持って来てくれることになっているので、受け取ったら出ようかと*1。

F：山口さんならさっきエレベーターで会ったから、もうすぐ来ますよ。ああ…荷物、結構大きいから、車で行ったらどう*2。車なら10分で行けるし③。

M：ああ、そうですね。じゃ、メールをチェックしてから行けるな④。

F：でも会議の10分前に着けるようにね⑤。

M：はい。そうします。

男の人は何時に会社を出ますか。

1 9時

2 10時

3 9時40分

4 9時50分

日文解題

關鍵句 ①②

会議は10時から。

關鍵句 ③④

女の人が「車なら10分で行ける」と言い、男の人も「そうですね」と言っている。

電車とバスではなく車で行くことになったので、メールをチェックする時間ができたと言っている。

關鍵句 ⑤

会議の10分前に着かなければならないので、9時40分に出る。

*1「受け取ったら出ようかと」の後には「思っています」などが省略されている。

*2「車で行ったらどう」の「どう」は「どうですか」の話し言葉。

單字 **新製品**（新產品） **見本**（樣品） **受け取る**（領取） **もうすぐ**（馬上）

對話與問題中譯 **答案：3**

男士和女士正在公司裡談話。請問男士幾點要離開公司？

F：田中先生，這麼早就要出去了呀？都還沒9點呢。請問會議幾點開始？
M：10點開始。但是搭電車和公車到那裡要花40分鐘左右，所以我該出門了。
F：現在就要出門了喔。那麼，新產品的樣品呢？
M：山口先生說他9點前會拿過來，收到之後我就要出門了*1。
F：我剛才在電梯裡遇到山口先生了，他應該馬上就來了。啊……可是東西的體積非常大，您要不要開車過去*2？開車的話只需要10分鐘就到了。
M：也對，說得也是。這樣的話，我先收一收信再過去吧。
F：但請記得在會議開始的10分鐘前到哦！
M：是，好的。

請問男士幾點要離開公司？

1　9點　　2　10點
3　9點40分　　4　9點50分

解題中譯

關鍵句 ①②

會議10點開始。

關鍵句 ③④

女士提到「車なら10分で行ける／開車的話只需要10分鐘就到了」，男士回答「そうですね／說得也是」。

由於最後決定不搭電車和公車，而是開車過去，所以男士說還有時間可以先收信再過去。

關鍵句 ⑤

因為必須在會議開始的10分鐘前到，所以9點40分要出門。

*1「受け取ったら出ようかと／收到之後我就要出門了」後面省略了「思っています／我想」。
*2「車で行ったらどう／要不要開車過去」的「どう／要不要」是「どうですか／要不要」的口語說法。

日文解題	日文對話與問題

郵便局の窓口で女の人が料金について聞いています。女の人は、全部でいくら払いますか。

F：速達で送りたいんですけど。

M：はい、時間を指定しない場合は…1通当たり372円ですね。

F：時間、指定できるんですか①。それなら、そっちの方がいいです。

M：では、この紙にご記入ください。…ありがとうございます。そうしますと1通422円になります②。

F：では3通で。全部、同じ料金ですね③。

M：重さは…ええと…はい。全部同じです。

關鍵句 ①②

時間を指定する場合は、1通422円。

關鍵句 ③

全部で3通なので、422円の3倍で1266円となる。

女の人は、全部でいくら払いますか。

1 372円

2 1,116円

3 1,266円

4 422円

單字 **窓口**（窗口） **速達**（快件） **当たり**（每） **指定**（指定） **記入**（寫上）

對話與問題中譯 **答案：3**

女士正在郵局的窗口詢問費用。請問女士總共該付多少錢？

F：我想寄限時專送。
M：好的，如果不指定送達時間的話……一封是372圓。
F：可以指定送達時間嗎？既然這樣，我想指定時間。
M：那麼，請填寫這張表單。……謝謝您。這樣一件是422圓。
F：我要寄3件。全部都是同樣的費用嗎？
M：重量是……嗯……是的，都是同樣的費用。

請問女士總共該付多少錢？

1　372圓
2　1116圓
3　1266圓
4　422圓

解題中譯

關鍵句 ①②

若要指定送達時間，一件是422圓。

關鍵句 ③

總共有3件，422圓的3倍一共是1266圓。

再聽一次對話吧！ track 1-5

日文解題

日文對話與問題

女の学生が男の学生に話しています。男の学生は明日、何を持って来なければなりませんか。

F：ジュンさん、明日のこと、ワンさんに聞いた？

M：いや、まだ聞いてない。校外学習だよね。何か持って行くものとか、ある？

F：ええっと、明日は9時に学校に集合。バスで海に行ってバーベキューだから、お昼ご飯は持ってこなくていいんだって*。肉とか野菜も、全部準備されてるから①。

M：お金は？

F：もう払ってあるから大丈夫。行きも帰りも観光バスだし。あとは…そうそう、自分の飲み物は持って来てって②。

M：ビールとか？

F：お酒はだめだって③。…まあ、私は行けないけど、私の分まで楽しんできてね。

M：えっ、行けないの？ 残念だね。

男の学生は明日、何を持って来なければなりませんか。

1 弁当
2 肉や野菜
3 ビール
4 お酒以外の飲み物

關鍵句①

お昼ご飯、肉や野菜も持って来なくていいい。

關鍵句②

自分の飲み物は持って行く。

關鍵句③

お酒はダメなので、お酒以外の飲み物を持って行く。

*「～だって」は、「～だそうです」という意味の話し言葉。

單字 校外学習（校外教學）　バーベキュー【barbecue】（烤肉）

對話與問題中譯 **答案：4**

女學生和男學生正在談話。請問男學生明天必須帶什麼東西過來？

F：純同學，明天的事情，你問過王同學了嗎？
M：不，還沒問。妳是指校外教學吧。有什麼要帶的東西嗎？
F：我想想，明天9點在學校集合，然後是搭巴士到海邊烤肉，所以不必帶午餐*。肉和蔬菜全都準備好了。
M：錢呢？
F：已經付清了，所以不必再交錢，而且來回都搭觀光巴士。還有……對了，飲料要自己帶。
M：啤酒之類的嗎？
F：就說了不能喝酒！……我不能去，你們要連我的份玩得開心一點哦！
M：啊，妳不能去？好可惜哦！

請問男學生明天必須帶什麼東西過來？

1 便當
2 肉和蔬菜
3 啤酒
4 啤酒以外的飲料

解題中譯

關鍵句 ①
不必自己帶午餐、肉或蔬菜。

關鍵句 ②
對話中提到要帶自己的飲料過去。

關鍵句 ③
因為不能喝酒，所以要帶不含酒精成分的飲料過去。

再聽一次對話吧！ track 1-6

*「～だって／聽說是～」是含有「～だそうです／聽說是那樣的～」意思的口語說法。

日文對話與問題

先生と学生が話しています。学生は次に何をしなければなりませんか。

M：先生、今度の見学会の申込書、作りました。それと、これがみんなの連絡先です。

F：ああ、ありがとう。全員のアドレスですね。住所はまあいいけど、電話番号はいりますよ。① 今日の授業の後にでも聞いといてください。② やっぱり緊急時にはないと困ることがあるので。

M：わかりました。あ、先生のも、うかがっていいですか。③

F：そうね。じゃあ…メモしますね。携帯です。よろしく。あと、申込書は人数分コピーしておいてね。④ あっ、でもほら、ここ、まちがってる。⑤ 「お願いいたします」が、「お願いたします」になってる。

M：あっ、すみません、帰ってから直します。⑥

学生は次に何をしなければなりませんか。

1 みんなに電話番号をきく
2 申込書をコピーする
3 先生に電話番号をきく
4 申込書を直す

選項

2 今日中ではない。
3 この会話の中で聞いている。
4 帰ってから直すと言っている。

日文解題

見学会の申込書とみんなの連絡先を作った。

關鍵句 ①

連絡先はメールアドレスだけだったので、先生は電話番号が必要だと言っている。

關鍵句 ②

電話番号は今日の授業の後に聞く。

關鍵句 ③

先生の電話番号を聞いている。

關鍵句 ④

申込書をコピーしておく。

關鍵句 ⑤⑥

申込書の言葉が間違っているので、帰ったら直す。

次にしなければならないことは、みんなに電話番号を聞くこと。

單字 **申込書**（申請書）　**アドレス【address】**（住址）　**住所**（住址）

對話與問題中譯 答案：**1**

老師和學生正在談話。請問學生接下來必須要做什麼？

M：老師，這次校外教學的申請表我已經做好了。還有，這是大家的聯絡方式。

F：哦，謝謝。這是大家的電子郵件吧。住址就不用了，不過需要電話號碼。請在今天下課後詢問大家。萬一遇到突發狀況需要聯絡時，沒有電話號碼就麻煩了。

M：我知道了。對了，可以麻煩老師也留下電話嗎？

F：說的也是。那麼……我寫下來。這是手機號碼，麻煩你了。另外，申請表請按照人數複印。咦，你看，這裡寫錯了。「お願いいたします」寫成了「お願いたします」。

M：對耶，不好意思。我一回去就修正。

請問學生接下來必須要做什麼？

1　詢問大家電話號碼
2　複印申請表
3　詢問老師電話號碼
4　修改申請表

選項

選項2，這並不是今天必須做的事。

選項3，老師的電話號碼已經在對話中問到了。

選項4，男學生說他一回去就修正。

再聽一次對話吧！ track 1-7

解題中譯

男學生製作了校外教學的申請表並詢問了大家的聯絡方式。

關鍵句 ①

聯絡表上只有大家的電子郵件，因此老師提到還需要電話號碼。

關鍵句 ②

今天下課後要詢問大家電話號碼。

關鍵句 ③

男學生也問了老師的電話號碼。

關鍵句 ④

複印申請表。

關鍵句 ⑤⑥

因為申請表上的文字有誤，所以男學生說他一回去就修正。

綜上可知，接下來必須要做的事是詢問大家的電話號碼。

いたす（する的謙讓語）　**直**（なお）**す**（訂正）

6番

track 1-8

1 お寺の中を見学すること
2 靴を脱いで寺の中に入ること
3 靴を履いたまま寺の中に入ること
4 写真の撮影

答え
①②③④

7番

track 1-9

1 6時から
2 6時半から
3 6時50分から
4 6時から

答え
①②③④

8番

track 1-10

1 銀行で振り込む
2 クレジットカードで払う
3 コンビニで払う
4 直接払いに行く

答え
①②③④

9番

track 1-11

1 通訳(つうやく)に連絡(れんらく)する
2 英語(えいご)の資料(しりょう)を準備(じゅんび)する
3 田中(たなか)さんに連絡(れんらく)する
4 新(あたら)しいマイクを準備(じゅんび)する

答え
①②③④

10番

track 1-12

1 シャワーを浴(あ)びる
2 買(か)い物(もの)に行(い)く
3 掃除(そうじ)をする
4 料理(りょうり)をする

答え
①②③④

日文對話與問題

旅行ガイドが話をしています。この寺でしてはいけないことはなんですか。

M：このお寺は、今から400年前に建てられました。一般に見学ができるようになったのは、今世紀になってからで、それまでは年に数日しか見学できませんでした。中はもちろん禁煙で、飲食もできません①。もし中に入る場合は、入口で靴を脱いで、ビニール袋に入れて入ってください②。あと、写真ですが、中でも庭でも、混んだ場所で長い間止まって撮影するのはご遠慮ください*③。それでは、時間までどうぞごゆっくり見学なさってください。

この寺でしてはいけないことはなんですか。

1　お寺の中を見学すること
2　靴を脱いで寺の中に入ること
3　靴を履いたまま寺の中に入ること
4　写真の撮影

日文解題

關鍵句 ①

禁煙、飲食も禁止だが、選択肢にない。

關鍵句 ②

靴を脱いで入ってくださいとあり、これが正解。

關鍵句 ③

写真は、混んだ場所で止まって撮影しないようにと言っている。

選項

4 写真の撮影を禁止しているわけではない。

*「～はご遠慮ください」は、～はしないでください、という意味。

單字 ガイド【guide】（導遊）　建てる（建造）　見学（參觀）

對話與問題中譯　　答案：**3**

導遊正在說明。請問這座寺廟的禁止事項是什麼？

M：這座寺廟建立於距今400年前，直到本世紀才開放民眾參觀，以前每年只開放幾天供人參觀。寺廟內當然禁止吸菸，也禁止飲食。如果要進去寺廟，請在入口處脫鞋，並且放入塑膠袋內。此外，雖然可以照相，但包括在寺廟內和庭院裡，同樣請勿*在人多的區域裡長時間逗留攝影。那麼，請在集合時間之前盡情參觀。

請問這座寺廟的禁止事項是什麼？

1　在寺廟中參觀學習
2　脫鞋進入寺廟
3　穿著鞋子進入寺廟
4　拍照

解題中譯

關鍵句 ①

寺廟裡禁止吸菸，也禁止飲食，但是沒有這個選項。

關鍵句 ②

說明中提到“要進去寺廟，請在入口處脫鞋”，所以選項3是正確答案。

關鍵句 ③

說明中提到“請勿在人多的區域裡逗留攝影”。

選項

選項４，並沒有禁止拍照。

再聽一次對話吧！ track 1-8

*「～はご遠慮ください／請勿～」是“請不要～”的意思。

ビニール袋（ぶくろ）【vinyl 袋】（塑膠袋）　混（こ）む（擁擠）

日文對話與問題

男の人と女の人が話しています。二人は、何時からの映画の席を予約しますか。

F：会社を出るのが6時だから、6時半からだとちょっと間に合わないな。

M：そうか。僕は明日はけっこう早く帰れそうだから、6時半でもいいんだけどね。①

F：へえ。珍しい。じゃ、私もがんばって早めに仕事を終わらせて、なんとか間に合うようにするよ。②

M：でもこれ、少しでも遅くなったら話がわからなくなるよ。7時でいいよ。やっぱり映画は、絶対に最初から見ないとダメだ。

F：だいじょうぶよ。でも、あ、50分に始まるのもある。

M：そうなんだけどさ、こっちは全部売り切れだよ。席がない。

F：ああ、残念。じゃ、やっぱりがんばるから、先に行って座ってて。③

M：そう？じゃ予約するよ。

二人は、何時からの映画の席を予約しますか。

1 6時から　　**2** 6時半から

3 6時50分から　　**4** 6時から

日文解題

關鍵句 ①

男の人は、6時半でもいい、と言っている。

關鍵句 ②

女の人は、間に合うようにするよ、と言っている。6時半に行くという意味。

關鍵句 ③

がんばって6時半に行くと言っている。

選項

3 6時50分からのは売り切れ。

單字 **予約**（預約）　**なんとか**（想方設法）　**売り切れる**（賣完）

對話與問題中譯 **答案：2**

男士和女士正在談話。請問兩人預訂了幾點開始的電影票？

F：我離開公司是6點，所以預約6點半恐怕趕不上吧。

M：這樣喔。我明天應該可以很早就離開公司，所以才想說買6點半的場次。

F：是哦？真難得。那我也加加油提早完成工作，盡量趕上電影。

M：可是這部電影，即使只是晚一點入場就看不懂劇情了耶。訂7點好了啦。電影如果不從頭開始看就沒意思了。

F：應該來得及吧。啊，還有50分開演的場次喔。

M：有是有，可惜已經全部賣完，沒有票了。

F：唉，真可惜。那我還是努力趕完工作，你先進場坐著等我吧。

M：真的嗎？那我預約囉！

請問兩人預訂了幾點開始的電影票？

1 6點開始
2 6點半開始
3 6點50分開始
4 6點開始

解題中譯

關鍵句 ①

男士提到可以買6點半的場次。

關鍵句 ②

女士回答她要盡量趕上電影。也就是要6點半去的意思。

關鍵句 ③

女士說她要努力趕完工作，趕上6點半的電影。

選項

選項3，6點50分開始的電影票已經賣完了。

再聽一次對話吧！ track 1-9

日文對話與問題

男の人が旅行会社に電話をして、バスのチケットを予約しています。男の人は料金をどうやって支払いますか。

F：京都まで、大人お一人様、11時ご出発のロイヤルシートですね。7,800円になります。お支払い方法はどうなさいますか。

M：ええと、銀行振り込みで。

F：申し訳ありません、こちら、あさってのご出発なので、直接こちらの窓口に来ていただくか、インターネットを使ってクレジットカードでお支払いいただく方法になってしまうんです①。コンビニも、ちょっと間に合わないので。

M：チケットはどうなりますか②。

F：はい、お支払いの確認後に、速達でお送りします。

M：受け取りに行くことはできるんですか③。

F：はい。本日ですと8時まで開いております。お支払いが済めばその場でチケットもお渡しします④。

M：じゃ、そうします⑤。

男の人は料金をどうやって支払いますか。

1 銀行で振り込む
2 クレジットカードで払う
3 コンビニで払う
4 直接払いに行く

日文解題

關鍵句 ①

支払い方法は、直接窓口に行くか、クレジットカードで支払うかのどちらか。

關鍵句 ②③④

支払いが済めば、その場でチケットが受け取れる。

關鍵句 ⑤

「そうします」は、窓口に支払いに行って、チケットを受け取るということ。

選項

1 男の人の「銀行振り込みで」に、女の人は「申し訳ありません」と言っている。

2 は、男の人が窓口に行くことを選んだことから、間違いと判断する。

3「コンビニもちょっと間に合わないので」と言っている。

單字 支払い（支付）　振り込み（轉帳）　クレジットカード【credit card】（信用卡）

對話與問題中譯 **答案：4**

男士正打電話給旅行社預約巴士票。請問男士要用什麼方式支付車票錢？

F：您訂購的是到京都的一張成人票、11 點出發的豪華席，以上正確嗎？票價為 7,800 圓。請問您選擇哪一種支付方式？

M：嗯……銀行轉帳好了。

F：非常抱歉，因為車票的出發日期就在後天，因此付款方式只能選擇直接臨櫃支付，或是透過網路刷信用卡。即使選用超商繳款的方式，可能也趕不及了。

M：請問要怎麼取票呢？

F：關於取票，於確認付款完成之後，將用限時專送寄達。

M：我可以親自取票嗎？

F：可以的，我們今天營業到 8 點，付款完成就可以當場取票了。

M：那就這麼辦吧。

請問男士要用什麼方式支付車票錢？

1 銀行轉帳
2 信用卡付款
3 便利商店繳款
4 直接去現場付款

再聽一次對話吧！ track 1-10

解題中譯

關鍵句 ①

支付方式只能選擇直接臨櫃支付，或是透過網路刷信用卡。

關鍵句 ②③④

付款完成後，就可以當場取票了。

關鍵句 ⑤

男士回答「そうします／那就這麼辦吧」是指他要臨櫃支付、並且當場取票。

選項

選項1，對於男士說要「銀行振り込みで／銀行轉帳」，女士以「申し訳ありません／非常抱歉」來拒絕男士。

選項2，從男士選擇了臨櫃付款可以判斷選項2不正確。

選項3，女士提到「コンビニもちょっと間に合わないので／超商繳款的方式，可能也趕不及了」。

速達（快件） **受け取り**（領取） **済む**（結束）

日文對話與問題

会社で、上司が部下に話をしています。部下はこれから何をしなければなりませんか。

M：今までかなり準備をしていたみたいだから、だいじょうぶだと思うけど、明日の資料の準備はできている？

F：はい。中国語の資料を準備しました。あと、通訳も9時に来ます。今回、英語の資料は準備していませんが…。

M：ああ、それはいいよ。会議室で使うマイクは①。

F：はい、今朝、置いておきました。

M：あ、あれね、ちょっと調子が悪かったから、田中君に直してもらっているんだ②。

F：田中さん、さっきでかけてしまって③、今日は会社に戻らないと言っていましたが。

M：えっ、まずいな、彼は明日使うことは知らないはずだから。連絡とれるかどうか…。確かあれしかないと思うけど。

F：わかりました。すぐに新しいのを準備します④。

部下はこれから何をしなければなりませんか。

1 通訳に連絡する
2 英語の資料を準備する
3 田中さんに連絡する
4 新しいマイクを準備する

日文解題

關鍵句 ①②

マイクは田中君に直してもらっている。

關鍵句 ③

田中さんは出かけてしまった。

關鍵句 ④

「新しいの」の「の」は、マイクのこと。

会話の後半は、マイクの話をしている。

選項

1 通訳は9時に来る。

2 男の人は「ああ、それはいいよ」と言っている。

3 男の人は「連絡とれるかどうか」と言っている。

單字 通訳（翻譯員）　直す（修理）

對話與問題中譯　　答案：**4**

主管和部屬正在公司裡談話。請問部屬接下來必須做什麼呢？

M：到目前為止好像已經做了不少準備，我想應該沒有問題，不過還是問一下，明天要用的資料都準備好了嗎？

F：是的，已經準備好中文資料了。另外，口譯人員會在９點抵達。但是這次沒有準備英文資料……。

M：哦，那不需要。要在會議室使用的麥克風呢？

F：麥克風沒問題，今天早上已經放到會議室裡了。

M：啊，那支麥克風嗎？那一支出了一點問題，已經交給田中修理了。

F：田中先生剛才離開辦公室了，而且他說今天不會再進來公司了。

M：什麼！真是糟糕，他應該不知道明天就要用麥克風了。該不該聯絡他呢……？我印象中公司只有那支麥克風。

F：了解，我馬上就去準備一支新的麥克風。

請問部屬接下來必須做什麼呢？

1　聯絡口譯人員
2　準備英文資料
3　聯絡田中先生
4　準備新的麥克風

再聽一次對話吧！ track 1-11

解題中譯

關鍵句 ①②

麥克風已經交給田中修理了。

關鍵句 ③

田中離開辦公室了。

關鍵句 ④

「新しいの／新的」的「の／的」是指麥克風。

對話後半段討論的都是麥克風。

選項

選項１，口譯人員會在９點抵達。

選項２，男士說「ああ、それはいいよ／哦，那不需要」。

選項３，男士說「連絡とれるかどうか／該不該聯絡他呢」。

日文解題

關鍵句 ①

掃除より買い物の方が先、という意味。

關鍵句 ②③

洗濯物はあとでいいと言っている。

日文對話與問題

男の人と女の人が話しています。二人はまず何をしなければなりませんか。

M：ああ疲れた。

F：ほんと。でも、久しぶりに楽しかったね。やっぱり山はいいよ。さあ、シャワー浴びようっと。

(電話の着信音)

F：もしもし…あ、お母さん、こんにちは。…はい。えっ！？はい…だいじょうぶです。じゃ、お待ちしています。…大変。今からお母さんが来るって。

M：えっ、今から？断ればよかったのに。

F：そんなの無理よ。掃除しないと。あっ、買い物。買い物が先①。冷蔵庫の中、何にもないよ。これじゃ料理も何にもできないから。

M：でも、この洗濯物、どうするの②。

F：そんなのあとでいいよ③。

二人はまず何をしなければなりませんか。

1 シャワーを浴びる
2 買い物に行く
3 掃除をする
4 料理をする

単字 って（表示引用）　断る（拒絕）

對話與問題中譯 答案：**2**

男士和女士正在談話。請問他們兩人必須先做什麼呢？

M：唉，好累哦。
F：真的很累。不過，好久沒這麼盡興了，爬山最能療癒身心了。好，來洗澡吧！
（電話鈴聲）
F：喂……啊，媽媽好！……您請說。……啊！？好……沒問題，那我等媽媽來哦！……糟了啦，你媽媽說等一下要來！
M：什麼！等一下要來？妳怎麼不告訴她不行呢？
F：我怎麼講啊？要趕快打掃家裡了。啊對，買菜！要先去買菜！冰箱裡空空的，連一盤菜都煮不出來。
M：那，這些髒衣服怎麼辦？
F：那個等你媽媽回去之後再洗啦。

請問他們兩人必須先做什麼呢？

1 淋浴
2 去買菜
3 打掃
4 煮菜

解題中譯

關鍵句 ①
意思是買菜比打掃更緊急。

關鍵句 ②③
對話中提到等媽媽回去之後再洗衣服。

再聽一次對話吧！ track 1-12

11番

track 1-13

1 歓迎会の人数が増えたことを居酒屋に連絡する。

2 先生に歓迎会に出欠するかどうか確認をする。

3 ゼミで発表をする。

4 先生の出欠について女の人にメールを送る。

答え

①②③④

12番

track 1-14

1 免許証

2 クレジットカード

3 電気やガス代の請求書

4 健康保険証

答え

①②③④

13番

track 1-15

1 会議に出席する

2 薬を買いに行く

3 ズボンを買いに行く

4 ベルトを買いに行く

答え

①②③④

14番

track 1-16

1 台所(だいところ)レンジを分解(ぶんかい)する

2 台所(だいところ)レンジの掃除(そうじ)

3 エアコンの分解(ぶんかい)

4 押入(おしい)れの掃除(そうじ)

答え
①②③④

15番

track 1-17

1 卒業証明書(そつぎょうしょうめいしょ)と成績証明書(せいせきしょうめいしょ)

2 卒業証明書(そつぎょうしょうめいしょ)と成績証明書(せいせきしょうめいしょ)の翻訳(ほんやく)

3 振(ふ)り込(こ)み用紙(ようし)

4 振(ふ)り込(こ)みの領収書(りょうしゅうしょ)

答え
①②③④

日文對話與問題

大学生が新入生歓迎会の準備について話をしています。男の人はこのあと、何をしますか。

F：先輩、新入生、もう一人増えたそうですよ。だから、明日の歓迎会の席、一人増やさないと。

M：そうか。じゃ、全部で６人だね。あ、先生はいらっしゃるの。

F：わからないっておっしゃってたけど、やっぱり予約はしないと。私、しておきますね。

M：ありがと。でさ、歓迎の挨拶なんだけど、悪いけど、たのめないかな。俺、ゼミの発表があって少し遅くなりそうなんだ。先生への連絡は、すぐやっとく*から①。

F：わかりました。考えておきます。あ、先生がいらっしゃるかどうか、メールいただけますか。

M：うん、わかった。

男の人はこのあと、何をしますか。

1 歓迎会の人数が増えたことを居酒屋に連絡する。

2 先生に歓迎会に出欠するかどうか確認をする。

3 ゼミで発表をする。

4 先生の出欠について女の人にメールを送る。

日文解題

關鍵句 ①

「すぐやっとく」と言っている。

選項

1 女の人がやっておくと言っている。

3 明日のこと。

4 先生に連絡した後にすること。

*「やっとく」は「やっておく」の話し言葉。

單字 **新入生**（新生）　**歓迎会**（歡迎會）　**いらっしゃる**（來、去、在的尊敬語）

對話與問題中譯　　答案：**2**

大學生們正在談論迎新活動。請問男士接下來要做什麼？

F：學長，好像又多一名新生囉，所以明天的迎新會必須增加一個位子。

M：喔，那總共6個人吧。對了，教授會出席嗎？

F：教授說他還不確定，我想還是要幫教授預留一個位子才行。我去預約囉。

M：謝謝。另外還有件事想麻煩妳。不好意思，迎新的致詞可以拜託妳嗎？因為我那天專題討論課要上台報告，可能晚一點到。教授那邊我現在*就聯絡。

F：我知道了，我會想想致詞的內容。對了，教授要不要出席，可以請學長傳簡訊告訴我嗎？

M：嗯，知道了。

請問男士接下來要做什麼？

1　告知居酒屋迎新會將增加人數
2　向教授確認是否出席迎新會
3　發表研討會報告
4　傳訊息給女士告知教授是否會出席

解題中譯

關鍵句 ①

男士提到「すぐやっとく／現在就去做（亦即，現在就去聯絡教授）」。

選項

選項1，女士說她要去預約。

選項3，這是明天的事。

選項4，這是聯絡教授後才要做的事。

*「やっとく／先做」是「やっておく／事先做」的口語說法。

おっしゃる（說的尊敬語）　**ゼミ【（德）Seminar 之略】**（研討會）

日文對話與問題

学生が図書館のカウンターで話をしています。学生は、車に何をとりに行きますか。

F：図書カード作成のお申込みですか。

M：はい。申し込み用紙はこれでいいでしょうか。

F：はい、ありがとうございます。…今日は、身分を証明するものはお持ちですか。

M：はい。あれ？…ああ、免許証は車の中なので①、クレジットカードでもいいですか。

F：ええ、その場合、何かもう一つ、住所に届いたガスや電気代とかの請求書などはお持ちですか。

M：ええと…。持ってないですね。捨てちゃうから。

F：保険証でもいいんですが。

M：あるんですけど、まだ前の住所なんで…やっぱり、車からとってきます②。

学生は、車に何をとりに行きますか。

1 免許証
2 クレジットカード
3 電気やガス代の請求書
4 健康保険証

日文解題

關鍵句 ①

車にあるのは免許証。

關鍵句 ②

やはり、とって来ると言っている。

選項

2 クレジットカードの場合は何かもう一つ必要。

3 請求書は持っていない。

4 保険証は前の住所なので使えない。

單字 カウンター【counter】（服務台） 作成（製作） 身分（身分） 免許証（許可證，執照）

對話與問題中譯　　**答案：1**

學生正在圖書館的服務台前談話。請問學生要去車上拿什麼東西呢？

F：請問要申請借閱證嗎？
M：對。請問申請單這樣就填寫完整了嗎？
F：沒有問題，謝謝。……請問今天帶了身分證明文件嗎？
M：帶來了。咦？……啊，駕照放在車上了，信用卡可以嗎？
F：可以，但這樣就必須再出示一份寄到住處的瓦斯或電費帳單之類的文件，請問帶來了嗎？
M：我想想看……，沒有耶，都丟掉了。
F：有健保卡的話也可以哦。
M：健保卡是帶了，可是上面寫的還是以前的住址……。我還是回車上拿好了。

請問學生要去車上拿什麼東西呢？

1　駕照
2　信用卡
3　電費或瓦斯費的帳單
4　健保卡

解題中譯

關鍵句 ①

放在車上的是駕照。

關鍵句 ②

學生提到“我還是回車上拿好了”。

選項

選項２，以信用卡申請的話還需要再出示另一份文件。

選項３，這名學生沒有瓦斯或電費帳單之類的文件。

選項４，健保卡上面寫的是以前的住址，所以無法使用。

再聽一次對話吧！ track 1-14

クレジットカード【credit card】（信用卡）　**請求書**（せいきゅうしょ）（帳單；申請書）

日文解題

日文對話與問題

男の人と女の人が会社で話しています。男の人はこの後何をしますか。

F：さっきからずっとおなかを押さえているけど、どうかしたの。もう会議、始まるけど大丈夫？

M：うん、昨日、課長と飲みに行ったんだけど、ちょっと飲み過ぎたみたいでさ。

F：ええっ。痛いの？薬のんだ？

M：いや、酔っ払って、部長の家に泊ったんだよ。で、朝目が覚めたら、どっかでベルトをなくしちゃってて①。で、部長のを借りようとしたんだけど、全然サイズが合わなくて。それで、ズボンが下がらないか気になっちゃって…。

關鍵句① ベルトをなくした。

F：最低。会議の時に下がってきたらどうするの？地下のカバン屋で売ってるから、さっさと*買ってくれば②。

關鍵句② 買ってくれば？と言われている。

M：えっ、あそこで売ってるの？じゃ、すぐ買ってくるよ。

F：急いでよ。もう。

男の人はこの後すぐに何をしますか。

1 会議に出席する
2 薬を買いに行く
3 ズボンを買いに行く
4 ベルトを買いに行く

*「さっさと」は、急いで、速く、という意味。

單字 **押さえる**（按壓） **飲み過ぎる**（喝得過多） **酔っ払う**（醉酒）

對話與問題中譯 **答案：4**

男士和女士正在公司裡談話。請問男士接下來要做什麼呢？

F：你從剛才就一直按著肚子，怎麼了嗎？會議就要開始了，不要緊吧？

M：嗯，昨天跟科長去喝酒，好像有點喝多了。

F：什麼！肚子很痛嗎？吃過藥了嗎？

M：不是那樣，是因為我喝得醉醺醺的，在經理家借住了一晚，可是早上醒來卻怎麼都找不到皮帶，就向經理借了一條，但尺寸完全不合，只好一直按著，很怕褲子掉下去了……。

F：真受不了你。萬一開會時掉下來怎麼辦？地下室的皮件店有賣皮帶，你還是趕快*去買一條吧！

M：什麼，那裡有賣？那我馬上去買。

F：快點哦！真是的。

請問男士接下來要做什麼呢？

1　出席會議
2　去買藥
3　去買褲子
4　去買皮帶

解題中譯

關鍵句 ①

皮帶不見了。

關鍵句 ②

女士提到"去買一條吧"。

再聽一次對話吧！ track 1-15

*「さっさと／趕快」是"快點、迅速"的意思。

ベルト【belt】（腰帶）　下（さ）がる（下垂；下降）

日文解題

關鍵句 ①②

私が押入れの掃除を始めると言っている。

「そっち」は直前に男の人が言った「押入れ」のこと。

日文對話與問題

男の人と女の人が、引っ越しの準備をしています。女の人はこれから何をしますか。

M：だいぶ片付いてきたね。次はどうしよう。

F：時間がかかることからやっちゃわないとね*。台所のレンジの掃除は大変そう。

M：うん。落ちにくい汚れがついた部分もあるだろうから、バラバラにして、洗剤につけておかないとね。あと、エアコンの掃除もあるし。

F：ああ、エアコンは、あっちに行ってから、取り付ける時に掃除してくれるって。

M：へえ。いいサービスだね。じゃ、押入れの中はいつやる①？

F：私がそっちを始めてるから②、レンジお願い。

女の人はこの後何をしますか。

1 台所レンジを分解する
2 台所レンジの掃除
3 エアコンの分解
4 押入れの掃除

*「やっちゃわないとね」は「やってしまわないとね」の話し言葉。

單字 レンジ【range】（微波爐） 洗剤（清潔劑） 取り付ける（安裝） 押入れ（壁櫥）

對話與問題中譯 **答案：4**

男士和女士正在準備搬家。請問女士接下來要做什麼呢？

M：整理得差不多了吧。接下來要做什麼？
F：得從要花很多時間的地方開始做起才行*。廚房裡的微波爐清理起來好像很麻煩。
M：嗯。有些地方附著了頑強的汙垢，必須使用清潔劑才能讓汙垢剝落下來。另外，還得清理冷氣機。
F：喔對，安裝冷氣的公司說，搬到新家後要安裝時，會幫我們清理冷氣。
M：是哦，服務真周到。那，什麼時候要清理壁櫥？
F：我現在就去清那邊。微波爐就拜託你了。

請問女士接下來要做什麼呢？

1 拆開廚房的微波爐
2 清理廚房的微波爐
3 拆開冷氣
4 清理壁櫥

解題中譯

關鍵句 ①②

女士提到她現在就要清理壁櫥。

女士提到「そっち／那邊」的前一句，男士正在詢問「押入れ／壁櫥」。

再聽一次對話吧！ track 1-16

*「やっちゃわないとね／必須得～」是「やってしまわないとね／必須要做～」的口語說法。

日文對話與問題

大学を受験する留学生と先生が、提出する書類を確認しています。留学生は、家に何をとりに帰りますか。

M：先生、今、大学に提出する書類のチェックをお願いできますか。

F：いいですよ。まず、卒業証明書と成績証明書。

M：はい。これです。

F：あれ？翻訳は？証明書の翻訳が必要ですよ。

M：全部ですか。

F：この大学はそうです。あと、領収書。お金は振り込みましたか。

M：ええ。お金はコンビニで払いました。振り込みの領収書も家にあります①。

F：家ですか。それも、ここにほら、のりで貼らなければならないんですよ。

M：ああ、わかりました。締め切りはまだですけど、早く出したいので一度家に取りに戻ります②。翻訳はその後に用意します。

F：はい。じゃ、ぜんぶそろったらもう一度確認しましょう。

留学生は、何をとりに家に帰りますか。

1　卒業証明書と成績証明書
2　卒業証明書と成績証明書の翻訳
3　振り込み用紙
4　振り込みの領収書

日文解題

關鍵句 ①②

振り込みの領収書を取りに戻ると言っている。

選項

2 翻訳はその後に用意します、と言っている。「その後」とは、領収書をとって来た後。

3 振込用紙のことは話していない。振り込みはコンビニで済んでいる。

單字　**翻訳**（翻譯）　**領収書**（收據）　**振り込む**（繳款）　**のり**（膠水）

對話與問題中譯 **答案：4**

參加大學入學考試的留學生正和老師核對要提交的文件。請問留學生要回家拿什麼呢？

M：老師，請問現在可以麻煩您幫我檢查要提交到大學的文件嗎？
F：可以呀。第一項是畢業證書和成績證明書。
M：有，在這裡。
F：咦？譯本呢？證書需要譯本哦。
M：全部都要嗎？
F：這所大學好像都要。另外還需要報名費的收據。你繳款了嗎？
M：繳了，是在便利商店繳的。轉帳的收據也在家裡。
F：你放在家裡哦。你看看這裡的說明，收據必須要用膠水黏貼上去喔。
M：喔好，我知道了。雖然報名截止日還沒到，但我想快點交出去，我這就回家一趟去拿收據。譯本我之後會準備。
F：好。那等全部都準備好了之後，我們再核對一次吧。

請問留學生要回家拿什麼呢？

1 畢業證書和成績證明書
2 畢業證書和成績證明書的譯本
3 轉帳單
4 轉帳的收據

再聽一次對話吧！ track 1-17

解題中譯

關鍵句 ①②

留學生提到他要回家拿轉帳的收據。

選項

選項2，留學生說譯本之後會準備。「その後／之後」是指把收據拿來以後。

選項3，對話中沒有提到轉帳單。轉帳是在便利商店完成的。

締め切り（截止日；截止）

N2 聽力模擬考題 問題2

ポイント理解

共 18 題

track 2-1 錯題數：＿＿＿＿＿

問題2では、まず質問を聞いて下さい。その後、問題用紙のせんたくしを読んで下さい。読む時間があります。それから話を聞いて、問題用紙の1から4の中から最もよいものを一つ選んで下さい。

例

track 2-2

1 残業があるから
2 中国語の勉強をしなくてはいけないから
3 会議で失敗したから
4 社長に叱られたから

答え
①②③④

1番

track 2-3

1 6時間目まで授業があるから
2 熱があるから
3 食欲がないから
4 咳と鼻水が出るから

答え
①②③④

2番

track 2-4

1 黒いスーツケース
2 堅いスーツケース
3 柔らかい手提げバッグ
4 堅い手提げバッグ

答え
①②③④

3番

track 2-5

1 大雨(おおあめ)が降(ふ)っているから
2 電車(でんしゃ)が遅(おく)れているから
3 道路(どうろ)が渋滞(じゅうたい)しているから
4 道(みち)に迷(まよ)ってしまったから

答え
①②③④

4番

track 2-6

1 大(おお)きい物(もの)が詰(つ)まったから
2 分解(ぶんかい)したから
3 階段(かいだん)から落(お)としたから
4 吹(ふ)き出(だ)し口(ぐち)に埃(ほこり)がついていたから

答え
①②③④

5番

track 2-7

1 曇(くも)っているから
2 泳(およ)げないから
3 プールが嫌(きら)いだから
4 みたいテレビ番組(ばんぐみ)があるから

答え
①②③④

6番

track 2-8

1 体力(たいりょく)をつけたいから
2 犬(いぬ)の散歩(さんぽ)のため
3 マラソン大会(たいかい)に出(で)るため
4 朝(あさ)の公園(こうえん)は涼(すず)しいから

答え
①②③④

2 もんだい 翻譯與解題 例

問題2では、まず質問を聞いて下さい。その後、問題用紙のせんたくしを読んで下さい。読む時間があります。それから話を聞いて、問題用紙の1から4の中から最もよいものを一つ選んで下さい。

日文對話與問題

男の人と女の人が話しています。男の人はどうして寝られないと言っていますか。

M：あーあ。今日も寝られないよ。

F：どうしたの。残業？

M：いや、中国語の勉強をしなくちゃいけないんだよ。おととい、部長に呼ばれたんだ。それで、この前の会議①の話をされてさ。

F：何か失敗しちゃったの？

M：いや、あの時、中国語の資料を使った②だろう、って言われてさ。それなら、中国語は得意だろうから、来月の社長の出張について行って、中国語の通訳をしてくれって頼まれちゃって③。仕方がないからすぐに本屋で買って来たんだ。このテキスト。

F：ああ、これで毎晩練習しているのね。でも、社長の通訳なんてすごいじゃない。がんばって。

男の人はどうして寝られないと言っていますか。

1 残業があるから
2 中国語の勉強をしなくてはいけないから
3 会議で失敗したから
4 社長に叱られたから

日文解題

關鍵句 ①②③

男性は、この前の会議で中国語の資料を使ったことから、部長に中国語が得意だろうと思われて、社長と一緒に出張して中国語通訳をする仕事を頼まれたと言っている。
そのことから男性が寝られない原因は「中国語の勉強をしなくちゃいけない」ことだと分かる。

選項

1 女性が「どうしたの。残業？」と聞いたあと、男性は「いや。」と否定している。
3 男性がこの前の会議のことを話題に出した後、女性が「なにか失敗しちゃったの？」と聞いたが、男性はここでも「いや。」と否定している。
4「社長に叱られたから」という話はしていない。

單字 **仕方がない**（沒有辦法）　**出張**（因公前往，出差）

第２大題。請先聽每小題的題目，在看答案卷上的選項。此時會提供一段閱讀時間。接著聽完對話，從答案卷上的選項１到４當中，選出最佳答案。

對話與問題中譯　　答案：**2**

男士和女士正在談話。請問男士說他為什麼不能睡呢？

M：唉，今天又不能睡了。
F：怎麼了？要加班嗎？
M：不是，是今天得讀中文才行。前天我被經理叫去了，然後經理提到上次的會議。
F：出了什麼問題嗎？
M：那倒沒有。經理問我上回用了中文的資料對吧，既然如此，中文一定很行，所以要我下個月陪同社長出差去當中文翻譯。沒辦法，我只好馬上去書店買這本參考書了。
F：哦，所以你每天晚上都在研讀這本參考書呀。不過，可以當社長的翻譯，感覺很厲害耶。加油哦！

請問男士說他為什麼不能睡呢？

1　因為要加班
2　因為必須要讀中文
3　因為在會議上出錯了
4　因為被社長責罵了

再聽一次對話吧！ track 2-2

解題中譯

關鍵句 ①②③

男士說因為之前會議中引用了中文的資料，被部長認為應該很擅長中文，而派任務跟社長一起出差，同時擔任中文口譯。
因此男士不能睡覺的原因是「中国語の勉強をしなくちゃいけない／必須得學中文」。

選項

選項１，女士問「どうしたの。残業？／怎麼啦？加班？」，男士否定說「いや／不是」。
選項３，男士提到之前的會議，女士又問「何か失敗しちゃったの／是否搞砸了什麼事？」，男士又回答「いや／不是」。
選項４，對話中完全沒有提到「社長に叱られたから／因為被社長罵了」這件事。

日文對話與問題

大学で男の学生と女の学生が話しています。女の学生はどうして元気がないのですか。

F：ああ、今日は6時間目まで授業があるなあ。

M：そうだね。あれ、なんか元気ないね。熱でもあるんじゃない。

F：今はそういうわけじゃないんだけど、先週、風邪ひいて熱が出たせい*か、治ったのに食欲がわかなくて①。好きなもの食べられないから力が出ないのよね②。おかゆばっかりなんだもん。

M：珍しいね。いつも食欲だけはだれにも負けないのに。

F：うん。咳とか鼻水とか他の症状が何もないのに食べられないって、いちばんくやしいよ③。

女の学生はどうして元気がないのですか。

1　6時間目まで授業があるから
2　熱があるから
3　食欲がないから
4　咳と鼻水が出るから

日文解題

關鍵句①

先週の風邪は治ったが、食欲がないと言っている。

關鍵句②

「好きな物食べられない」のが元気のない原因。

選項

2 先週、熱が出たが、もう治った。

4 咳とか鼻水とかの症状はないと言っている。

*「～せい」は、それが原因で、悪いことが起こるという意味。「～せいか」は「～のせいかどうか分からないが」「～のせいかもしれないが」と言いたいとき。

單字 治る（痊癒）　食欲（食慾）　おかゆ（粥）　咳（咳嗽）　鼻水（鼻涕）

對話與問題中譯 答案：**3**

男學生和女學生在大學裡談話。請問女學生為什麼無精打采呢？

F：唉，今天要上到第6堂課啊。
M：是啊。咦，妳好像無精打采的，發燒了嗎？
F：現在倒是沒發燒了。但是不知道是不是因為*我上星期感冒發燒，現在雖然好了卻沒有食慾，喜歡的東西也吃不下，所以全身軟綿綿的。我已經一連吃好幾天稀飯了。
M：真稀奇啊。妳的胃口一向好得很呢。
F：對啊。最氣的就是明明咳嗽和流鼻水之類的症狀都沒有了，卻還是吃不下東西。

請問女學生為什麼無精打采呢？

1 因為要上到第6堂課
2 因為發燒了
3 因為沒有食慾
4 因為咳嗽流鼻水

解題中譯

關鍵句①

女學生提到上星期的感冒雖然好了，但還是沒有食慾。

關鍵句②

「好きな物食べられない／吃不下喜歡的東西」正是無精打采的原因。

選項

選項2，上星期發燒，但現在已經好了。

選項4，女學生提到咳嗽和流鼻水之類的症狀都沒有了。

再聽一次對話吧！ track 2-3

*「～せい／因為～」是"由於這個原因而造成負面的結果"的意思。「～せいか／不知道是不是因為～」用於想表達「～のせいかどうか分からないが／不知道是不是因為～」、「～のせいかもしれないが／也許是因為～」的時候。

症状（しょうじょう）（症狀）

日文對話與問題

女の店員と男の人がカバンについて話しています。男の人はどんなカバンがほしいと言っていますか。

F：どんなカバンをお探しでしょうか。

M：来週出張に行くので、そのときに使うカバンがほしいんですが。

F：1泊用ですとこちら、2, 3泊用ですと、こちらになりますが…。

M：出張先で持って歩くカバンがほしいんです①。

F：ああ、それなら、スーツケースに収まるタイプがよろしいですね②。こちらは柔らかくて、このようにすればかなり小さくなります。

M：うーん、もっとしっかり堅い方がいいな③。色は黒でいいんですけど。それと、肩に下げる時の紐がついていないのはありますか。

男の人はどんなカバンがほしいと言っていますか。

1 黒いスーツケース
2 堅いスーツケース
3 柔らかい手提げバッグ
4 堅い手提げバッグ

日文解題

關鍵句 ①②

から、スーツケースの中に入るものと分かる。

關鍵句 ③

堅いかばんがいいと言っているので、4が正解。

手で持つ形を「手提げバッグ」、肩から紐で下げる形を「ショルダーバッグ」という。

單字 出張先（出差地點）　スーツケース【suitcase】（行李箱）　収まる（收納）

對話與問題中譯　　答案：**4**

女店員和男顧客正在談論提包。請問男顧客說他想要怎麼樣的提包呢？

F：請問您在找哪種款式的提包呢？
M：下星期要出差，想找適合帶去的提包。
F：適合兩天一夜的包款在這區，如果要住２到３天的話，請參考這區……。
M：我想要能在出差地點提著走的款式。
F：好的，這樣的話，能收進旅行箱的款式如何呢？這一款的材質較軟，像這樣就能摺得很小。
M：嗯……還是硬挺一點的比較好。顏色的話，黑的就可以了。另外，有不附肩背帶的款式嗎？

請問男顧客說他想要怎麼樣的提包呢？

1　黑色的行李箱
2　堅硬的行李箱
3　柔軟的手提包
4　堅硬的手提包

解題中譯

關鍵句 ①②

從①②可知，答案是可以放進行李箱的東西。

關鍵句 ③

因為男士提到硬挺的提包比較好，所以正確答案是選項４。

用手拎提的包款稱作「手提げバッグ／手提包」，揹在肩上的包款稱作「ショルダーバッグ／肩背包」。

再聽一次對話吧！ track 2-4

肩に下げる（肩背）　**紐**（背帶）

日文對話與問題

電話で男の人と女の人が話しています。男の人が遅くなる理由は何ですか。

M：お世話になっております。田中です。

F：ああ、田中さん。山口です。こちらこそお世話になっております。

M：本当に申し訳ないんですが、今、横浜駅の近くにいて、そちらにうかがうのが予定よりもうちょっと遅くなりそうなんです。

F：ああ、それはいいですよ。今日はまだしばらく会社にいますから。ひどい雨だし、電車、遅れているみたいですね。①

M：ああ、そうみたいですね。私は車なんです②が、どうもさっき、踏切で事故があったようで、それでかなり道が渋滞しちゃってて*③。

F：それは大変ですね。うちは大丈夫ですよ。道がわからなかったら、またお電話くださいね。気をつけていらっしゃってください。

男の人が遅くなる理由は何ですか。

1 大雨が降っているから

2 電車が遅れているから

3 道路が渋滞しているから

4 道に迷ってしまったから

日文解題

關鍵句 ①②

①大雨で電車が遅れているが、②男の人は車で来ている。

關鍵句 ③

渋滞が、遅くなる理由。

選項

1、**2** は車なので関係ない。

4 は、実際に迷ったわけではない。女の人が「もし、分からなくなったら」と声をかけてくれている。

*「渋滞しちゃってて」の「しちゃってて」は「してしまっていて」の話し言葉。かなりくだけた言い方。

單字 **踏切**（平交道）　**事故**（事故）　**渋滞**（塞車）

對話與問題中譯 **答案：3**

男士和女士正在通電話。請問男士為什麼遲到呢？

M：感謝平時惠予關照，我是田中。
F：哦，田中先生，我是山口。同樣承蒙關照了。
M：非常抱歉，我現在在橫濱站附近，大概會比預定時間晚一點到您那裡。
F：哦，沒關係，我今天還會留在公司一段時間。雨這麼大，聽說電車都誤點了。
M：是啊，我也聽說了。不過我今天是開車來，可是剛才平交道上好像發生了事故，塞車非常嚴重*。
F：辛苦您了。請放心，我會等您來。如果不知道路，麻煩再打電話過來。開車請小心。

請問男士為什麼遲到呢？

1　因為下大雨
2　因為電車誤點了
3　因為路上塞車了
4　因為迷路了

解題中譯

關鍵句 ①②

①雖然下大雨電車會誤點，②但男士是開車來的。

關鍵句 ③

塞車是男士遲到的理由。

選項

選項1和選項2，因為男士是開車來的所以沒關係。

選項4，實際上男士並沒有迷路。女士是提醒男士「もし、分からなくなったら／如果不知道路」。

再聽一次對話吧！ track 2-5

*「渋滞しちゃってて／塞車了」的「しちゃってて／…了」是「してしまっていて／…了」的意思。是非常不正式的說法。

日文對話與問題

女の店員と男の人が掃除機について話しています。女の人は掃除機が壊れた理由は何だと言っていますか。

F：ああ、こちらですね。

M：はい。ふつうに使っていたんですけどね。動かなくなったので、何か大きいものでも詰まったのかと思ったんですけど、何もつまってなくて①。

F：そうですか…。ああ、ここ、へこんでますね。

M：ええ、半年ぐらい前に、階段から落としちゃって。でもその後もちゃんと使えてたんです②。きのうは、吸い込む力が弱くなったから、中を見てみようと思って、このふたを開けたら、ここのスイッチのとこが割れちゃって③。

F：ああ、そうでしたか。たぶん、ふたを開けて、中を触った時に壊れたんだと思いますよ。吸い込む力が弱くなったのは、故障じゃなくて、後ろの吹き出し口に埃がついていたからですね。この部分は取り外せるので、たまに洗っていただければ大丈夫です。ただ、スイッチの部分って壊れやすいので…。お預かりして調べてみないと修理代はわからないんですけど④。

女の人は掃除機が壊れた理由は何だと言っていますか。

1 大きい物が詰まったから
2 分解したから*
3 階段から落としたから
4 吹き出し口に埃がついていたから

*「分解する」は一つのものを別々に分けること。例・時計を分解して修理する。

日文解題

關鍵句 ①

大きい物が詰まったのではない。

關鍵句 ②

階段から落とした後も使えていた。

關鍵句 ③

ふたを開けて中を触ったら、スイッチのところが割れた。

關鍵句 ④

スイッチのところは壊れやすい（壊れている）ので修理が必要。
吸い込む力が弱くなったので、ふたを開けて中を触った際に、スイッチの部分を壊してしまったことが故障の原因。
吸い込む力が弱くなったのは、吹き出し口に埃がついていたからで、これは故障ではない。

選項

4は埃がついていたのは、たまに洗えば大丈夫だと言っている。

單字 掃除機（吸塵器）　へこむ（凹陷）　吸い込む（吸入）　ふた（蓋子）

對話與問題中譯　　答案：**2**

女店員和男顧客正在談論吸塵器。請問女店員說吸塵器為什麼會壞掉呢？

F：哦，是這裡故障吧。
M：對。使用方式都和往常一樣，可是突然停止運作了，我還以為有比較大的東西卡在裡面，結果什麼也沒有。
F：這樣啊……。奇怪，這裡凹下去了。
M：對，這台吸塵器大概半年前從樓梯上掉下去了，但是之後還能正常使用。昨天吸力變弱了，我想看看裡面的狀況，打開這個蓋子後，才發現這個開關的地方裂開了。
F：哦，這樣啊。我想大概是打開蓋子檢查的時候碰壞了內部零件。至於吸力變弱，並不是故障，而是後面的出風口積了灰塵。這塊外殼可以拆下來，只要偶爾拿去沖洗一下就沒問題了。不過，開關的部分的確比較容易壞掉……。至於維修費，必須請您把機器放在這邊，我們做完詳細的檢查之後才能向您報價。

請問女店員說吸塵器為什麼會壞掉呢？

1　因為有比較大的東西卡在裡面
2　因為拆開了*
3　因為從樓梯上掉下去了
4　因為出風口積了灰塵

再聽一次對話吧！ track 2-6

解題中譯

關鍵句 ①
並沒有大的東西卡在裡面。

關鍵句 ②
從樓梯上掉下去之後還是可以正常使用。

關鍵句 ③
打開蓋子檢查的時候，碰壞了開關。

關鍵句 ④
因為開關的部分比較容易壞（已經壞了），所以必須修理。

由於吸力變弱，所以打開蓋子檢查，然而卻碰壞了開關，這就是故障的原因。

吸力變弱是因為出風口積了灰塵，並不是因為故障。

選項
選項４，對話中提到如果積了灰塵，只要偶爾拿去沖洗一下就沒問題了。

*「分解する／拆開」是指將一件物品的每個部份分開來。例句：將手錶拆開修理。

スイッチ【switch】（開關）　**触る**（さわ）（接觸）　**故障**（こしょう）（故障）　**埃**（ほこり）（灰塵）　**取り外せる**（と はず）（拆卸）

日文對話與問題

父親と女の子が話しています。女の子はどうしてプールに行きたくないのですか。

M：さあ、でかけるよ。忘れ物はないかたしかめて。

F：うん。でもさ、今日ちょっと曇っているんじゃない。

M：いや、雲なんか全然ないよ。あれ、はるなはプールに行きたくないのか。それじゃ、いつになっても泳げるようにならないよ。

F：もうお父さん、私、この前の 25 メートル、クラスで一番だったよ。

M：ええっ、そうなのか。すごいな。じゃあなんで行きたくないんだ。

F：だって*今日、6時から…①。

M：ああ、あの歌手の出るドラマだな②。わかったよ。6時前には帰るから。ほら、行こう。

女の子はどうしてプールに行きたくないのですか。

1 曇っているから
2 泳げないから
3 プールが嫌いだから
4 みたいテレビ番組があるから

日文解題

關鍵句 ①②

①の女の子のことばに対して、②で父親は「あの…ドラマだな」と言っている。「ドラマ」はテレビ番組のこと。

*「だって」は、理由や言い訳を言うときの話し言葉。

單字 曇る（陰天）　メートル【（法）metre】（公尺，米）　ドラマ【drama】（戲劇）

對話與問題中譯　　答案：**4**

爸爸和女兒正在談話。請問女兒為什麼不想去游泳池呢？

M：好了，要出門囉。檢查一下東西都帶齊了沒。
F：嗯。可是呢，今天天氣陰陰的耶。
M：沒有啊，連一朵雲都沒有喔！春菜，妳該不會是不想去游泳池吧？不去的話，就永遠學不會游泳了哦！
F：爸爸真是的！上回比賽25公尺，我可是全班第一名耶。
M：哇，真的嗎？好厲害喔。那妳為什麼不想去游泳池？
F：因為*，今天6點開始有……。
M：哦，是那個歌手演出的影集要播映吧。知道囉，我們會在6點前到家。好了，走吧！

請問女兒為什麼不想去游泳池呢？

1　因為天很陰
2　因為不會游泳
3　因為討厭游泳池
4　因為有想看的電視節目

解題中譯

關鍵句 ①②

①聽到女兒說的話之後，②父親回答「あの…ドラマだな／那個…影集吧」。「ドラマ／影集」是指電視節目。

再聽一次對話吧！ track 2-7

*「だって／因為」是用於表示理由或藉口的詞語。

日文對話與問題

男の人と女の人が公園で話しています。女の人がよくこの公園に来る理由はなんですか。

M：おはようございます。

F：ああ、おはようございます。早いですね。

M：ええ、犬がね、早く連れて行けってうるさくて。散歩は、朝早い方が涼しいですからね。

F：かわいいですね。私、犬、大好きなんです。触ってもいいですか。

M：ええ、どうぞ。最近毎日お会いしますね。マラソン大会の練習ですか。

F：ああ、実は*先週まで入院をしていて、もうすぐ仕事にもどるので、体力をつけたくてちょっとずつ走っているんです①。休んだり、歩いたりしながらですけど。

M：ああ、そうでしたか。

女の人がよくこの公園に来る理由はなんですか。

1 体力をつけたいから
2 犬の散歩のため
3 マラソン大会に出るため
4 朝の公園は涼しいから

日文解題

關鍵句 ①

女の人は「体力をつけたくて」と言っている。

關鍵句 ①

2 犬の散歩をしているのは男の人。

3 マラソン大会の練習かと男の人に聞かれただけ。

4 涼しいから、と言ったのは男の人。

*「実は」は、「本当は」という意味。特別なことを人に言い出すときの言い方。

單字 理由（理由）　朝早い（清晨）　マラソン【marathon】（馬拉松）

對話與問題中譯 **答案：1**

男士和女士在公園裡談話。請問女士經常來這座公園的理由為何？

M：早安。
F：哦，早安。您起得真早呢。
M：是啊，狗狗一直吵著早點帶牠出來。還是要早一點出來散步比較涼爽啊。
F：好可愛喔！我最喜歡狗狗了。可以摸摸牠嗎？
M：可以呀，請摸請摸。最近每天都會遇到妳，在為馬拉松比賽練習嗎？
F：呃，其實*是因為我之前住院了，這星期才出院，但是再過幾天就要返回工作崗位了，想稍微跑一跑來鍛鍊體力。不過現在還只能跑跑停停的，中間要休息。
M：哦，原來如此。

請問女士經常來這座公園的理由為何？

1 因為想鍛鍊體力
2 為了溜狗
3 為了要在馬拉松比賽出賽
4 因為早上的公園很涼爽

再聽一次對話吧！ track 2-8

解題中譯

關鍵句 ①

女士提到「体力をつけたくて／想要鍛鍊體力」。

選項

選項 2，帶狗狗散步的是男士。

選項 3，是否在為馬拉松比賽練習只是男士的疑問。

選項 4，提到涼爽的是男士。

*「実は／其實」是「本当は／實際是」的意思。是要向對方説明特別的事情時的説法。

7番

track 2-9

1 別の店員が、品物の値段を間違えたから

2 別の店員が、帰ってしまったから

3 別の店員が、品物を間違えて渡したから

4 品物が、壊れていたから

答え
①②③④

8番

track 2-10

1 先生が黒板に書いたことをきちんと書く

2 先生の話の大事な点をメモする

3 自分で疑問に思ったことを書く

4 先生の話した内容に赤いペンで印をつける

答え
①②③④

9番

track 2-11

1 テストがあるから

2 もうすぐ引っ越しだから

3 引っ越したばかりだから

4 食事を作らなければならないから

答え
①②③④

10番

track 2-12

1 ホテルの食事がおいしいから
2 珍しい場所に泊るから
3 現場で働く人の話を聞いたから
4 これからテキストで国際交流について学ぶから

答え
①②③④

11番

track 2-13

1 息子の家に行くのをやめる
2 カギを閉めるのを忘れないようにする
3 出かける時は、近所に声をかける
4 犬の散歩の時間を増やす

答え
①②③④

12番

track 2-14

1 9時半頃
2 11時前
3 12時過ぎ
4 2時頃

答え
①②③④

日文對話與問題

女の人と店員が話しています。店員はどうしてあやまっているのですか。

M：いらっしゃいませ。

F：あのう、さっきここで買ったんですけど、袋にちがう物が入っていて①。

M：あ、これは…。大変失礼いたしました。

F：忙しそうだったんで、しょうがないとは思うんですけど。

M：少々お待ちください。…（間）…こちらの品物で間違いはないでしょうか。

F：そうそう。こっちのシャツです。

M：もう、本人が帰ってしまったのですが、よく注意します②。わざわざ来ていただいて恐縮です。本当に申し訳ありません。もうこんなことがないように気をつけますので、どうかまたよろしくお願いいたします。

店員はどうしてあやまっているのですか。

1 別の店員が、品物の値段を間違えたから
2 別の店員が、帰ってしまったから
3 別の店員が、品物を間違えて渡したから
4 品物が、壊れていたから

日文解題

關鍵句 ①

袋に違うものが入っていた。

關鍵句 ②

この「本人」とは女の人に品物を売った店員のこと。

選項

1 値段のことは話していない。

2 帰ってしまったことが問題なのではない。

4 壊れていたとは言っていない。

單字 わざわざ（特意）　恐縮（惶恐）

對話與問題中譯 **答案：3**

女士正在和店員談話。請問店員為什麼道歉呢？

M：歡迎光臨。
F：不好意思，我剛才來這裡買東西，可是袋子裡的商品好像放錯了。
M：啊，這真是……。真的非常抱歉。
F：忙中難免會出錯，這也是沒辦法的事。
M：麻煩稍等一下。……（等待時間）……請問應該是這些商品沒錯吧？
F：對對對，就是這件襯衫！
M：那位店員已經下班了，我們一定會確實做好員工教育。讓您特地跑一趟，真是非常抱歉。我們會小心往後不再發生這種情形，希望您能再度光臨。

請問店員為什麼道歉呢？

1　因為那位店員弄錯商品的價錢
2　因為那位店員回去了
3　因為那位店員交出了錯誤的商品
4　因為商品損壞了

解題中譯

關鍵句 ①

袋子裡的商品放錯了。

關鍵句 ②

這裡的「本人」是指之前把商品賣給女士的店員。

選項

選項 1，對話中沒有提到價錢。

選項 2，問題不在那位店員是否回去了。

選項 4，對話中沒有提到商品有所損壞。

再聽一次對話吧！ track 2-9

日文對話與問題

母親と父親が、子どものノートについて話しています。母親は、どんなノートの取り方がいいと言っていますか。

M：これ、さとしのノート？…なんだ、ちゃんと書いてないな。

F：ああ、そう思う？でもね、これ、結構ちゃんと書けてるほうみたいよ。この前、中学の先生がテレビで話してた。

M：ふうん。まあ、字は…汚くはないな。えんぴつもちゃんと削ってあるし。

F：そうよ。

M：でも、先生が黒板に書いてあったことしか書いてないよ。書かないのかな？例えば、先生の話のメモとかさ。

F：ああ、自分で疑問に思ったこととかね。まあ、それができるに越したことはない*けど、中学生には無理だって。私も、欲張っていろいろ書いているうちに大切なことを聞き逃すより、中学の間は、先生が書いたことをきちんとした字で写すことが大事だと思う①。あとで赤いペンで重要なとこに印をつければ十分よ。

母親は、どんなノートの取り方がいいと言っていますか。

1 先生が黒板に書いたことをきちんと書く
2 先生の話の大事な点をメモする
3 自分で疑問に思ったことを書く
4 先生の話した内容に赤いペンで印をつける

日文解題

關鍵句 ①

母親が大事だと思っていること。その前に、「～とか」「～とか」とできていないことをあげているが、「～けど」「～より」と反対の流れになり、「中学の間は…こと」と続く。

選項

2 父親が、できたほうがいいのでは？と思ってあげた例。

3 母親が、2に続いてあげた例。

4 大事なのは1だが、あとで4もやればよいと言っている。

*「～に越したことはない」は、「もちろん～ほうがいい」「できれば～ほうがいい」という意味。例・旅行に行くなら、荷物は小さいに越したことはないですよ。

單字 取り方（採取方式）　汚い（骯髒的）　削る（削）　黒板（黑板）

對話與問題中譯　　答案：**1**

母親和父親正在討論孩子的筆記。請問母親認為應該用什麼方式做筆記才好呢？

M：這是小聰的筆記本？……這小子，根本沒有好好寫嘛。

F：喔，你這樣覺得嗎？不過，這已經算得上認真寫了哦。我之前在電視節目上看到有位國中老師這樣講過。

M：是這樣嗎？好吧，來看看他的字，字呢……還算整齊，鉛筆也有好好削尖。

F：對呀。

M：不過，他只抄了老師寫在黑板上的字，其他的是不是都沒寫呢？像是記錄老師的講課內容之類的。

F：哦，你指的是例如他想到的問題吧？如果能做到這種程度當然好極了＊，但對國中生來說恐怕太難了。我也覺得在國中階段，與其額外寫下很多心得和疑問，結果沒聽到最重要的上課內容，更應該專心抄寫老師寫在黑板上的字。之後複習時再用紅筆劃重點就夠了。

請問母親認為應該用什麼方式做筆記才好呢？

1　好好的抄寫老師寫在黑板上的東西
2　將老師話裡的重點做筆記
3　把自己有疑問的點寫下來
4　用紅筆標註老師說的內容

再聽一次對話吧！ track 2-10

解題中譯

關鍵句 ①

這是母親認為重要的事。前幾句用「～とか／之類的」、「～とか／之類的」來舉出孩子沒做到的事，接下來幾句話用「～けど／但是」、「～より／與其」形成對話的轉折，之後再接著說明「中学の間は…こと／對國中生來說……」。

選項

選項２是父親列舉出他認為有做到會比較好的事情。

選項３是母親聽了父親的話，接著舉出的其他例子。

母親認為最重要的是選項１，另外如果能做到選項４就更好了。

＊「～に越したことはない／如果能～當然好」是「もちろん～ほうがいい／～當然好」、「できれば～ほうがいい／如果～當然好」的意思。例句：如果要去旅行，行李當然是越少越好。

疑問（疑問）　**に越したことはない**（最好是～）　**印**（記號）

日文解題

日文對話與問題

息子と母親が家で話しています。母親が忙しい理由は何ですか。

M：あれ、出かけるの。

F：そう。もう忙しくて目が回り*1そう。昨日も区役所やら郵便局やらで待たされて、今日は銀行。住所変更①だけなんだけど、また待たされるかな。

M：住む所が変わる②んだからしかたないよ。あーあ、明日からテスト。いやだなあ。食事はどうするの。

F：カレーを作っておいたから食べて。

M：うん。お母さんはどうするの。

F：帰って来てから食べるわ。午後は本を箱につめなきゃ*2③。じゃ、行ってくるから、試験の勉強、がんばってよ。

母親が忙しい理由は何ですか。

1　テストがあるから

2　もうすぐ引っ越しだから

3　引っ越したばかりだから

4　食事を作らなければならないから

關鍵句①②

①②から引っ越しと分かる。

關鍵句③

③で、これから引っ越しをすると分かる。

*1「目が回る」は、とても忙しいと言いたいとき。

*2「つめなきゃ」は「つめなければ（ならない）」の話し言葉。

單字 目が回る（頭昏眼花）　つめる（填滿）

對話與問題中譯 答案：**2**

兒子和母親在家裡談話。請問造成母親忙碌的理由是什麼呢？

M：咦，媽媽要出門哦？
F：對。我已經忙到頭昏眼花[*1]了。昨天在區公所和郵局等了好久，今天還得去銀行。其實只是改個住址而已，這下恐怕又有得等了。
M：沒辦法啊，我們要搬家嘛。唉，明天要開始考試了，好煩哦。我午餐吃什麼？
F：我已經煮好咖哩了，你就吃咖哩吧。
M：好。那媽媽呢？
F：我回來後再吃吧。下午得把書裝箱才行[*2]。那我出門了，念書加油哦！

請問造成母親忙碌的理由是什麼呢？

1　因為有考試
2　因為馬上就要搬家了
3　因為才剛搬家
4　因為必須要做飯

解題中譯

關鍵句 ①②

從①②可知這一家人要搬家。

關鍵句 ③

從③可知搬家是還沒發生的事。

再聽一次對話吧！ track 2-11

*1「目が回る／頭昏眼花」用在想表達非常忙碌的時候。

*2「つめなきゃ／得裝箱」是「つめなければ（ならない）／必須得裝箱」的口語説法。

日文解題

日文對話與問題

大学で、男の先生と女の先生が話しています。男の先生は、なぜ参加者が多かったと言っていますか。

F：研修旅行、お疲れ様でした。

M：手伝っていただいて、いろいろ助かりました。ホテルの食事もなかなかでしたよ。

F：たいして珍しいところでもないのに参加者が急に増えたのは驚きましたね。

M：今回は、申し込み締切日の直前に、現地で働いている人の講演がありましたよね。① やはり、国際交流の現場を体験したいと思ったんでしょうね。②

F：国際交流についてはこれからテキストで学ぶところですが、ちょうどいいきっかけになるんじゃないでしょうか。

M：今回の経験を通して、異文化を理解するには、思い切ってまず向こうの文化に飛び込んでみることも大切だと感じてくれているといいんですか。

關鍵句 ①②

①が参加者が増えた理由。

①の参加者が、②のように思って、研修旅行にも参加したと言っている。

男の先生は、なぜ参加者が多かったと言っていますか。

1 ホテルの食事がおいしいから
2 珍しい場所に泊るから
3 現場で働く人の話を聞いたから
4 これからテキストで国際交流について学ぶから

選項

4 研修旅行に行ったことが、これから学ぶためのいいきっかけになる、と言っている。研修旅行に参加した理由ではない。

單字 研修旅行（進修旅行） 締切日（截止日期） 直前（即將～之前） 現地（當地）

對話與問題中譯　　答案：**3**

男老師和女老師在大學校園裡談話。請問男老師認為與會人數為什麼增加了呢？

F：舉辦研修營，辛苦您了。

M：謝謝妳幫了很多忙！飯店的餐點也很不錯哦。

F：這次並不是在什麼特殊的地點舉辦活動，與會人數卻忽然增加了，真是令人吃驚。

M：這次活動在報名截止日的前一天，剛好有一場演講的講者是外國工作人士，有些聽眾因此想親身體驗一下國際交流場合吧。

F：關於國際交流，其實接下來就可以從講義中學到了，不過藉由這次的機會學習，不也是很好的經驗嗎？

M：如果因為這次經驗，而有學生誤認為想要理解異國文化，最重要的必須先放大膽子，直接讓自己置身於那種文化環境之中，這樣是正確的嗎？

請問男老師說與會人數為什麼增加了呢？

1　因為飯店的餐點很好吃
2　因為住在稀奇的場所
3　因為聽了外國工作人士的談話
4　因為之後講義中有國際交流的相關課程

再聽一次對話吧！ track 2-12

解題中譯

關鍵句 ①②

①是與會人數增加的原因。

①②提到與會的學生因為想親身體驗國際交流場合，所以參加了研修營。

選項

選項４，談話中提到參加研修營能為接下來的學習奠定基礎，但這並非參加研修營的理由。

国際交流（こくさいこうりゅう）（國際交流）　**体験**（たいけん）（體驗）　**きっかけ**（機會）　**異文化**（いぶんか）（不同的文化）　**思い切って**（おもいきって）（下決心）

日文解題

日文對話與問題

男の人が近所の人と話しています。男の人はこれからどうすると言っていますか。

F：中野さん、こんにちは。

M：ああ、どうも（犬の鳴き声）。

F：（犬に）ジョン、久しぶり。（男の人に）ご旅行でしたか。

M：しばらく、息子の家に行っていたんですよ。そういえば、近くで事件があったようですね。そこにたくさん警官がいましたよ。

F：あのマンションにどろぼうが入ったみたいですよ。こわいですよね。

M：ああ、カギの閉め忘れかな。

F：いえ、空いてる窓から入ったみたいです。誰もいない時間を狙って。

M：そうか。ここらへんは昼間も人が少ないからなあ。よし。ご近所のために、こいつともっと出歩こう①。

F：ああ、みなさんも、とても助かりますよ。ジョン、よろしくね。

關鍵句①

「ご近所のために、もっと出歩こう」と言っている。「もっと」は今までとの比較を表している。「こいつ」は犬のジョンのこと。

男の人はこれからどうすると言っていますか。

1 息子の家に行くのをやめる

2 カギを閉めるのを忘れないようにする

3 出かける時は、近所に声をかける

4 犬の散歩の時間を増やす

單字 **マンション【mansion】**（公寓）　**どろぼう**（小偷）　**狙う**（尋找～的機會）

對話與問題中譯　　答案：**4**

男士正在和附近鄰居交談，請問男士表示之後要怎麼做呢？

F：中野先生，早安。
M：早安（狗叫聲）。
F：（對狗說）約翰，好久不見。（對男士說）您去旅行了嗎？
M：去了兒子家住了幾天。對了，聽說這附近發生竊案了，那天來了好多警察。
F：聽說那棟公寓遭小偷了。好恐怖哦！
M：對啊，不知道是不是忘記鎖門了。
F：不是的，好像是從沒關的窗戶進到屋裡的。小偷看準了那段時間沒人在家。
M：這樣啊。這一帶白天的確沒什麼人在。好！為了守望相助，我要常常帶這傢伙出來走動走動！
F：真是幫大家大忙了呢！約翰，那就拜託你囉！

請問男士表示之後要怎麼做呢？

1　不去兒子的家了
2　不忘鎖門
3　出門時和鄰居說一聲
4　增加遛狗的時間

再聽一次對話吧！ track 2-13

解題中譯

關鍵句 ①

男士提到「ご近所のために、もっと出歩こう／為了守望相助，我要常常帶這傢伙出來走動走動」。「もっと／更」是“要比目前為止，更～”的意思。「こいつ／這傢伙」是指狗狗約翰。

日文對話與問題

会社で男の人と女の人が話しています。女の人は男の人にいつ書類を渡しますか。

M：おはようございます。

F：おはようございます。明日の会議の資料、あと一時間ほどでできます①がどうやってお渡ししましょうか。

M：今、9時ですね②。じゃ、カラーで印刷して直接僕にください。データは保存しておいてください。

F：わかりました。では、のちほどお持ちします。

M：午前中に行くところがあるので、2時くらいでもいいですよ。

F：何時に出ますか。

M：11時には出ます③。

F：わかりました。私は午後から出かけてしまうので、それまでにお持ちします④。

女の人は男の人にいつ書類を渡しますか。

1　9時半頃
2　11時前
3　12時過ぎ
4　2時頃

日文解題

關鍵句 ①②

今9時で、資料はあと1時間でできる。

關鍵句 ③

男の人は11時に会社を出る。

關鍵句 ④

女の人は午後から出かけるので、それまでに持って行くと言っている。「それまでに」は11時までにということ。

單字 どうやって（如何）　のちほど（稍後）

對話與問題中譯 **答案：2**

男士和女士在公司裡談話。請問女士什麼時候把文件交給男士？

M：早安。
F：早安。明天會議要用的資料，再過一小時左右就能完成了，請問要怎麼給您呢？
M：現在是９點吧。那麼，請用彩色列印，印完直接給我。資料請存檔。
F：好的。那麼我稍後拿過來。
M：我早上要外出一趟，大概兩點左右給我就行了。
F：請問您幾點出門呢？
M：我 11 點出門。
F：了解。我下午要外出，所以我會在您出門前送過去給您。

請問女士什麼時候把文件交給男士？

1　９點半左右
2　11 點前
3　12 點過後
4　２點左右

解題中譯

關鍵句 ①②

現在是９點，資料再過一小時左右就能完成。

關鍵句 ③

男士 11 點要出門。

關鍵句 ④

女士提到她下午要外出，所以會在男士出門前把資料送過去。「それまでに／在那之前」是指 11 點男士出門之前。

再聽一次對話吧！ track 2-14

13番

track 2-15

1 MKビルの場所(ばしょ)がわからないから

2 MKビルが壊(こわ)されてしまったから

3 マンションが工事中(こうじちゅう)だから

4 写真屋(しゃしんや)が休(やす)みだから

答え
①②③④

14番

track 2-16

1 今日(きょう)はもうたくさん飲(の)んだから

2 胃(い)の調子(ちょうし)が悪(わる)いから

3 最近(さいきん)、よく眠(ねむ)れないから

4 会社(かいしゃ)のコーヒーはまずいから

答え
①②③④

15番

track 2-17

1 明日(あした)は新製品(しんせいひん)の発表(はっぴょう)だから

2 もう十分準備(じゅうぶんじゅんび)ができたから

3 病気(びょうき)が悪(わる)くなったから

4 病院(びょういん)で検査(けんさ)をしなければならないから

答え
①②③④

16番

track 2-18

1 安売りだったから

2 きれいに並んでいたから

3 テレビの人気番組で卵の料理を紹介したから

4 健康にいいから

答え
①②③④

17番

track 2-19

1 前回のテストを受けていない学生と、不合格だった学生

2 9月から日本語3の授業を受ける学生

3 作文を提出していない学生

4 研修旅行に行く学生

答え
①②③④

18番

track 2-20

1 子どもの頃得意だったから

2 体力がつくから

3 仕事以外の楽しみを作りたいから

4 ルールを良く知っていて簡単にできるから

答え
①②③④

日文解題

日文對話與問題

女の人と警察官が話しています。女の人はどうして困っているのですか。

F：あのう、すみません。

M：はい、どうなさいましたか。

F：ああ、この近くに MK ビルというビルはないでしょうか。

M：MK ビルですか。ここから 500 メートルほど行ったところにあったんですが、数か月前になくなって、今はマンションの工事中です。

F：ああ、やっぱり。その中の写真屋さんに行きたくて①、確かこの辺だったと思ったんですが、いくら探してもないので…。他に写真屋さんってないですか②。

M：この駅の近くにもありますよ③。電話してみましょう。

F：ありがとうございます。明日までに証明写真がいるのに近所は全部お休みで…。

M：…誰も出ませんね。やっぱりやってないのか…④。

F：ああ、困ったなあ。

關鍵句 ①②

写真屋を探している。

關鍵句 ③④

警官が近くの写真屋を探してくれたが、やっていない。

MK ビルを探していたのは、その中の写真屋に行きたかったから。

女の人はどうして困っているのですか。

1 MK ビルの場所がわからないから

2 MK ビルが壊されてしまったから

3 マンションが工事中だから

4 写真屋が休みだから

單字 マンション【mansion】（公寓）　**やっぱり**（果然）　**写真屋さん**（照相館）

對話與問題中譯 **答案：4**

女士和警官正在談話。請問女士為什麼傷腦筋呢？

F：不好意思，打擾一下。
M：您好，怎麼了嗎？
F：請問這附近有一棟大樓叫 MK 大樓的嗎？
M：MK 大樓嗎？從這裡差不多走 500 公尺就到了，不過幾個月前已經拆除了，現在正在蓋新大廈。
F：唉，果然如此。我想去那棟大樓裡的照相館，印象中就在這附近，可是怎麼找都找不到……。不知道這附近有沒有別家照相館呢？
M：車站附近有哦。我打個電話問看看吧。
F：謝謝。我明天就需要證件照了，附近的照相館卻全部公休……。
M：……沒有人接聽喔，該不會這家也沒營業吧……。
F：唉，真傷腦筋。

請問女士為什麼傷腦筋呢？

1　因為不知道 MK 大樓在哪裡
2　因為 MK 大樓被拆除了
3　因為公寓正在施工
4　因為照相館公休

解題中譯

關鍵句 ①②

女士正在找照相館。

關鍵句 ③④

警官也幫忙找附近的照相館，但是沒有找到。

女士找 MK 大樓是為了要找大樓裡的照相館。

再聽一次對話吧！ track 2-15

証明写真（しょうめいしゃしん）（證件照）

日文對話與問題

男の人と女の人が会社で話しています。女の人はなぜコーヒーを飲まないのですか。

M：ああ、ちょっと休憩しよう。コーヒーでもいれようか？

F：ありがとう。でも、私はいい。

M：へえ。珍しいね。胃の調子でも悪いの。

F：この前行った喫茶店で、すごくおいしいコーヒーを飲んだの。で、コーヒー豆も買ってきたら、あまりのおいしさにたくさん飲むようになって。会社にも持って来ているんだけど、今日はもう３杯飲んだから、さすがに＊飲み過ぎかな、って①。

M：確かに。夜、眠れなくなるよ。

F：ああ、中西君、これ飲む？

M：いや、僕は遠慮するよ。高くておいしいコーヒーの味を知って、会社のが飲めなくなったら困るから。

女の人はなぜコーヒーを飲まないのですか。

1 今日はもうたくさん飲んだから
2 胃の調子が悪いから
3 最近、よく眠れないから
4 会社のコーヒーはまずいから

日文解題

關鍵句 ①

今日は飲み過ぎ、と言っている。

選項

3 男の人が言っただけ。女の人は、眠れなくなるから飲まないわけではない。

＊「さすがに」は、評価と違う面があると言いたいとき。例・いつも元気な悟くんも、風邪をひくと、さすがにおとなしいね。

單字 **この前**（最近）　**調子**（狀況）　**コーヒー豆【coffee 豆】**（咖啡豆）

對話與問題中譯　**答案：1**

男士和女士正在公司裡談話。請問女士為什麼不喝咖啡呢？

M：呼，休息一下吧！要沖杯咖啡嗎？
F：謝謝。不過我不用了。
M：咦，妳難得不喝咖啡。是胃不舒服嗎？
F：上次去一家咖啡店喝到了非常好喝的咖啡，就在那家店買了咖啡豆，因為太好喝於是天天喝很多杯。我也把豆子帶來公司了，但今天已經喝了３杯，實在*過量了。
M：的確過量了。晚上會睡不著哦！
F：大概會。中西，要喝喝看這種咖啡嗎？
M：謝謝，我心領了。要是嚐過了那種昂貴又美味的咖啡，以後公司的咖啡根本沒辦法入口，那就傷腦筋囉。

請問女士為什麼不喝咖啡呢？

1　因為今天已經喝太多了
2　因為胃不舒服
3　因為最近睡不好
4　因為公司的咖啡很難喝

解題中譯

關鍵句 ①

女士說今天喝太多了。

選項

選項３只是男士的推測。女士並不是因為會睡不著所以才不喝咖啡。

再聽一次對話吧！ track 2-16

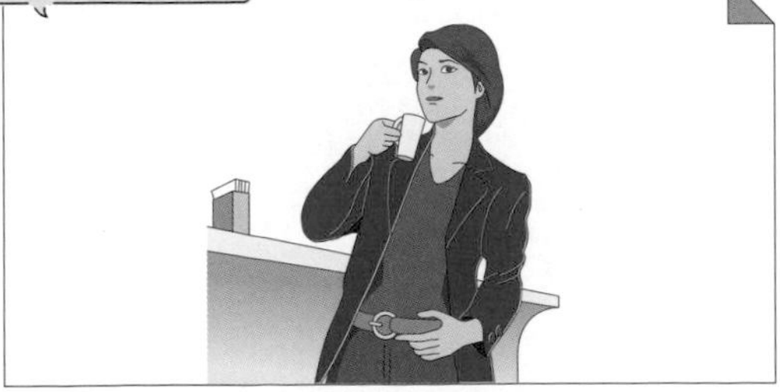

*「さすがに／就連」用在想表達“有著和評價不同的一面”時。例句：就連平時一向淘氣的小悟，感冒後都變得乖巧聽話了。

日文對話與問題

会議室で社員が二人で話しています。女の人はどうして明日会社へ来ないのですか。

F：申し訳ありませんが、明日の新製品の発表、よろしくお願いします。

M：まあ、ここまで準備ができてれば大丈夫だろう。

F：自分で話したかったんですけど、近所の内科でおどかされてしまって*1①。ふだんはなんともないんですが。

M：健康第一だよ。医者から言われたんだから、今は何もないにせよ*2行って来た方がいい②。しっかり調べて、何でもなければすっきりするんだし。

F：はい。ありがとうございます。では、よろしくお願いします。

女の人はどうして明日会社へ来ないのですか。

1 明日は新製品の発表だから
2 もう十分準備ができたから
3 病気が悪くなったから
4 病院で検査をしなければならないから

日文解題

關鍵句 ①②

①②近所の内科に行くことが分かる。

*1「おどかされてしまって」は、医者から、大変な病気かもしれないと言われたと考えられる。「脅かす」は、怖がらせるという意味。

*2「～にせよ」は、たとえ～でも、という意味。例・事情があるにせよ、人に迷惑をかけたなら謝るべきだ。

單字 内科（內科）　おどかす（威脅；嚇唬）　なんともない（沒有影響）

對話與問題中譯 **答案：4**

兩名職員正在會議室裡談話。請問女士明天為什麼不進公司呢？

F：非常抱歉，明天新產品的報告就麻煩你了。
M：還好啦，已經準備得這麼齊全了，應該沒問題吧。
F：我很想自己去報告，但是被附近的內科醫生警告了*1。雖然平時沒什麼症狀。
M：健康是最要緊的。既然醫生都這樣說了，就算*2現在沒事，也還是去檢查比較好。做完精密檢查，如果沒問題就能放心了。
F：好的，謝謝。那萬事拜託了。

請問女士明天為什麼不進公司呢？

1　因為明天要報告新產品
2　因為已經準備得十分充分了
3　因為病情惡化了
4　因為必須去醫院檢查

解題中譯

關鍵句 ①②

由①②可知女士要去附近的內科。

再聽一次對話吧！ track 2-17

*1「おどかされてしまって／被警告了」是指醫生告訴她可能得了嚴重的病。「脅かす／警告」具有使人害怕的意思。

*2「～にせよ／就算～」是“即是～也”的意思。例句：就算有正當理由，如果造成別人的麻煩還是必須道歉。

しっかり（確實）　**すっきり**（爽快）

日文對話與問題

スーパーで店長とアルバイト店員が話をしています。卵はなぜたくさん売れたと言っていますか。

F：卵、全部売り切れちゃいましたね。

M：ああ、追加で注文したのにね。安売りだったし、たなに並べるか並べないかのうちに*売れていったよ。

F：うちの母も、美容にいいとか、健康にいいとか、簡単でおいしいとかってことばに弱くて、特にあの番組で料理の紹介すると、すぐ買ってきますから①。

M：まあ、僕もニュースは毎朝チェックしているけど、こんなにすごいとはね②。

F：あの番組、見ている人が多いですから。

卵は今日、なぜたくさん売れたと言っていますか。

1 安売りだったから
2 きれいに並んでいたから
3 テレビの人気番組で卵の料理を紹介したから
4 健康にいいから

日文解題

關鍵句 ①②

①②テレビ番組で料理の紹介をしたと言っている。②「こんなにすごいとはね」は、番組の影響で売れたと思っている。

選項

1 安売りだったが、今日特にたくさん売れた理由ではない。

*「～か～ないかのうちに」は、～が終わると同時に、という意味。例・子供は、布団に入るか入らないかのうちに眠ってしまった。

單字 追加（追加）　**安売り**（特價）　**～か～ないかのうちに**（一～馬上就～）

對話與問題中譯　　答案：**3**

店長和兼職人員正在超市裡談話。請問他們兩人認為蛋銷量增加的原因是什麼呢？

F：蛋全部賣光了耶！
M：唉，已經追加訂貨量了還是賣光。尤其現在是特價，才剛上架就*賣出去了。
F：我媽媽也是，聽到有美容功效啦、有益健康啦、能輕鬆料理又美味啦之類的關鍵字詞就毫無抵抗力，尤其是那個節目只要一介紹某種食材的食譜，她就馬上去買。
M：不過我也是每天早上都會收看有沒有新知快訊，真沒想到那個節目的影響力那麼大。
F：因為那個節目有很多觀眾呀。

請問他們兩人認為蛋銷量增加的原因是什麼呢？

1　因為特價
2　因為擺得很整齊
3　因為受歡迎的電視節目介紹了蛋的料理
4　因為有益健康

解題中譯

關鍵句 ①②

①②對話中提到那個節目介紹了食材的食譜。②「こんなにすごいとはね／沒想到影響力這麼大」是指節目影響買氣。

選項

選項1，雖然是特價，但這並不是今天賣出特別多蛋品的原因。

再聽一次對話吧！ track 2-18

*「～か～ないかのうちに／剛～」是"～結束的同時"的意思。例句：孩子才剛鑽進被窩裡就睡著了。

美容（びよう）（美容）　**番組**（ばんぐみ）（節目）　**毎朝**（まいあさ）（每天早上）

2 もんだい 翻譯與解題 第17題

日文解題

關鍵句 ①

最初にテストの話をしている。その後は別の課題の話に移っている。

日文對話與問題

先生が話をしています。来週のテストを受けなければならないのはどんな学生ですか。

F：えー、来週のテストは、前回のテストを欠席した人はもちろん、不合格だった人は全員受けてください①。また、9月の新学期から日本語3の授業を受ける人は、作文も提出しなければなりません。作文は家で書いて来てもいいです。テストの日の持ち物は、えんぴつと消しゴムだけです。今日はこれから研修旅行の説明があるので、留学生は全員聞いてから帰ってください。

来週のテストを受けなければならないのは、どんな学生ですか。

1 前回のテストを受けていない学生と、不合格だった学生
2 9月から日本語3の授業を受ける学生
3 作文を提出していない学生
4 研修旅行に行く学生

單字 **欠席**（缺席）　**新学期**（新學期）　**持ち物**（隨身物品）　**研修旅行**（進修旅行）

對話與問題中譯　　答案：**1**

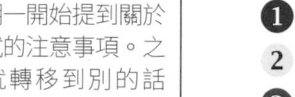

老師正在說明。請問哪些學生必須參加下週的考試呢？

F：嗯……，關於下週的考試關於，上次缺考的同學一定要來，還有，不及格的同學也請全部參加。另外，從9月的新學期開始，選修日語3課程的同學必須繳交作文。作文可以在家裡寫好帶來。考試當天只需要帶鉛筆和橡皮擦。今天接下來還有研修營的說明，請所有的留學生聽完再回去。

請問哪些學生必須參加下週的考試呢？

1　上次考試缺席的學生和不合格的學生
2　9月開始上日語3課程的學生
3　沒有繳交作文的學生
4　參加研修營的學生

解題中譯

關鍵句 ①

說明一開始提到關於考試的注意事項。之後就轉移到別的話題了。

再聽一次對話吧！ track 2-19

日文對話與問題

男の人と女の人が電話で話しています。女の人はなぜ剣道を始めたいのですか。

M：はい、中川です。

F：私、市川と申します。あのう、ホームページで見たんですが、剣道の練習を見学したいと思って…。

M：そうですか。もちろん、歓迎します。剣道は初めてですか。

F：いえ、実は子どもの時、少しやっていて、体力以外に得るものがとても多かったんです①。引っ越したのでやめてしまったのですが、社会人になっていつも仕事ばかりなので、仕事以外に夢中になれるものがほしくて②。

M：そうですか。ルールや、形が一通り入っている*のなら、ぜひ始めた方がいいですよ。毎週土曜日、場所や時間はおわかりですね。

F：はい。よろしくお願いいたします。

女の人はなぜ剣道を始めたいのですか。

1 子どもの頃得意だったから
2 体力がつくから
3 仕事以外の楽しみを作りたいから
4 ルールを良く知っていて簡単にできるから

日文解題

關鍵句 ①

子どものときにやっていて、剣道のよさを知っている。

關鍵句 ②

これが剣道を始めたい理由。

選項

1 得意だったとは言っていない。

2 体力以外に得るものが多いと言っている。

4 これは、男の人が言っている理由。

*「一通り入っている」とは、大体のことが分かっているという意味。

單字 剣道（劍道）　見学（參觀學習）　得る（得到）　社会人（社會人士）

對話與問題中譯 **答案：3**

男士和女士正在電話中交談。請問女士為什麼想開始練劍道？

M：您好，敝姓中川。

F：我是市川。不好意思，我看到你們的官網，想來參觀劍道練習……。

M：好的，當然歡迎！請問是第一次學劍道嗎？

F：不是，其實我小時候學過一點，不但體力變好，還有很多其他的收穫，後來因為搬家就沒繼續學了。出社會以後天天忙工作，所以想要培養工作之外的興趣。

M：這樣啊。既然規則和基本技法都有底子了*，非常建議您一定要重新開始練！每週六上課，地點和時間您都知道了吧？

F：都知道了。請多多關照了。

請問女士為什麼想開始練劍道？

1 因為小時候很擅長劍道
2 因為要鍛鍊體力
3 因為想培養工作以外的興趣
4 因為知道規則了可以輕鬆上手

解題中譯

關鍵句 ①

因為小時候學過，所以知道劍道的好處。

關鍵句 ②

這是想開始練劍道的理由。

選項

選項 1，女士並沒有說自己很擅長劍道。

選項 2，女士說她不但體力變好，還有很多其他的收穫。

選項 4，這是男士提到的理由。

再聽一次對話吧！ track 2-20

*「一通り入っている／有底子」是“大致了解”的意思。

一通り（ひととお）（粗略）

N2 聽力模擬考題 問題3

概要理解

track 3-1

共 15 題

錯題數：＿＿＿＿＿＿

問題 3 では、問題用紙に何も印刷されていません。この問題は、全体としてどんな内容かを聞く問題です。話の前に質問はありません。まず話を聞いてください。それから、質問とせんたくしを聞いて、1から4の中から、最もよいものを一つ選んでください。

例

track 3-2

- メモ -

答え
①②③④

1番

track 3-3

- メモ -

答え
①②③④

2番

track 3-4

- メモ -

答え
①②③④

3番

track 3-5

- メモ -

答え
①②③④

4番

track 3-6

- メモ -

答え
①②③④

5番

track 3-7

- メモ -

答え
①②③④

3 もんだい 翻譯與解題 例

問題3では、問題用紙に何も印刷されていません。この問題は、全体としてどんな内容かを聞く問題です。話の前に質問はありません。まず話を聞いてください。それから、質問とせんたくしを聞いて、1から4の中から、最もよいものを一つ選んでください。

日文對話與問題

テレビで俳優が、子どもたちに見せたい映画について話しています。

M：この映画では、僕はアメリカ人の兵士の役です。英語は学校時代、本当に苦手だったので、覚えるのも大変でしたし、発音は泣きたくなるぐらい何回も直されました。僕がやる兵士は、明治時代に日本からアメリカに行った人の孫で、アメリカ人として軍隊に入る①っていう、その話が中心の映画なんですが、銃を持って、祖父の母国である日本の兵士を撃つ場面②では、本当に複雑な辛い気持ちになりました。アメリカの女性と結婚して、年をとってから妻を連れて、日本に旅行に行くんですが、自分の祖父のふるさとをたずねた時、妻が一生懸命覚えた日本語を話すんです。流れる音楽もいいですし……とにかくとてもいい映画なので、ぜひ観てほしいと思います。

どんな内容の映画ですか。

1 昔の小説家についての映画
2 戦争についての映画
3 英語教育のための映画
4 日本の音楽についての映画

日文解題

關鍵句 ①

俳優が演じた日系人はアメリカ軍に入隊した。

關鍵句 ②

銃を持って日本の兵士を撃つというのも日本人が日本人を攻撃する場面である。妻を連れて日本に旅行に行き、祖父のふるさとをたずねた時、妻が一生懸命覚えた日本語を話した、など戦争と関係のある内容が並べられていることが分かる。

選項

1 昔の小説家の話はしていない。
3 俳優が日系アメリカ人を演じる際英語に苦労したと話しただけで、英語教育のことは話していない。
4 映画の中で流れる音楽について話しただけで、日本の音楽については話していない。

單字 **役**（〈負責的〉職位；角色）　**銃**（槍，槍形物）　**軍隊**（軍隊）

第3大題。答案卷上沒有印任何圖片和文字，這一大題再測驗是否能聽出內容和主旨。在說話之前，不會提供每小題的題目。請先聽完對話，再聽問題和選項，從選項1到4當中，選出最佳答案。

對話與問題中譯 **答案：2**

演員正在電視節目上談論這部想給孩子們觀賞的電影。

M：我在這部電影裡的角色是一個美國士兵。以前讀書時我的英文非常糟糕，所以這次背台詞很辛苦，發音更是矯正了一次又一次，簡直都快哭出來了。我飾演的士兵是一個明治時代去到美國的日本人的孫子，之後以美國人的身分從軍。電影的劇情就是描述這個士兵的故事。當這名士兵手握槍枝，朝著對祖父的同鄉——日本士兵們射擊時，心情真是非常複雜與痛苦。後來這名士兵和美國女子結婚，年老時帶著妻子去日本旅行。當他們造訪祖父的故鄉時，他的妻子開口說出之前拚命學會的日語。電影的配樂也很動人。……總之，這是一部非常精采的電影，請各位一定要觀賞。

請問這部電影的內容是什麼？

1 描述以前的小說家的電影
2 關於戰爭的電影
3 以英語教育為目的的電影
4 關於日本音樂的電影

選項

選項1，內容沒有提到以前的小說家。

選項3，內容只提到演員扮演日裔美國人時，說英語的萬般辛苦，並沒有提到英語教育一事。

選項4，內容只提到電影中播放的配樂，並沒有提到日本相關音樂。

解題中譯

關鍵句①

演員扮演的日裔美國人入伍。

關鍵句②

手持槍打日本軍，也就是日本人打日本人的畫面。

攜美籍妻子赴日探訪祖父的家鄉，妻子努力用所學的日語說話等，知道對話中列舉了戰爭相關的內容。

日文解題

關鍵句 ①

「どうしよう…」は困ったときのことば。どうしたらいいか分からない、という意味。

日文對話與問題

男の人と女の人が会社の廊下で話しています。

F：ねえ、この貼り紙、見て。明日から一週間、食堂が休みだって。

M：うん。知ってるよ。あれ？知らなかった？

F：工事の事は聞いてたけど、食堂もなんて、知らなかった。どうしよう…①。

M：まあ、たまにはコンビニもいいよ。屋上でのんびり食べても楽しいんじゃない？

F：うちの社員がみんなで行けば、お弁当、すぐ売り切れちゃうよ。しょうがない。朝、ごはん炊くのは面倒だけど、お弁当作って来るしかないかな。食べに行ったりする時間なんてないから。

M：そうだな。僕はがんばっておにぎりでも作ってみようかな。

F：今までやったことないんでしょ。できる？

食堂が休みになることについて女の人はどう思っていますか。

1 怒っている

2 困っている

3 楽しいと思っている

4 よかったと思っている

單字 **食堂**（餐廳）　**工事**（工程）　**屋上**（屋頂上）　**売り切れる**（賣完）

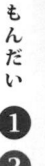

對話與問題中譯　　答案：**2**　　解題中譯

男士和女士在公司的走廊上談話。

F：欸，你看看這張告示，上面寫員工餐廳從明天開始公休一個星期。

M：嗯，我曉得啊。咦？妳不知道嗎？

F：我聽說要施工，但不知道連員工餐廳也暫停供餐了。怎麼辦呢……。

M：沒關係啦，偶爾買些便利商店的餐點也不錯啊，在屋頂上悠閒地野餐，不是也很有趣嗎？

F：如果我們公司的員工全都去便利商店買，便當一下子就會賣光了哦！好吧，雖然早上煮飯很麻煩，也只好自己帶便當。我實在沒空去外面吃飯。

M：說的也是。那我要不要也來試一試自己做飯糰呢……？

F：你以前沒做過吧，做得來嗎？

請問女士對於員工餐廳公休有什麼感覺？

1　生氣
2　困擾
3　覺得很有趣
4　覺得太好了

關鍵句 ①

「どうしよう…／怎麼辦呢…」是表示困擾時用的句子。意思是不知如何是好。

再聽一次對話吧！ track 3-3

しょうがない（沒辦法）　**炊く**（煮飯）　**おにぎり**（飯糰）

日文對話與問題

医者がコーヒーについて話しています。

M：朝、起きてすぐ一杯のコーヒーを飲むことが習慣になっている人は多いと思います。一日のうちに、3杯までのコーヒーなら問題はないといいますが*、例えばお子さんなどには積極的に飲ませるべきではありません①。大人でもたくさん飲めば、夜、眠れなくなったり、コーヒーを飲まない時に頭痛が起きたりします②。また、コーヒーを飲むことによって、どんどんトイレに行く回数が増えるわけですから、飲まない時よりも多くの水分をとらなければならないわけです③。夏の暑いときは、私はコーヒーを飲んでいるからだいじょうぶ、なんて思わないで、コーヒーを一杯飲んだら、必ずそれと同じ量の水を飲む、と決めておいた方がいいですね。

医者はコーヒーについてどう考えていますか。

1 コーヒーは健康にいい
2 こどもにもコーヒーを飲ませた方がいい
3 冬はコーヒーを飲まない方がいい
4 コーヒーを飲むには注意が必要だ

日文解題

コーヒーを飲むことによる問題をいくつもあげている。

關鍵句①
こどもに飲ませること。

關鍵句②
大人がたくさん飲む場合。

關鍵句③
水分をとった方がいいこと。

全体として、注意が必要だと言っている。

選項
1 健康にいいとは言っていない。
2 こどもには飲ませるべきではないと言っている。
3 冬の（季節の）話はしていない。

*「～問題はないといいますが、」の「が」は逆接なので、その後には、問題があるという趣旨の話が予想される。

單字 習慣（習慣）　積極的（積極的）　頭痛（頭痛）　どんどん（連續不斷）

對話與問題中譯 **答案：4**

醫生正在談論咖啡。

M：我知道有很多人習慣早晨起床後馬上來一杯咖啡。如果一天最多喝３杯，倒是沒什麼不妥*，但是不應該主動提供咖啡給小孩喝。即使是成年人，如果大量飲用咖啡，也可能引發夜間失眠、或是沒喝咖啡時就會頭痛等等症狀。此外，由於喝咖啡會增加上廁所的次數，所以必須比沒喝的時候攝取更多水分。夏天天氣炎熱時，請不要以為「我喝咖啡了所以不用喝水」，最好規定自己每喝一杯咖啡，就一定要喝下等量的水，這樣對身體才是好的。

請問醫生對咖啡的看法如何？

1　咖啡有益健康
2　最好也讓孩子喝咖啡
3　冬天最好不要喝咖啡
4　喝咖啡必須留意某些注意事項

再聽一次對話吧！ track 3-4

解題中譯

對話中列舉了數個因為喝咖啡而產生的問題。

關鍵句 ①

關於給小孩喝咖啡。

關鍵句 ②

成年人大量飲用咖啡的情況。

關鍵句 ③

最好也要攝取水份。

總體來說，醫生說的是喝咖啡必須要留意的事項。

選項

選項１，醫生沒有提到有益健康。

選項２，醫生提到不應該主動提供給小孩喝。

選項３，醫生沒有提到關於冬天（季節）的情況。

*「～問題はないといいますが／倒是沒什麼不妥」的「が／倒是」表示逆接，所以預期後面會接表示有問題的句子。

すいぶん
水分（水分）

日文解題

關鍵句 ①

①の数字（12, 3, 6, 9）、ベルト、電池から、腕時計だと推測できる。

日文對話與問題

交番で警官と女の人が話しています。

M：失くしたのはこの近くですか。

F：はい、たぶん、そうだと思います。家を出る時はつけていたのですが、電車に乗って気づいた時にはなかったので。

M：形とか、色とか、特徴を教えてください。

F：金色で、数字は12、3、6、9①だけです。ベルト②は茶色い革です。電池③で動くタイプで、とても薄いです。ベルトが古くなって緩んでいたので、気づかないうちに落としたのかもしれません。あ、最後に見た時間は8時半でした。

M：そうですか。今のところ届いていませんが、こちらにご住所とお名前をお書きください。あと、電話番号もお願いします。

女の人は、何をなくしましたか。

1　ネックレス
2　腕時計
3　カバン
4　スマートフォン

單字 特徴（特徵）　金色（金色）　茶色（褐色）　革（皮革）　電池（電池）

對話與問題中譯 **答案：2**

警官和女士正在派出所內談話。

M：是在這附近弄丟的嗎？
F：對，我想應該在這附近。出門時還戴著，上電車後等我發現時已經不見了。
M：請告訴我形狀和顏色之類的特徵。
F：那是金色的，錶盤上只有 12、3、6、9 這幾個數字。錶帶是褐色的皮革。它是靠電池運走的款式，非常輕薄。可能錶帶老舊所以比較鬆，一不留神就從手上滑落了。喔對，我最後一次看錶的時間是 8 點半。
M：這樣啊。不過現在還沒有人撿到送來。請在這裡寫下您的住址和姓名。另外，也請填寫電話號碼。

請問女士弄丟了什麼？

1 項鍊
2 手錶
3 包包
4 智慧型手機

解題中譯

關鍵句 ①

①從數字(12, 3, 6, 9)、錶帶、電池可以推測女士弄丟的是手錶。

再聽一次對話吧！ track 3-5

緩む（鬆脫） **ネックレス【necklace】**（項鍊）

3 もんだい 翻譯與解題 第4題

日文對話與問題

テレビで、レポーターがこれからの天気について話しています。

F：今現在降っているのは小雨ですが、夕方から夜にかけての帰宅時間には、台風15号の影響で、大雨になることが予想されます。明日の水曜日も、朝夕の、ちょうど通勤、通学の時間には激しい雨や雷雨となり①、交通に影響が出る可能性があります。十分な雨対策をして、時間に余裕を持って出勤をしてください。日中は時々日が差すところもありますが②、折り畳み傘が活躍します。あさって以降、天気は徐々に回復して青空が戻りますが、小型の台風16号も勢力を増しながら接近しており、海上では引き続き十分な警戒が必要です。

明日の天気はどうなると言っていますか。

1 朝は晴れるが、夕方から夜には雨が降る
2 朝は雨が降るが、夕方は晴れる
3 ときどき晴れるが、朝と夕方から夜にかけては雨が降る
4 晴れるが、台風が近づいて風が強くなる

日文解題

關鍵句 ①

明日の朝と夕方は、激しい雨や雷雨になる。

關鍵句 ②

日中時々晴れるところもあるが、傘が必要。とあり、3が正解。

選項

1、**2** 朝夕の通勤、通学の時間は激しい雨だと言っている。

4 は、あさって以降の予報。

單字 **小雨**（小雨）　**雷雨**（雷雨）　**対策**（對策）　**徐々に**（慢慢）　**回復**（恢復）

對話與問題中譯 **答案：3**

氣象播報員正在新聞節目提供氣象預報。

F：目前的雨勢不大，但是在第 15 號颱風的影響下，預計從傍晚到晚間的下班時段將會轉為大雨。明日週三的早晨和傍晚的上班上學時段，預計將下起豪大雨以及雷雨，可能會對交通造成影響，請各位民眾務必備妥雨具，並且提早出門。白天偶爾會放晴與出現大太陽，不妨隨身攜帶折傘，方便使用。後天開始，天氣就會慢慢恢復晴朗，不過逐漸增強的輕颱第 16 號颱風正逐漸接近當中，在海上作業的船隻必須隨時留意颱風動態。

請問播報員播報明天的天氣如何？

1 早晨天氣晴朗，但從傍晚到晚間會降雨
2 早晨會下雨，但傍晚會放晴
3 有時候會放晴，但早晨以及從傍晚到晚上的時段會下雨
4 雖然是晴天，但因為颱風接近，風勢會逐漸增強

解題中譯

關鍵句 ①

明天的早晨和傍晚預計將下起豪大雨以及雷雨。

關鍵句 ②

白天偶爾會放晴與出現大太陽，但還是需要帶傘。因此選項3是正確答案。

選項

選項 1 和選項 2，播報員提到早晨和傍晚的上班上學時段將會下大雨。

選項 4 是後天以後的預報。

再聽一次對話吧！ track 3-6

小型（こがた）（小型）　**勢力**（せいりょく）（勢力）　**接近**（せっきん）（接近）　**警戒**（けいかい）（警戒）

日文對話與問題

大学で、女の学生と男の学生が話しています。

M：発表、お疲れ様。

F：ありがと。

M：あれ、せっかく終わったのに、嬉しくないの。

F：うーん、初めての発表だったから、仕方がないとは思うんだけど。ほら、途中で資料について質問されたでしょう。

M：ああ、そうだったね。なぜ同じ調査を3回もしたのかって。

F：もちろん、たくさんのデータをとるためだったけど、それだけじゃないんだよね。

M：それはそうだけど、あまりいろいろ答えたら混乱しちゃうから、あれでよかったんじゃない。

F：ううん。ああいう質問が出ることは予想できたはずだから、始めから整理をしておけばもっといい説明ができたんじゃないかなって思って①。

女の学生は今、どんな気持ちですか。

1 反省している
2 怒っている
3 迷っている
4 満足している

日文解題

關鍵句 ①

「…整理をしておけばもっといい説明ができたんじゃないか」と言っている。「もっと…しておけばよかった（のに、私はしなかった）」というのは、後悔したり、反省したりしているときの言い方。

單字 発表（公布） 混乱（混亂） 予想（預料）

對話與問題中譯　　答案：**1**

女學生和男學生正在大學裡談話。

M：剛才的報告辛苦妳了。
F：謝謝。
M：咦，好不容易結束了，怎麼看起來悶悶不樂的樣子？
F：嗯……第一次上台報告，畢竟沒辦法準備得那麼完美。剛剛我報告到一半，不是被問到資料的相關問題嗎？
M：哦，對啊。妳被問到為什麼做了３次相同的調查。
F：會這樣做的原因當然是為了蒐集大量數據，可是那並不是唯一的理由呀。
M：話是這麼說沒錯，但是說明太複雜會讓人聽得一頭霧水，所以只回答那個原因不就可以了嗎？
F：不是那樣的。我應該事先想到會有人提出這個問題才對。所以如果我從一開始就先準備好題庫和答案，報告時就能夠回答得更完整了。

女學生現在是什麼樣的心情？

1　正在反省　　2　正在生氣
3　正在猶豫　　4　正感到滿足

再聽一次對話吧！ track 3-7

解題中譯

關鍵句 ①

女學生提到「…整理をしておけばもっといい説明ができたんじゃないか／如果我從一開始就先準備好題庫和答案，報告時就能夠回答得更完整了」。「もっと…しておけばよかった（のに、私はしなかった）／如果事先做…就好了（明明可以做，我卻沒有做）」是用於表達後悔、反省的說法。

6番

track 3-8

- メモ -

答え
①②③④

7番

track 3-9

- メモ -

答え
①②③④

8番

track 3-10

- メモ -

答え
①②③④

9番

track 3-11

- メモ -

答え
①②③④

10番

track 3-12

- メモ -

答え
①②③④

日文對話與問題

コンサートが終わった後、男の人と女の人が演奏について話しています。

F：楽しかったね。今日は誘ってくれてありがとう。

M：気に入ってよかったよ。あんまり趣味じゃないかもって田中さんから聞いてたから心配だったんだ。

F：ああ、この前田中さんと行った時は知らない曲だったものだから、なんか退屈で。

M：まあ、今日のは有名な曲ばかりで、最近の映画に使われたものもあったね①。

F：うん。マンガが映画になったんだよね。音楽大学のピアノ科の学生が、オーストリアに留学する…②。

M：そうそう。でも、今日はバイオリンが上手だったな③。

F：私は、楽器はよくわからないけど、感動した。

二人が聞いたのはどんな音楽のコンサートですか。

1 クラシック

2 日本の古い民謡*

3 映画音楽

4 ロック

日文解題

關鍵句 ①

①からは映画音楽ではないことが分かる。

關鍵句 ②

「音楽大学のピアノ科」からもクラシックが考えられる。

關鍵句 ③

「バイオリンが上手だった」ということばから、クラシックが選べる。

*「民謡」は、その民族の生活の中に伝わる音楽のこと。

單字 有名（有名）　ピアノ【piano】（鋼琴）　オーストリア【Austria】（奧地利）　ロック【rock】（搖滾樂）

對話與問題中譯 **答案：1**

音樂演奏會結束後，男士和女士正在談論這場演奏。

F：今天的曲目太好聽了！謝謝你今天邀請我。
M：妳喜歡聽真是太好了。田中小姐說妳可能沒什麼興趣，所以一直很擔心。
F：哦，那是因為上次和田中小姐一起去的時候，那些曲目都沒聽過，覺得有點無聊。
M：這樣啊。今天演奏的全是知名的曲子，就連最近的電影配樂也有呢！
F：對，那是漫畫改編的電影吧。故事是有個音樂大學鋼琴系的學生去奧地利留學……。
M：對對對！還有，今天的小提琴拉得真好啊。
F：我不太懂樂器，但是一樣很感動。

他們兩人去聽的是哪一種音樂類型的演奏會？

1　古典樂
2　日本古老民謠*
3　電影配樂
4　搖滾樂

解題中譯

關鍵句 ①
從①可知不是電影配樂。

關鍵句 ②
從「音楽大学のピアノ科／音樂大學鋼琴系」可以推測出兩人聽的是古典樂。

關鍵句 ③
從「バイオリンが上手だった／小提琴拉得真好」這句話可知正確答案是古典樂。

再聽一次對話吧！ track 3-8

*「民謡／民謠」是指在某個民族的生活中被廣泛傳唱的音樂。

バイオリン【violin】（小提琴）　**クラシック【classic】**（古典樂）　**民謡**（みんよう）（民謠）

3 もんだい　翻譯與解題　第７題

日文解題

日文對話與問題

鉄道の魅力について、作家が話をしています。

M：私はまだまだオタク*、と言われるほどではないんですが、ここ数年、よく鉄道を使って旅行をしています。地理を学ぶことができますし、列車が走っている音を聞きながらうとうとすると幸せな気持ちになるんです。人気のある寝台特急は切符がとりにくいですが、すばらしい景色と食堂車や、バーが楽しめます。私の一番の楽しみは、他のお客さんとのコミュニケーションです①。もちろん、一人でゆっくり誰にも邪魔をされたくないという人には個室がある列車も走っていますが、私は列車で出会う人を観察するのも楽しいと思うんです。初めて会った人の印象が、ある出来事を通して列車に乗っている間に変わって行く様子を書いたのが、先日発表した小説です。今、長距離列車が次々に消えていますから、いつか寝台車で旅を、と思うなら早めに経験した方がいいですよ。

關鍵句 ①

①で、「私の一番の楽しみは」と言っているので、この続きを注意して聞く。その後にも、列車で出会う人の話をしている。

この作家にとって、鉄道の旅の一番の楽しみは何ですか。

1 居眠りをすること

2 豪華な食堂車で食事をすること

3 他の乗客とのコミュニケーション

4 誰にも邪魔をされないこと

*ある分野に特別に関心がある人を「オタク」と呼ぶ。ここでは鉄道オタクのことを言っている。

單字 **鉄道**（鐵道）　**魅力**（魅力）　**うとうと**（打瞌睡）　**寝台特急**（臥鋪特快車）　**居眠り**（打瞌睡）

對話與問題中譯　　**答案：3**

作家正在談論的話題是鐵道的魅力。

M：我還不到能被稱作狂熱鐵道迷*的程度，但最近幾年經常搭火車去旅行。這種旅遊方式既可以學習地理知識，還能有一邊聽著火車行駛在軌道上發出的聲音、一邊打瞌睡的幸福感。炙手可熱的臥鋪特快車雖然票很難訂，但可以享受到絕美的風景和餐車及酒吧。我在火車上最喜歡的，就是和其他乘客的交流了。當然，對於想要一個人度過悠閒的時光、不被別人打擾的人，可以選擇有單人包廂的火車；不過，我覺得觀察在火車上遇到的人也很有意思。例如在乘坐火車的這段時間，由於發生了某件事情，使得自己對某個陌生人的第一印象慢慢出現了變化。我不久前出版的小說，就是描寫這樣的故事。長途火車目前正逐漸消失，我建議有計畫要來一趟臥鋪火車之旅的朋友，請盡快把握機會喔。

對這位作家來說，鐵道旅遊最有趣的是什麼？

1　打瞌睡
2　在豪華的餐車裡吃飯
3　和其他乘客交流
4　不被任何人打擾

解題中譯

關鍵句 ①

①因為作家提到了「私の一番の楽しみは／我最喜歡的」，所以要注意聽接下來的部分。作家接著說最喜歡的是和在火車上遇到的其他乘客交流。

再聽一次對話吧！ track 3-9

*對某個領域特別感興趣的人稱作「オタク／御宅、迷」。這裡指的是鐵道迷。

食堂車（しょくどうしゃ）（餐車）　**バー【bar】**（酒吧）　**個室**（こしつ）（單人房間）　**次々に**（つぎつぎに）（一個接一個，連續）

日文對話與問題

デパートで女の人が店員と話をしています。

M：プレゼントをお探しですか。

F：ええ、結婚のお祝いを。長く使えて…われもの*ではなくて①。予算は3万円ぐらいなんですけど。

M：こちらの鍋やフライパンは、セットになっているもので、なかなか人気がありますよ。

F：もともと料理が好きな人なので、そういうのは一通りあると思うんです。

M：そうですか。では、こちらのコーヒーメーカーはいかがでしょう。お好きな濃さに調整できて、一度に2杯いれられます。

F：そうねえ、コーヒーが好きならうれしいと思うけど、彼女は紅茶好きなんです。

M：でしたら…こちら、紅茶ポットとカップなんですが…。今、人気のブランドの新製品で、お値段もほぼご予算通りかと。

F：ああ、素敵ですね。彼女の趣味にぴったり。でも…やっぱり…瀬戸物は…②。もう少し考えてみます。

女の人は、なぜ店員が勧めた紅茶のポットとカップを買いませんでしたか。

1 ポットもカップもわれるものだから
2 贈る相手が持っているかもしれないから
3 贈る相手がコーヒー好きではないから
4 贈る相手の好きではないデザインだから

日文解題

關鍵句 ①

で「われものではなくて」。

關鍵句 ②

で「でも、やっぱり、瀬戸物は…」と言っている。これが聞き取れれば1を選べる。

選項

2 持っているかもしれないと言ったのは鍋やフライパン。

3 相手は紅茶好きで、問題ない。

4「彼女の趣味にぴったり」と言っている。

*「割れ物」はガラスや瀬戸物などの、割れる物のことで、結婚のお祝いには、よくないとして避けることがある。

單字 われもの（易碎品）　フライパン【frypan】（平底鍋）　なかなか（相當）　ポット【pot】（壺）　ブランド【brand】（品牌）　瀬戸物（陶瓷）

對話與問題中譯　　答案：**1**

百貨公司裡，女士和店員正在交談。

M：請問是要送禮嗎？

F：對，我在找結婚禮物。我希望是能用很久的東西……不要易碎品*。預算在3萬元左右。

M：這只鍋子和平底鍋是套組，很多人買哦！

F：新娘很喜歡下廚，這種東西她應該已經有一組了。

M：這樣啊。那麼，這台咖啡機呢？可以調整自己喜歡的濃度，還可以一次煮兩杯。

F：好像不錯……。如果是喜歡咖啡的人收到這台一定很開心，可是她喜歡喝紅茶。

M：這樣的話……，這一套紅茶杯壺組……。這是目前暢銷品牌的最新款，價格也和您的預算差不多。

F：啊，好漂亮！花色也剛好是她喜歡的！可是……陶瓷品……似乎不太……。我再考慮一下。

請問女士為什麼沒有購買店員推薦的紅茶杯壺組呢？

1　因為茶壺和茶杯都是易碎品
2　因為送禮的對象應該已經有了
3　因為送禮的對象不喜歡喝咖啡
4　因為不是送禮的對象喜歡的設計

解題中譯

關鍵句 ①

女士提到「われものではなくて／不要易碎品」。

關鍵句 ②

女士提到「でも、やっぱり、瀬戸物は…／可是……陶瓷品……似乎不太…」，如果聽懂這句話，就能知道答案是選項1。

選項

選項2，應該已經有了的是鍋子和平底鍋。

選項3不正確，因為新娘喜歡喝紅茶。

選項4，女士說「彼女の趣味にぴったり／花色也剛好是她喜歡的」。

再聽一次對話吧！　track 3-10

*「割れ物／易碎品」是指玻璃或陶瓷等容易破碎的物品。用來當作結婚的賀禮不太吉利，所以應避免。

もともと（原本）　**一通り**（ひととお）（一套）　**コーヒーメーカー【coffee maker】**（咖啡機）

日文解題

日文對話與問題

ラジオで心理カウンセラーが夢について話しています。

F：いやな夢を見たときはとても気になりますね。例えば大事な人を失くしたり、誰かと別れたりする夢です。一つには、疲れているといやな夢を見やすくなるということもあるんですが、**実はこれ、自分の心が、運動のようなことをして、心を鍛えているんです**①。例えば、いつかは大好きな、大事な誰かとわかれなければならないということは、誰もみんな同じです。その時を恐れるとともに*、**その時のために心の準備をしなければならないという気持ちがあって**②**夢の中でその体験をしておくのです**。ですから、**嫌なことに備えて準備が整うまで、繰り返し同じ夢を見る**③こともあります。それが実現するかどうかと夢の内容は、まったく関係がないと言っていいでしょう。

關鍵句①

「実は」は、これから大切なことを言うという意味なので、その後のことばを注意して聞く。

關鍵句②③

②③は①と同じことを繰り返し述べている。

心理カウンセラーは、嫌な夢を見るのはなぜだと言っていますか。

1 本当はそうなってほしいと願っているから
2 嫌なことに備えて心を鍛えているから
3 誰かが嫌いだという気持ちがあるから
4 大事な人と別れたから

*この「～とともに」は、～と同時に、という意味。

單字 **カウンセラー【counselor】**（諮詢師） **鍛える**（磨練） **体験**（體驗）

對話與問題中譯 **答案：2**

心理諮商師正在廣播節目中談論夢境。

F：大家在夢到不祥的情景之後，心裡都會不舒服吧。像是失去重要的人，或是和某人離別之類的夢境。做這種夢的原因之一是太疲憊，這時候就容易做惡夢。然而，做惡夢其實是自己的心在做運動，藉此鍛鍊自己的心智。舉例來說，在某一天必須和自己喜歡的人、或是重要的人離別的情況，每一個人都會遇到。在害怕的同時*，也必須為那個時候的到來做心理建設，而夢境，即是讓我們預先經歷過這些過程。因此，在準備好面對這些可怕的事情之前，會一直重複做相同的夢。至於夢境是否會成真，與夢境的內容可以說是一點關係也沒有。

心理諮詢師認為做惡夢的理由是什麼呢？

1　因為渴望心願成真
2　因為要預先鍛鍊心智，準備好面對討厭的事
3　因為心裡討厭某人
4　因為和重要的人離別了

解題中譯

關鍵句 ①

「実は／其實」含有“接下來要說重要的事”的意思，所以聽到「実は／其實」後要注意聽後面的句子。

關鍵句 ②③

②③是重複說明①這件事。

再聽一次對話吧！ track 3-11

*這裡的「～とともに」是“和～同時”的意思。

備える（準備）　**整う**（完整）　**繰り返す**（重複）

日文解題

日文對話與問題

大学で男子学生と女子学生が話をしています。

M：あれ、今日は早いね。

F：うん。まだ宿題が終わってなかったから図書館でやってたの。やっと完成したよ。

M：あれ、この前出したんじゃなかったっけ。

F：もう少し調べたくて古い雑誌を読んでいたら、かえってわからないことが出てきて。

M：ああ、そう。大変だったね。

F：大変ていうか、意外なことがわかってきて、じっくり調べて良かったよ。内田君はもう出したの。

M：さっさと出したよ。3枚ぐらいかな。

F：ええっ、3枚で終わり①。ろくに調べてない*んでしょ。まあ出さないよりはいいと思うけど。

M：う、うん。

女子学生は、どんな気持ちですか。

1 男子学生は宿題を出すのが遅いと思っている

2 男子学生は宿題を出すのが早いと思っている

3 男子学生はレポートを書くのが上手いと思っている

4 男子学生のレポートは短いと思っている

關鍵句 ①

「3枚で終わり？」と驚いているので、3枚では少ないと思っていることが分かる。

選項

2 男子学生は「さっさと出した」と言っているが、女子学生が驚いているのは、そこではない。

*「ろくに～ない」は「十分に～ない」「ほとんど～ない」という意味。例・彼はろくに仕事もしないで、しゃべってばかりいる。

單字 **かえって**（反倒）　**さっさと**（迅速地）　**ろくに**（很好的）

對話與問題中譯 **答案：4**

男同學和女同學正在大學校園裡談話。

M：咦，今天這麼早來？
F：嗯，因為作業還沒做完，所以去圖書館做。終於完成了。
M：咦，妳不是之前就交了嗎？
F：我想再多查一些資料，去翻閱了舊雜誌，結果反而發現了新的問題。
M：哦，這樣啊。好辛苦喔。
F：辛苦倒還好，重要的是，能夠找到額外的問題並且仔細調查真是太好了。內田，你作業也交了嗎？
M：早就交囉！大概３頁左右吧。
F：什麼？只寫３頁就結束了？你沒有好好*查資料吧？唉，有交總比沒交好。
M：呃……是啦。

請問女同學有什麼想法呢？

1　覺得男同學太晚交作業了
2　覺得男同學太早交作業了
3　覺得男同學很會寫報告
4　覺得男同學的報告寫得太短了

解題中譯

關鍵句 ①

因為「３枚で終わり？／３頁就結束了？」表示驚訝，由此可知女學生認為３頁太少了。

選項

選項２，雖然男學生提到「さっさと出した／早就交了」，但令女學生感到驚訝的並不是這個原因。

再聽一次對話吧！ track 3-12

*「ろくに～ない／沒有好好～」是「十分に～ない／沒有充分的～」、「ほとんど～ない／幾乎無法～」的意思。例句：他也不肯好好工作，只顧著說話。

11番

track 3-13

- メモ -

答え
①②③④

12番

track 3-14

- メモ -

答え
①②③④

13番

track 3-15

- メモ -

答え
①②③④

14番

track 3-16

- メモ -

答え
①②③④

15番

track 3-17

- メモ -

答え
①②③④

日文解題

關鍵句 ①②③

①②は最近のどろぼうの具体的な方法。③の「こと」は「方法」を言い換えたもの。

日文對話與問題

テレビでアナウンサーが話しています。

F：最近増えているのは、携帯電話で留守かどうかを確認したあとで①、実際に家のベルを鳴らしてみて、いなければ中に入って盗むという方法だそうです。また、実際に通帳を盗むのではなく、カメラで通帳の番号やはんこを撮影して出て行って、そのデータを使って②はんこを作り、銀行で引き出す、といった事件もありました。生活に便利ないろいろな道具は、こんな時にも使われてしまうわけです。昔なら考えられなかったようなことですね③。

選項

1の「手段」は、方法という意味。

2の結果、1のような状況になった、と言っている。

何についての話ですか。

1 どろぼうの手段が変わったこと
2 携帯電話の技術が進んだこと
3 日本の家の形が変わったこと
4 ハンコが使われなくなったこと

單字 ベル【bell】（電鈴）　鳴らす（響）　盗む（偷盜）　通帳（存摺）

對話與問題中譯　　答案：**1**

播報員正在電視節目中報導。

F：最近頻頻傳出這樣的做案手法。竊賊先以手機確認有沒有人在家，然後親自去按該戶的門鈴，如果無人應答就進去偷竊。另外，還有用這種手法盜領存款。竊賊沒有偷走存摺，而是用相機拍下存摺帳號和印章，然後根據相片重刻一顆新印章，再到銀行盜領存款。原本是讓生活便捷的各種工具，竟然遭到如此濫用，實在是始料未及。

請問這段話談論的內容是什麼？

1　竊盜的手法改變了
2　手機的技術進步了
3　日本屋宅的樣式改變了
4　變得無法使用印章了

解題中譯

關鍵句 ①②③

①②是近來竊盜具體的做案作法。③的「こと」是「方法」的另一種表現方式。

選項

選項1的「手段／手法」是方法的意思。

選項2，報導中提到由於手機技術的進步，因而造成竊盜手法的改變。

再聽一次對話吧！ track 3-13

はんこ（印鑑）　**引き出す**（提取）　**道具**（工具）

日文對話與問題

学校で、先生が話しています。

M：以前は、台風や大雪などの時に学校が休みになると言う情報は、各ご家庭にある電話に届いていたと思いますが、今は学校からのメールや、学校のホームページでお伝えしています。朝は忙しくてインターネットやメールをチェックする暇がない、というご意見もありますが、それで、何人かのお子さんは、大雪の中を一生懸命登校して、なんだ*、今日は休みだったのか、ということもありました。天気など、いつもと違う状況の時は、学校に電話をしていただいても構わないですし、お子さんの安全のためにも、学校のホームページをご確認ください①。よろしくお願いします。

この先生はどんな人たちに向かって話していますか。

1 学校の近所の人
2 先生
3 生徒の親
4 生徒

日文解題

關鍵句①

①から生徒の親に話していると分かる。①以前でも、「各ご家庭」「お子さん」などのことばから、生徒の親であることが推測できる。

*「なんだ」は、思っていたことと違って、がっかりしたり、ほっとしたりしたときのことば。例・寝坊した、と思ったら、なんだ、まだ6時か。1時間間違えていたよ。

單字 **大雪**（大雪）　**意見**（意見）　**一生懸命**（努力的）　**登校**（到校；上學）

對話與問題中譯 **答案：3**

老師正在學校裡宣布事項。

M：以前如果由於颱風或是大雪而停止上課時，是透過打電話到每一個學生的家裡通知停課公告的。現在學校則是透過發送簡訊，或是在學校的網頁上張貼公告的方式來通知。但是有些家長反映，早上太匆忙而沒空看網頁和收郵件，因而曾經發生過幾名學童冒著大風雪拚了命來上學，到學校後才發現原來*當天停課的事例。往後天氣狀況出現異常時，各位可以打電話到學校詢問。為了貴子弟的安全，也請抽空上學校的網頁看公告。麻煩各位了。

請問這位老師正在對誰說話？

1　學校附近的居民
2　老師
3　學生家長
4　學生

解題中譯

關鍵句 ①

從①可知老師正在和家長說明。從①前面的「各ご家庭／每一個學生的家裡」、「お子さん／貴子弟」等詞語可以推測出談話對象是學生的家長。

再聽一次對話吧！ track 3-14

*「なんだ／什麼嘛」是表達“和預料的不同、失望、放心”的詞語。例句：正想著自己睡過頭了，結果發現原來才６點啊。我看錯時間，提早一小時了啦。

構わない（かま）（沒關係）　**安全**（あんぜん）（安全）

日文對話與問題

テレビで、俳優が話しています。

M：私は、財布を持たないんです。① 持たなければ、カバンの中からいちいち取り出したり、財布の中のお金を探したりしないで済むから、さっと*買い物が済みます。② それに、いつのまにか無駄なカードも減るんです。仕事場からジュースを買いに行く時も、必要な分だけポケットに入れて買いに行けばいい。余計な買い物をしなくて済むんですよ。③ ポケットはあまりたくさんいれるわけにはいかないから、なにしろ節約できるんです。④ ぜひいちどやって見てください。

財布についてなんと話していますか。

1 財布がないと、節約できる
2 財布があると、ゆっくり買い物ができる
3 財布がないと、カードを使う時に困る
4 財布があると、余計な買い物をしなくて済む

日文解題

關鍵句 ①

全体として財布を持たないことのよさを話している。

關鍵句 ②③

②③でその例をあげている。

關鍵句 ④

④が言いたいこと。

選項

2 ②は財布がないと時間がかからなくていい、と言っている。

3 カードが減っていいと言っている。

4「財布がないと」なら正解。

*「さっと」は、急に、また、非常に短い時間で、という意味。

單字 いちいち（逐一） 取り出す（取出） 無駄（無用） 減る（減少） 仕事場

對話與問題中譯 **答案：1**

演員正在電視節目裡發表意見。

M：我沒有錢包。沒有錢包，就不必從大包包裡拿進拿出的，也不必在錢包裡翻錢，所以買東西能省下很多時間*。而且不知不覺間，不需要的信用卡也會減少。要從工作地點去買果汁時，口袋裡只放等一下要付帳的金額就好，這樣就不會亂買其他東西了。畢竟口袋能裝的錢不多，所以就能節制花費。請大家一定要試試看。

請問演員對錢包有什麼看法？

1 沒有錢包，就能節制花費
2 有錢包，就能悠哉地購物
3 沒有錢包，要用信用卡時就傷腦筋了
4 有錢包，就不會亂買其他東西

解題中譯

關鍵句 ①

談話的整體大綱是沒有錢包的好處。

關鍵句 ②③

②③舉出實例。

關鍵句 ④

是演員想說的事情。

選項

選項2，②說明如果沒有錢包，買東西就能省下很多時間。

選項3，演員提到不需要的信用卡會減少。

選項4，如果是「財布がないと／如果沒有錢包」則為正確答案。

再聽一次對話吧！ track 3-15

*「さっと／快速的」是迅速的意思，或指非常短的時間。

（工作場所） **ポケット【pocket】**（口袋） **節約**（せつやく）（節省）

3 もんだい　翻譯與解題　第 14 題

日文對話與問題

テレビで心理学の先生が話をしています。

F：人は、自分に似た人と友達になりやすいと言われます①。たとえば②新しいクラスでまず最初に友達を作るのは、自分からどんどん積極的に友達を作っていく性格の学生です。話しかけたり、質問したり、行動的に自分と似ていると感じる相手に近づきます。おとなしい学生、無口な学生は③、あえて*自分から話しかけることは少ないのですが、先に積極的な性格の人たちどうしが友達になるので、まだ友達のいない、静かでおとなしい人どうしが近づきやすくなって、友達関係ができる、ということが多いようです。

新しいクラスの友達関係は、どう作られると言っていますか。

1　みんな、自分に似ている人を探して話しかける

2　積極的に話しかける人が一番たくさん友達ができる

3　おとなしい無口な学生は友達ができない

4　自分と似たような人と友達になる学生が多い

*「あえて」は、批判や困難があるのは分かっているが、それでも行動する、と言いたいとき。例・君のために、あえて厳しいことを言うけど、新人が遅刻なんてあり得ないよ。

日文解題

關鍵句 ①

①がこの話の言いたいこと。このことについての説明が後に続く。

關鍵句 ②

②の「たとえば」の文で、積極的な性格の学生の例。

關鍵句 ③

③の文で、おとなしい学生の例をあげている。

積極的な学生どうしがまず友達になり、その結果おとなしい学生どうしが近づきやすくなると言っている。

選項

1「おとなしい学生…は自分から話しかけることは少ない」とある。

2「たくさん」とは言っていない。

3「おとなしい学生どうしで、友達関係ができる」とある。

單字　心理学（心理學）　似る（像）　どんどん（連續不斷）　積極的（積極的）

對話與問題中譯 **答案：4**

心理學老師正在電視節目上發表觀點。

F：有人說人類容易和與自己相似的人成為朋友。像是到了新班級，第一個交到朋友的就是個性會積極去交朋友的學生。他們會透過和別人搭話或問問題的方式，去接近感覺和自己舉止相似的對象。性格穩重的學生和沉默寡言的學生較少自己主動開口*，但因為個性積極的同學們已經先湊在一起成為朋友了，於是那些還沒有朋友的沉默而穩重的學生，也就自然而然地聚在一起，接著就成了朋友。像這樣的情形很常見。

請問這位老師說新班級的朋友關係是如何形成的？

1　大家都會去尋找和自己個性相似的人並和他們搭話
2　積極找別人搭話的人會交到最多朋友
3　穩重沉默的學生交不到朋友
4　很多學生都和與自己相似的人成為朋友

*「あえて／敢於、特地」用於想表達“就算知道會受到批評、必須面臨困難，但還是勇於行動”時。例句：新進員工不可以遲到！我是為你好才說這麼嚴厲的話。

再聽一次對話吧！ track 3-16

解題中譯

關鍵句 ①

①是整段話想表達的主旨。後面的談話都在說明這件事。

關鍵句 ②

「たとえば／像是」後舉出了個性積極的學生的例子。

關鍵句 ③

這段話舉出穩重的學生的例子。

心理學老師提到，由於個性積極的學生已經先成為朋友，因此沉默穩重的學生也就自然而然地聚在一起。

選項

選項1，談話中提到「おとなしい学生…は自分から話しかけることは少ない／性格穩重的學生……較少自己主動開口」。

選項2，談話中並沒有提到「たくさん／多」。

選項3，談話中提到「おとなしい学生どうしで、友達関係ができる／沉默穩重的學生就成為了朋友」。

質問（しつもん）（提問）　**無口**（むくち）（沉默寡言）

日文解題

關鍵句 ①

最初に理由を話している。

日文對話與問題

駅のホームで、男の人と女の人が話しています。

M：おはよう。

F：あれ、おはようございます。めずらしい。今日は電車ですか。

M：うん。帰る時間、雨が降りそうだから①、やむを得ず*1、苦手な電車に乗ることにしたんだ。

F：山崎さん、電車苦手なんですか。健康のために自転車通勤をしているのだと思っていました。

M：ああ、そう見える？ 疲れた時なんかは、電車で座って帰りたい、と思う時もあるけど、ラッシュアワーは嫌だし、自転車は電車の時間を気にしなくていいから、楽なんだよ。

F：私は、よく歩いちゃいます*2よ。今の季節は台風さえ来てなければ、暑くもなく寒くもなく気持ちがいいですから。

男の人は、今日、なぜ電車に乗りますか。

1 雨が降りそうだから
2 今日はラッシュアワーがないから
3 疲れて、座りたいから
4 電車の時間がちょうどよかったから

*1「やむを得ず」は、しかたなく、という意味。
*2「～ちゃいます」は「～てしまいます」の話し言葉。

單字 やむを得ず（不得已）　通勤（上下班通勤）

對話與問題中譯　　答案：**1**

男士和女士正在車站的月台上談話。

M：早安。
F：早安。咦，真稀奇，今天搭電車嗎？
M：對。沒辦法[*1]，下班的時候好像會下雨，只好搭我討厭的電車了。
F：山崎先生討厭搭電車嗎？我以為您是為了健康才騎腳踏車通勤的。
M：哦，看起來是那樣嗎？偶爾很累的時候也想搭電車回去，但我很討厭尖峰時段在車廂裡擠得像沙丁魚，而且騎腳踏車就不必急著趕上電車的班次，很輕鬆。
F：我倒是常常走去上班[*2]喔。像現在這個季節，只要沒有颱風，天氣既不會太熱也不會太冷，走起來很舒服哦。

請問男士今天為什麼搭電車呢？

1　因為好像會下雨
2　因為今天沒有尖峰時段
3　因為很累，想要坐下來
4　因為剛好趕上電車的班次

解題中譯

關鍵句 ①

對話一開始就說明理由了。

再聽一次對話吧！ track 3-17

*1「やむを得ず／沒辦法」是不得已的意思。
*2「～ちゃいます」是「～てしまいます」的口語說法。

ラッシュアワー【rush hour】（交通的尖峰時段）

N2 聴力模擬考題 問題4

即時応答

track 4-1

共 33 題

錯題數：__________

問題4では、問題用紙に何も印刷されていません。まず文を聞いてください。それから、それに対する返事を聞いて、1から3の中から、最もよいものを一つ選んでください。

例

track 4-2

- メモ -

答え
①②③

1番

track 4-3

- メモ -

答え
①②③

2番

track 4-4

- メモ -

答え
①②③

3番

track 4-5

- メモ -

答え
①②③

4番

track 4-6

- メモ -

答え
①②③

5番

track 4-7

- メモ -

答え
①②③

6番

track 4-8

- メモ -

答え
①②③

7番

track 4-9

- メモ -

答え
①②③

8番

track 4-10

- メモ -

答え
①②③

9番

track 4-11

- メモ -

答え
①②③

10番

track 4-12

- メモ -

答え
①②③

11番

track 4-13

- メモ -

答え
①②③

4 もんだい　翻譯與解題

問題4では、問題用紙に何も印刷されていません。まず文を聞いてください。それから、それに対する返事を聞いて、1から3の中から、最もよいものを一つ選んでください。

例

日文對話與翻譯

答案：**3**

メモ

M：あのう、この席、よろしいですか。

F：1　ええ、まあまあです。

2　ええ、いいです。

3　ええ、どうぞ。

譯 M：不好意思，請問我可以坐這個位子嗎？

F：1　可以，還好。

2　可以，很好。

3　可以，請坐。

單字 **まあまあ**（〈表示程度中等〉還算，還過得去）

第1題

日文對話與翻譯

答案：**3**

メモ

M：もっと練習すればよかったのに。

F：1　はい、ありがとうございます。

2　いいえ、まだまだです。

3　すみません。次は、がんばります。

譯 M：要是能多加強練習就好了。

F：1　是的，謝謝。

2　不，我還差得遠。

3　對不起。下次我會努力。

單字 **まだまだ**（還，尚）

track 4-1

第４大題。答案卷上沒有印任何圖片和文字。請先聽完主文，再聽回答，從選項１到３當中，選出最佳答案。

track 4-2

日文・中文解題

»「あのう、この席、よろしいですか。」と聞かれたら、「席は空いていますよ、座ってもいいですよ」と答える必要がある。許可を表す言い方である３の「ええ、どうぞ」が正解。

»１状況や程度が悪くない、普通だと伝える言い方。「お元気ですか」と聞かれた時に、特に変わったことがなければ「ええ、まあまあです」と答えられる。

»２誘いに良い返事をする時に使う。「今晩飲みに行きませんか」などと誘われた時の返事として使える。

»被對方問說「あのう、この席、よろしいですか／請問這位子我可以坐嗎？」要表示「席は空いていますよ、座ってもいいですよ／位子是空的喔、可以坐喔」，可用選項３的「ええ、どうぞ／可以，請坐」表示允許的說法。

»選項１　表示狀況、程度等，可以用在被詢問「お元気ですか／你好嗎？」等的回答，這時的「ええ、まあまあです」表示沒有特別異常的情況。

»選項２　表示答應邀約等，可以用在被詢問「今晩飲みに行きませんか／今晚要不要一起去喝一杯呀？」等的回答。

track 4-3

日文・中文解題

»うまくできなくて、「あなたはもっと練習するべきだった」と責められている状況。

»それに対して、謝っている。

»１は「おめでとう」などと言われたとき。

»２は「上手ですね」などと言われたとき。

»這是因為自己做得不好，所以被對方責備「あなたはもっと練習するべきだった／你應該更勤奮的練習才對」的狀況。

»面對對方的責備，要選擇道歉的選項。

»選項１是當對方說「おめでとう／恭喜」時的回答。

»選項２是當對方說「上手ですね／很厲害耶」時的回答。

第2題

日文對話與翻譯

答案：**1**

メモ

M：田中君(たなかくん)、あと30分(ぷん)もすれば来(く)るはずだよ。

F：1　じゃあ、どこかでコーヒーでも飲(の)んでこようか。

2　それなら、呼(よ)んでみよう。

3　きっと、もう来(き)たよ。

譯 M：田中應該再30分鐘就來了。

F：1　那麼，我們找個地方喝咖啡打發時間吧。

2　既然如此，不如叫他過來吧。

3　他一定已經到了。

單字 **はずだ**（應該）

第3題

日文對話與翻譯

答案：**3**

メモ

M：営業部(えいぎょうぶ)の山本(やまもと)さん、たしか、あと1週間(しゅうかん)で退職(たいしょく)するんだったよね。

F：1　ええ。久(ひさ)しぶりです。

2　ええ。懐(なつ)かしいですね。

3　ええ。寂(さび)しくなります*ね。

譯 M：業務部的山本先生應該再過一個禮拜就要退休了吧？

F：1　是呀，好久不見。

2　是呀，真懷念呢。

3　是呀，真捨不得他離開*呢。

單字 **退職(たいしょく)**（退休）

track 4-4

日文・中文解題

» 田中君を待っている。あと30分もしたら来るので、その時間に、コーヒーを飲みに行こうと言っている。

» 2 30分後に来るので、今呼ぶのはおかしい。

» 3 30分後に来るので、「もう来たよ」はおかしい。

» 兩人正在等田中，但因為田中還要大約30分鐘後才會到，所以兩人提議這段時間先去喝咖啡。

» 選項2，因為田中還要30分鐘後才會來，所以現在叫他過來不合邏輯。

» 選項3，因為田中還要30分鐘後才會來，所以說「もう来たよ／已經到了」不合邏輯。

track 4-5

日文・中文解題

» 山本さんが退職する話を二人でしている状況。

» 山本さんは会社にもう来なくなるのだから、「寂しくなる」が正解。

» 1「山本さんと会うのは3年ぶりだね」などに対する返事。

» 2「山本さんとは昔よく一緒に蕎麦屋にいったね」などに対する返事。

*「寂しくなります」は、誰かがいなくなるときによく使われる表現。

» 這題的情況是兩人正在討論關於山本先生退休的事情。

» 因為山本先生再也不會來公司了，所以「寂しくなる／真捨不得他離開」是正確答案。

» 選項1是當對方說「山本さんと会うのは3年ぶりだね／我已經3年沒見過山本先生了」時的回答。

» 選項2是當對方說「山本さんとは昔よく一緒に蕎麦屋にいったね／以前常經常和山本先生一起去吃蕎麥麵呢」時的回答。

*「寂しくなります／真捨不得他離開」是當某人不會再出現時，經常使用的表達方式。

第4題

日文對話與翻譯

答案：**2**

メモ

M：できるだけのことはしたんですから、だめでもしかたないですよ。

F：1　そうですね。もっと調べておけばよかった。
　2　そうかな*。もっと他にできることは本当になかったのかな。
　3　そんなに準備しなかったのに、運がいいですね。

譯 M：我已經盡了最大的努力，這樣還是不行的話也沒辦法了。

F：1　說得也是。早知道就多調查一點了。
　2　是嗎*？真的沒有其他遺漏的部分嗎？
　3　明明沒怎麼準備，運氣可真好。

單字 **しかたない**（沒辦法）

第5題

日文對話與翻譯

答案：**1**

メモ

F：私がそちらへ参りましょうか

M：1　はい、お願いします。ここでお待ちしています。
　2　はい、行きましょう。すぐに出ます。
　3　はい、私も参ります。そちらから。

譯 F：要不要由我去那邊呢？

M：1　好，麻煩了，我在這邊等妳。
　2　好，我們走吧。我馬上就出門。
　3　好，我也會從那邊過去（與妳會合）。

單字 **参る**（去；來）

track 4-6

日文・中文解題

» 結果は悪かったが、できることは全部やったのだからしかたない、と言っている。それに対して、そうは思わない、と反対の意見を述べている。

» 1「もっと～ばよかった」と後悔しているので、「そうですね」ではなく「そうは思わない」という意味の返答がくる。

» 3「運がいい」と言っているので、これはよい結果だったときの言い方。

*「そうかな」は、相手に疑問をぶつけて「自分はそうは思わない」と伝えている。

» 男士認為結果雖然不盡理想，但因為已經盡了最大的努力了，所以也沒辦法。對於這個狀況，女士的回答是不這麼認為，也就是抱持反對的意見。

» 選項1，因為「もっと～ばよかった／早知道更～就好了」表示後悔，所以前面不會是「そうですね／說得也是」，而應該接表示「そうは思わない／我不這麼認為」意思的回答。

» 選項3提到「運がいい／運氣可真好」，這是在得到好結果時的說法。

*「そうかな／是嗎」用在向對方提出質疑時，表示「自分はそうは思わない／我不這麼認為」。

track 4-7

日文・中文解題

»「私がそこへ行きましょうか」と言っている。

» 2「もう行きませんか」と言われたとき。

» 3「参ります」は「(そちらへ)行きます」の謙譲語。

» 女士問「私がそこへ行きましょうか／要不要由我過去那邊呢」。

» 選項2是當對方說「もう行きませんか／要出門了嗎」時的回答。

» 選項3「参ります／去」是「(そちらへ)行きます／去（你那邊）」的謙讓語。

第6題

日文對話與翻譯

答案：**2**

メモ

M：さっさと*帰(かえ)れば間(ま)に合(あ)うのに。

F：1　本当(ほんとう)によかった。

2　すぐには無理(むり)。

3　やっと間(ま)に合(あ)ったね。

譯 M：那時候如果趕快*離開就來得及了。

F：1　真是太好了！

2　問題是沒辦法馬上就走。

3　總算趕上了呢！

單字 **さっさと**（迅速的）

第7題

日文對話與翻譯

答案：**1**

メモ

F：田中(たなか)さんは、どちらにいらっしゃいますか。

M：1　田中(たなか)は、あちらの会議室(かいぎしつ)におります。

2　田中(たなか)は、あちらの会議室(かいぎしつ)にいらっしゃいます。

3　田中(たなか)は、あちらの会議室(かいぎしつ)にいってらっしゃいます。

譯 F：請問田中先生在哪裡呢？

M：1　田中在那邊的會議室裡。

2　田中在那邊的會議室裡。

3　田中正請慢走到那邊的會議室。

單字 **おる**（在；有）

track 4-8

日文・中文解題

» 用があるのに急いで帰ろうとしない人に、すぐに帰ったほうがいい（すぐに帰らないと間に合わない）と、強く言っている状況。そう言われて「すぐに帰るのは無理だ」と言い返している。

» 1「間に合ったね」などと言われたとき。

» 3すぐに帰らなくても間に合うときは「間に合うよ」

*「さっさと」は、急いで行動する様子。例・いつまでも遊んでいないで、さっさと寝なさい。

» 這題的狀況是對之後還有事，卻不趕緊離開的人強力建議"馬上離開比較好（不馬上離開的話就來不及了）"。聽到男士的話，女士回答「すぐに帰るのは無理だ／問題是沒辦法馬上就走」。

» 選項1是當對方說「間に合ったね／趕上了呢」時的回答。

» 選項3，若是不馬上走也來得及的情況，應該回答「間に合うよ／來得及啦」。

*「さっさと／趕快」是迅速行動的樣子。例句：不要一直玩，趕快去睡覺！

track 4-9

日文・中文解題

» 男の人が「田中は」と言っているので、この場面で男の人と田中さんは尊敬語を使わない関係だと分かる。「おります」は「います」の謙譲語。

» 女の人はこの会社を訪ねてきた人、男の人と田中さんはこの会社の人と考えられる。家族や社内の人のことは、外の人に対して話すとき、尊敬語を使わない。

» 2は「田中さんは」なら正解。

» 2は「～にいます」、3は「～に行っています」という意味になる。

» 因為男士說的是「田中は／田中」，所以可知在這個場合，男士和田中先生是不需要使用敬語的關係。「おります／在」是「います／在」的謙讓語。

» 因此可以推測女士是前來這家公司拜訪的客人，而男士和田中是這家公司的員工。對外人提到自己的家人或公司裡的同事時不使用尊敬語。

» 選項2如果是「田中さんは／田中先生他」則為正確答案。

» 選項2是「～にいます／在」的意思，選項3是「～に行っています／正在前往～」的意思。

第8題

日文對話與翻譯

答案：**3**

メモ

M：こんな絵(え)が描(か)けるなんて、留学(りゅうがく)しただけのことはある*ね。

F：1　うん。あまり上手(うま)くないね。

2　うん。ひどいね。

3　うん。上手(じょうず)だね。

譯 M：能夠畫出這樣的畫，真不愧是*留學過的人啊。

F：1　嗯，畫得不太好哦。

2　嗯，畫得好糟哦。

3　嗯，畫得真好耶。

單字 **だけのことはある**（不愧是～）

第9題

日文對話與翻譯

答案：**2**

メモ

F：私(わたし)は説明(せつめい)したんですが、部長(ぶちょう)は怒(おこ)る一方(いっぽう)でした。

M：1　許(ゆる)してもらえたんですか。よかったですね。

2　許(ゆる)してもらえないんですか。困(こま)りましたね。

3　許(ゆる)してあげたんですか。よかったですね。

譯 F：雖然我解釋過了，但經理還是很生氣。

M：1　得到經理的諒解了嗎？真是太好了。

2　沒有得到經理的諒解嗎？真是傷腦筋。

3　妳原諒經理了嗎？真是太好了。

單字 **一方(いっぽう)**（一直）

track 4-10

日文・中文解題

» 絵を見て、二人が話している。「留学したからやはり上手だ」と言っている。「うん」と同意しているので、続くのは「上手だ」という評価することば。

*「～だけのことはある」はそれに合った価値がある、～から期待する通りだ、という意味。例・さすが決勝戦だけあって、いい試合だった。

» 兩人正在談論眼前的畫。男士認為「留学したからやはり上手だ／留學過果然很厲害」，女士以「うん／嗯」表示同意，因此後面要接「上手だ／畫得很好哦」評價的句子。

*「～だけのことはある／不愧是～」是“名符其實、和期待的一樣”的意思。例句：不愧是決賽，真是一場精采的比賽！

track 4-11

日文・中文解題

»「～一方だ」は、～ばかりだ、という意味。

» 1「説明したら分かってもらえました」に対する返事。

» 3「許してあげる」は、女の人が部長を許すという意味になる。

»「～一方だ／越來越～」是“越趨～”的意思。

» 選項1是當對方說「説明したら分かってもらえました／解釋之後經理就諒解了」的回答。

» 選項3「許してあげる／原諒他」是女士原諒經理的意思。

第 10 題

日文對話與翻譯

答案：**3**

メモ

M：この実験（じっけん）、こんどこそ成功（せいこう）させたいんだ。

F：1　うん。何回（なんかい）も成功（せいこう）したから、きっとだいじょうぶだよ。

2　うん。もう 1 回（かい）できるといいね。

3　うん。もう 3 回目（かいめ）だから、きっとできるよ。

譯 M：這項實驗，希望這次一定要成功！

F：1　嗯，前面好幾次都成功了，這次一定沒問題的！

2　嗯，要是能再做一次就好了。

3　嗯，這已經是第 3 次了，一定會成功的！

單字 **実験**（じっけん）（實驗）

第 11 題

日文對話與翻譯

答案：**3**

メモ

F：昨日（きのう）のテスト、あまりの難（むずか）しさに泣（な）きたくなっちゃった。

M：1　うん。簡単（かんたん）でよかったね。

2　うん。あまり難（むずか）しくなくてよかったね。

3　うん。僕（ぼく）もぜんぜんできなかった。

譯 F：昨天的考試好難，好想哭哦。

M：1　嗯，那麼簡單真是太好了。

2　嗯，不怎麼困難真是太好了。

3　嗯，我也完全不會。

單字 **ぜんぜん**（完全）

track 4-12

日文・中文解題

»「こんど（今度）こそ」の「こそ」は強調。今まではできなかったが、今度は絶対に、という強い言い方。

» 1「何回も成功したから」が間違い。

» 2「もう１回」が間違い。

»「こんど（今度）こそ／這次一定要」的「こそ」表示強調。是強烈表示“目前為止沒做到的，這次一定要做到”的意思。

» 選項１「何回も成功したから／成功了好幾次」不正確。

» 選項２「もう１回／再一次」不正確。

track 4-13

日文・中文解題

»「あまりの難しさに」は、とても難しかったので、という意味。「うん」と答えているので、難しかったという意味のことばが続く。

»「あまりの難しさに／好難」是“非常困難”的意思。因為男士的回答是「うん／嗯」，所以後面要接表示困難的句子。

12番

track 4-14

- メモ -

答え

①②③

13番

track 4-15

- メモ -

答え

①②③

14番

track 4-16

- メモ -

答え

①②③

15番

track 4-17

- メモ -

答え
① ② ③

16番

track 4-18

- メモ -

答え
① ② ③

17番

track 4-19

- メモ -

答え
① ② ③

18番

track 4-20

- メモ -

答え
①②③

19番

track 4-21

- メモ -

答え
①②③

20番

track 4-22

- メモ -

答え
①②③

21番

track 4-23

- メモ -

答え
①②③

22番

track 4-24

- メモ -

答え
①②③

第 12 題

日文對話與翻譯

答案：**2**

メモ

M：ちょっとお時間（じかん）、よろしいですか。

F：1　はい、よろしいです。

2　ええ、どうぞ。

3　ええ、よろしく。

譯 M：可以耽誤一下您的時間嗎？

F：1　是，可以。

2　可以，請說。

3　可以，請多指教。

單字 **どうぞ**（請）

第 13 題

日文對話與翻譯

答案：**2**

メモ

F：あと一点（いってん）だったのに。

M：1　うん。自分（じぶん）でもうれしいよ。

2　うん。自分（じぶん）でもくやしいよ。

3　うん。自分（じぶん）でも安心（あんしん）したよ。

譯 F：明明只差一點了。

M：1　嗯，我也很開心喔。

2　嗯，我也很懊惱啊。

3　嗯，我也很安心喔。

單字 **くやしい**（令人懊悔的）

track 4-14

日文・中文解題

»「よろしいですか」は「いいですか」の丁寧な言い方。「今、ちょっと時間がありますか」という意味。

» 1は、「これ、頂いてもよろしいですか」などに対する答え。

» 3は、「これ、わたしがしましょうか」など。

»「よろしいですか／可以嗎？」是「いいですか／可以嗎？」的鄭重說法。本題整句話的意思是「今、ちょっと時間がありますか／請問您現在有空嗎？」。

» 1是當對方問「これ、頂いてもよろしいですか／請問我可以拿這個嗎」時的回答。

» 3是當對方問「これ、わたしがしましょうか／這個可以讓我來做嗎？」時的回答。

track 4-15

日文・中文解題

»「～のに」は、残念な気持ちを表している。

»「悔しい」は負けたり失敗したりしたときの腹が立つ気持ち。

»「～のに／明明～」用於表達惋惜的心情。

»「悔しい／懊惱」用於表達輸了、失敗等惱火的心情。

第 14 題

日文對話與翻譯

答案：**2**

メモ

M：あれ、熱(ねつ)っぽい*顔(かお)してるね。

F：1　いや、もう怒(おこ)ってないよ。

2　うん、ちょっと風邪気味(かぜぎみ)かも。

3　うん、興味(きょうみ)があるからね。

譯 M：咦，妳的臉看起來好像*發燒了。

F：1　沒有，我已經氣消了。

2　嗯，可能有點感冒。

3　嗯，因為有興趣。

單字 **気味**(きみ)（覺得有點～）

第 15 題

日文對話與翻譯

答案：**1**

メモ

M：ああ、あの時(とき)カメラさえあれば*なあ。

F：1　そうですね。残念(ざんねん)でしたね。

2　あってよかったですね。

3　なければよかったですね。

譯 M：唉，如果那個時候有*相機就好了。

F：1　對啊，好可惜哦。

2　帶在身上真是太好了。

3　如果沒有就好了。

單字 **さえ**（只要～就好了）

track 4-16

日文・中文解題

»「熱っぽい」は、熱があるような感じがするという意味。

» 1は「まだ、怒ってる？」と言われたとき。

» 3は「熱心だね」と言われたとき。

*「〜っぽい」は、〜の感じがするという意味。例・彼は少し子供っぽいところがある。「〜ぽい」は他に、よく〜するという意味がある。例・このごろ忘れっぽくて困っている。

»「熱っぽい」是“感覺好像發燒了”的意思。

» 1是當對方說「まだ、怒ってる？／還在生氣嗎？」時的回答。

» 3是當對方說「熱心だね／真有熱忱呢」時的回答。

*「〜っぽい／有〜的感覺」是“有〜的感覺”的意思。例句：他有孩子氣的一面。另外，「〜ぽい」也含有“經常〜”的意思。例句：最近很健忘，真傷腦筋。

track 4-17

日文・中文解題

»「カメラさえあれば」は、カメラがなくて残念だという気持ち。

*「〜さえ〜ば」は、〜という条件が一番重要であとは問題ない、と言いたいとき。例・この子はお菓子さえあれば機嫌がいい。

»「カメラさえあれば／如果有相機」表示“很可惜沒有相機”的心情。

*「〜さえ〜ば／如果〜就〜」用於想表達“〜這個條件是最重要的，其他的都沒關係”時。例句：這個孩子只要有零食就開心了。

第 16 題

日文對話與翻譯

答案：**1**

メモ

F：田中（たなか）さんにわかるわけないよ。

M：1　そう言（い）わずに、一応（いちおう）きいてみたら？

2　そう言（い）って、一応（いちおう）きいてみたら？

3　そう言（い）わないなら、一応（いちおう）きいてみたら？

譯 F：田中先生不可能懂啦。

M：1　別這麼說，不如先聽聽看他是怎麼說的？

2　這麼說，不如先聽聽看他是怎麼說的？

3　如果不這麼說的話，不如先聽聽看他是怎麼說的？

單字 **一応（いちおう）**（暫且）

第 17 題

日文對話與翻譯

答案：**3**

メモ

M：今日（きょう）はここまでにしましょう。

F：1　はい。始（はじ）めましょう。

2　はい。お願（ねが）いします。

3　はい。お疲（つか）れ様（さま）でした。

譯 M：今天就做到這裡吧！

F：1　好的，開始吧！

2　好的，麻煩你。

3　好的，辛苦了。

單字 **お疲（つか）れ様（さま）でした**（您辛苦了）

track 4-18

日文・中文解題

»「わかるわけないよ」は、絶対にわからないよ、という意味。

»「一応聞いてみたら」と言っているので、その前には「そんなことを言わないで」という意味のことばが来る。

»「わかるわけないよ／不可能懂啦」是“絕對不會懂啦”的意思。

» 3個選項中都有「一応聞いてみたら／不如先聽聽看他是怎麼說的」，由此可知這句話的前面應該接有「そんなことを言わないで／不要這麼說」意思的句子。

track 4-19

日文・中文解題

»「ここまでで終わり」という意味。仕事などが終わったときの挨拶は「お疲れ様でした」。

»題目是「ここまでで終わり／到此結束」的意思。工作之類的事項結束時的問候語是「お疲れ様でした／辛苦了」。

第 18 題

日文對話與翻譯

答案：**1**

メモ

F：コーヒーを召（め）し上（あ）がります*か。

M：1　はい、いただきます。

2　はい、いただいております。

3　はい、召（め）し上（あ）がっていらっしゃいます。

譯 F：請問您要喝*點咖啡嗎？

M：1　好，謝謝。

2　好，我正在喝。

3　是的，他正在喝。

單字 **召（め）し上（あ）がる**（吃、喝的尊敬語）

第 19 題

日文對話與翻譯

答案：**2**

メモ

M：彼（かれ）が失敗（しっぱい）するなんて*1、ありえない*2よ。

F：1　いや、それが、本当（ほんとう）に失敗（しっぱい）しなかったんだ。

2　いや、それが、本当（ほんとう）に失敗（しっぱい）したんだ。

3　いや、それが、本当（ほんとう）に失敗（しっぱい）しないんだ。

譯 M：他竟然*1會失敗，不可能*2啊！

F：1　不，其實，他真的沒有失敗。

2　不，其實，他真的失敗了。

3　不，其實，他真的不會失敗。

單字 **～んだ**（用於解釋說明）

track 4-20

日文・中文解題

» コーヒーを勧めている。

» 2は、食事中に「もっと召し上がってください」と言われたときなど。

» 3は「先生はちゃんとコーヒーを召し上がっていらっしゃいますか」に対して、「はい、先生は召し上がっていらっしゃいます」と答えるとき。

*「召し上がります」は「食べます、飲みます」の尊敬語。

» 女士正在建議男士喝咖啡。

» 選項2是用餐時，對方問「もっと召し上がってください／請多吃（喝）一點」時的回答。

» 選項3，當對方問「先生はちゃんとコーヒーを召し上がっていらっしゃいますか／請問老師是否正在喝呢？」時，可以回答「はい、先生は召し上がっていらっしゃいます／是的，老師（他）正在喝。」

*「召し上がります／吃（喝）」是「食べます、飲みます／吃、喝」的尊敬語。

track 4-21

日文・中文解題

» 彼が失敗したことが信じられないと言っている。

» 「いや」と否定しているので、「本当に失敗した」と続く。

» 1「彼が成功するなんて…」に対する答え。

» 3「絶対に失敗しないなんて…」に対する答え。

*1「失敗するなんて」の「なんて」は、意外な気持ちを表す。「とは」と同じ。

*2「ありえない」は、その可能性がないという意味。

» 男士提到不敢相信他會失敗。

» 因為「いや／不」是否定，所以後面要接「本当に失敗した／真的失敗了」。

» 選項1是對「彼が成功するなんて…／他居然會成功…」的回答。

» 選項3是對「絶対に失敗しないなんて…／居然說他絕對不可能失敗…」的回答。

*1「失敗するなんて／竟然會失敗」的「なんて／竟然」表示意外的心情。和「とは／竟然」意思相同。

*2「ありえない／不可能」是“沒有這種可能性”的意思。

第 20 題

日文對話與翻譯

答案：**1**

メモ

F：彼の日本語は、留学しただけのことはあります*ね。

M：1　ええ。かなり上手ですね。

2　ええ。それだけですね。

3　ええ。ちゃんと勉強しなかったですね。

譯 F：他日語說得那麼好，真不愧是*留學過的人。

M：1　對啊，說得非常好呢。

2　對啊，不過就這樣而已嘛。

3　對啊，當時沒有好好念書呢。

單字 **かなり**（非常）

第 21 題

日文對話與翻譯

答案：**2**

メモ

M：今日は引っ越しだから、テレビどころではない*よ。

F：1　広いから、いろいろあるじゃない。

2　そうか。忙しそうだね。

3　また買えばいいよ。

譯 M：今天忙著搬家，哪裡有空*看電視啊！

F：1　因為很寬廣，不是有很多地方可以放嗎？

2　這樣啊，好像很忙哦。

3　再買就好了嘛。

單字 **～そうだ**（好像～）

track 4-22

日文・中文解題

» やはり留学したから上手だと認めている。

»「ええ」と答えているので、続くのは褒めることば。

*「～だけのことはある」は、～から期待される通りだという意味。例・彼女は話す声もいい声だな。さすが元歌手だけのことはある。

» 女士認同自己話裡所指的「他」去留學過，所以日語說得很好。

» 因為回答是「ええ／對啊」，所以後面要接誇獎的句子。

*「～だけのことはある／不愧是～」是“就如同被期待的～”的意思。例句：她説話的聲音也很好聽。真不愧是歌手出身的。

track 4-23

日文・中文解題

» 引っ越しなので、テレビを見る余裕はないという意味。忙しいと言っている。

*「～どころではない」は、～できる状況ではない、という意味。例・今夜は大雨だ。花火どころじゃないよ。

» 題目的意思是因為要搬家，所以沒有看電視的時間。男士的意思是很忙碌。

*「～どころではない／哪有空～」是“不是可以～的時候”的意思。例句：今晚下大雨，沒辦法放煙火啦！

第 22 題

日文對話與翻譯

答案：**1**

メモ

F：決(き)めたからには*やりましょう。

M：1　うん、すぐ始(はじ)めよう。

　　2　うん、決(き)まったらやろう。

　　3　うん、もう決(き)めよう。

譯 F：既然*決定了就動手吧！

M：1　好，馬上開始吧！

　　2　好，如果決定好了就做吧！

　　3　好，來決定吧。

單字 **決(き)める**（決定；規定）

解題攻略特搜！

把祕技都記下來

track 4-24

日文・中文解題

» 決めたのだからやるべきだ、と言っている。

*「からには」は、～のだから…するべきだ、～のだから…してほしい、と言いたいとき。「からには」は「以上（は）」「上は」と同じ。例・約束したからには、必ず守ってください。

» 女士的意思是，既然已經決定好了就動手吧。

*「からには／既然」用在想表達“因為～所以應該～、因為～所以想～”時。「からには／既然」和「以上（は）／既然」、「上は／既然」意思相同。例句：既然約好了，就請務必遵守約定。

23番

track 4-25

- メモ -

答え
①②③

24番

track 4-26

- メモ -

答え
①②③

25番

track 4-27

- メモ -

答え
①②③

26 番

track 4-28

- メモ -

答え
①②③

27 番

track 4-29

- メモ -

答え
①②③

28 番

track 4-30

- メモ -

答え
①②③

29番

track 4-31

- メモ -

答え
①②③

30番

track 4-32

- メモ -

答え
①②③

31番

track 4-33

- メモ -

答え
①②③

32番

track 4-34

- メモ -

答え
①②③

33番

track 4-35

- メモ -

答え
①②③

第 23 題

日文對話與翻譯

答案：**1**

メモ

M：先週（せんしゅう）からろくに寝（ね）てないんだ。

F：1　そんなに忙（いそが）しいの。

2　はやくなおるといいね。

3　7時（じ）でも大丈夫（だいじょうぶ）だと思（おも）うよ。

譯 M：從上星期開始就沒能好好睡上一覺。

F：1　這麼忙嗎？

2　希望能趕快治好呢。

3　我覺得7點也可以哦。

單字 **ろくに**（很好的）

第 24 題

日文對話與翻譯

答案：**2**

メモ

F：この書類（しょるい）、日本語（にほんご）で書（か）いても差（さ）し支（つか）え*ないですか。

M：1　はい。使（つか）えます。

2　はい。かまいません。

3　はい。英語（えいご）で書（か）いてください。

譯 F：這份文件，可以*用日文填寫嗎？

M：1　是的，可以使用。

2　是的，沒關係。

3　是的，請用英文填寫。

單字 **差（さ）し支（つか）える**（妨礙）

track 4-25

日文・中文解題

» 「ろくに…ない」は、十分に…ない、満足に…ないという意味。「ろくに寝てない」ということは、忙しくて寝る時間がないと推測できる。

» 2は「風邪で寝てるんだ」などに対する答え。

» 3は「6時に起きた方がいいかな」など。

» 「ろくに～ない／沒有好好～」是“不充分～、不滿足”的意思。從「ろくに寝てない／沒能好好睡上一覺」這句話可以推測是因為太忙了沒有時間睡覺。

» 選項2是當對方說「風邪で寝てるんだ／感冒了所以正在睡覺」時的回答。

» 選項3是當對方問「6時に起きた方がいいかな／6點起床比較好嗎」時的回答。

track 4-26

日文・中文解題

» 「差し支えない」は、問題ない、大丈夫だ、という意味。

» 2の「かまいません」は、問題ありませんという意味。

» 1 書いてもいいかと聞いているので、「使えます」という返事はおかしい。

» 3「いいえ」なら正解。

* 「差し支え」は、問題、障害、都合の悪いこと、という意味。「差し支えない」という使い方をする。

» 「差し支えない／沒關係」是“沒問題、無妨”的意思。

» 選項2「かまいません／沒關係」是沒有問題的意思。

» 選項1，問題是“可以填寫嗎”，因此回答「使えます／可以使用」文不對題。

» 選項3，如果回答「いいえ／不」則為正確答案。

* 「差し支え／妨礙」是“問題、障礙、不利條件”的意思。大多使用「差し支えない／沒關係」這種用法。

第 25 題

日文對話與翻譯

答案：**1**

メモ

M：風邪(かぜ)をひいた時(とき)は早(はや)く寝(ね)るに越(こ)したことはないよ。

F：1　うん。心配(しんぱい)してくれて、ありがとう。

2　ううん。そんなに寝(ね)てないよ。

3　うん。もっとがんばるよ。

譯 M：感冒時最好早點睡哦。

F：1　好，謝謝您的關心。

2　沒有呀，我沒睡那麼久哦。

3　好，我會更加努力。

單字 **～に越(こ)したことはない**（最好是～）

第 26 題

日文對話與翻譯

答案：**1**

メモ

M：子(こ)どものくせに*文句(もんく)を言(い)うな。

F：1　ひどい。私(わたし)、もう高校生(こうこうせい)なのに。

2　ありがとう。でも、まだまだだよ。

3　だいじょうぶ。もうすぐ言(い)えるよ。

譯 M：小孩子只要*閉上嘴巴聽大人安排就行啦！

F：1　真過分，我已經是高中生了耶。

2　謝謝。不過，我還差得遠呢。

3　不要緊，很快就能發牢騷囉。

單字 **まだまだ**（還）

track 4-27

日文・中文解題

»「～に越したことはない」は、もちろん～方がいい、できれば～方がいい、と言いたいとき。風邪をひいた女の人を心配している。

» 3 寝た方がいい、と言っているので、「もっとがんばる」という返事はおかしい。

»「～に越したことはない／最好～」用於想表達“當然是～最好、可以的話～比較好”時。這題男士正在擔心感冒的女士。

» 選項３，男士說“去睡比較好”因此回答「もっとがんばる／我會更加努力」不合邏輯。

track 4-28

日文・中文解題

»「～のくせに」は、「～」を低く見たり、悪く言ったりするときの言い方。「子どもなのに」の強い言い方。

» 1は、もう高校生なのだから子どもではない、と反発している。

* 「～のくせに」の例・あいつは仕事もできないくせに、なんで女の子に人気があるんだ。

»「～のくせに／明明」是輕視前項、或說壞話的說法。是比「子どもなのに／明明只是小孩子」更強烈的說法。

» 選項１，女士反駁對方自己已經是高中生，不是小孩子了。

* 「～のくせに／明明」的例句：那傢伙明明連工作都做不好，為什麼這麼受女孩子歡迎啊！

第 27 題

日文對話與翻譯

答案：**3**

メモ

F：よっぽど*おいしかったんですね。

M：1　ええ。あんまり。

　　2　ええ。よっぽど。

　　3　ええ。とっても。

譯 F：聽起來似乎相當*好吃的樣子呢。

M：1　對，太過火了。

　　2　對，相當。

　　3　對，非常好吃。

單字 **よっぽど**（相當）

第 28 題

日文對話與翻譯

答案：**1**

メモ

M：この仕事（しごと）はぜんぶお任（まか）せします。

F：1　わかりました。がんばります。

　　2　お疲（つか）れ様（さま）でした。

　　3　お世話（せわ）になっています。

譯 M：這份工作就全交給妳了。

F：1　好的，我會努力完成。

　　2　辛苦您了。

　　3　承蒙您的關照。

單字 **お～する**（動詞的謙讓形式）

track 4-29

日文・中文解題

» 「よっぽど」は、ずいぶん、本当に、など、程度が高いことを推量して言うとき。「よほど（余程）」を強調するとき、話し言葉。

» ここでは、男の人がたくさん食べた、あっという間に食べた、などの状況が推測される。

» 返事は「はい、とてもおいしかったです」という意味。

» 1は「いいえ」なら正解。

» 2は、「よっぽど」は推量するときなので、食べた本人が「よっぽどおいしかった…」とはいわない。

* 「よっぽど」「よほど」の例・あの子はよほどびっくりしたんだろう、走って帰っちゃったよ。

» 「よっぽど／相當」是“非常、很”的意思，是推測程度很高的說法。是要強調「よほど（余程）／相當」時的說法。

» 本題可以推測狀況是男士吃了很多，或是一下子就把東西吃光了。

» 答句是「はい、とてもおいしかったです／對，很好吃」的意思。

» 選項１如果是「いいえ」則為正確答案。

» 選項２，因為「よっぽど」表示推測，所以吃過東西的本人不會說「よっぽどおいしかった…／似乎相當好吃」。

* 「よっぽど／相當」、「よほど／相當」的例句：那個孩子似乎真的嚇到了，一溜煙跑掉了。

track 4-30

日文・中文解題

» 「任せる」は、仕事を他の人にしてもらうこと。「お任せします」は、最後まであなたがやってください、全部あなたが決めてくださいという意味。

» 2は「この仕事、終わりました」などに対する答え。

» 3は、仕事の挨拶で使う言い方。

» 「任せる／交給你」表示把工作交給別人。「お任せします／交給你了」是“請你做完、全部由你決定”的意思。

» 選項２，是當對方說「この仕事、終わりました／這個工作結束了」時的回答。

» 選項３是職場上的問候用語。

第 29 題

日文對話與翻譯

答案：**2**

メモ

F：もう少し時間があったらいいのに*。

M：1　うん。ぎりぎりだったね。

2　うん。とにかく急ごう。

3　うん。たっぷり時間があって助かったよ。

譯 F：如果時間再長一點就好了*。

M：1　對啊，時間很緊湊呢。

2　對啊，總之快一點吧。

3　對啊，幸好時間充裕，真是得救了。

單字 **ぎりぎり**（極限）

第 30 題

日文對話與翻譯

答案：**3**

メモ

M：ああ、やっと*1テストが終わった。もう勉強しないで済む*2んだ。

F：1　そうだね。がんばって。

2　がっかりしないで。

3　お疲れ様。

譯 M：啊，考試終於*1結束了。我再也不必*2念書了！

F：1　對耶，加油哦！

2　不要失望。

3　辛苦了。

單字 **済む**（結束）

track 4-31

日文・中文解題

» 時間が足りない、という状況。

» 1「だったね」が過去形で、終わったことになっているので間違い。「ぎりぎりだね」なら進行中のこととなり、正解。なお、「ぎりぎりだったね」は、間に合ってよかった、という意味になる。

* 「あったらいいのに」も進行中のことを表している。もう終わったことなら「あったらよかったのに」となり、「間に合わなかった」という意味になる。

» 這題的情況是時間不夠了。

» 選項１，「だったね」是過去式，表示事情已經結束了，所以不正確。如果是「ぎりぎりだね／時間很緊湊呢」則表示事情還在進行中，就是正確答案。另外，「ぎりぎりだったね／時間很緊湊呢」是“幸好趕上了”的意思。

* 「あったらいいのに／如果～就好了」用於表達正在進行的事。如果是指已經結束的事，則應該說「あったらよかったのに／如果當時～就好了」，是「間に合わなかった／沒趕上」的意思。

track 4-32

日文・中文解題

» テストが終わった人に対して言うのは、３。

*1 「やっと」は、待っていた状況になって嬉しい気持ち。

*2 「～しないで済む」も「～しなくていい」というほっとした気持ちを表している。

» 對考試結束的人說的話是選項３。

*1 「やっと」用在期待的狀況終於來臨時，表達開心的心情。

*2 「～しないで済む／不必～」和「～しなくていい／不做～也沒關係」都表達放心的心情。

第 31 題

日文對話與翻譯

答案：**1**

メモ

F：せっかく*夕(ゆう)ご飯(はん)作(つく)ったのに。

M：1　ごめん。食(た)べてきたんだ。

2　うん。急(いそ)いで作(つく)って。

3　もっとたくさん作(つく)って。

譯 F：我都已經做好晚飯了耶*。

M：1　我已經吃過了，真對不起。

2　好，請趕快做。

3　請做更多。

單字 **せっかく**（特意）

第 32 題

日文對話與翻譯

答案：**2**

メモ

M：あれ、教室(きょうしつ)の電気(でんき)、いつのまにか*消(き)えてる。

F：1　すみません、すぐ消(け)します。

2　さっき、私(わたし)が消(け)しました。

3　あとで、消(け)します。

譯 M：咦，教室的電燈不知道什麼時候*關了。

F：1　不好意思，我馬上關掉。

2　是我剛才關掉的。

3　我等一下再關。

單字 **いつのまにか**（不知道什麼時候）

track 4-33

日文・中文解題

» わざわざあなたのために～したのに、という残念な気持ち。

» 2「夕ご飯、食べるの？」と聞かれたとき。

» 3「夕ご飯、これで足りる？」と聞かれたとき。

*「せっかく」は、努力が無駄になって残念だという気持ちを言う。例・せっかく調べたのに、この資料は古くて参考にならなかった。

» 題目表達了“明明特地為你做了～”的遺憾心情。

» 選項2是當對方問「夕ご飯、食べるの？／要吃晚餐嗎？」時的回答。

» 選項3是當對方問「夕ご飯、これで足りる？／晚餐這些夠嗎？」時的回答。

*「せっかく／好不容易」表達努力白費了的遺憾心情。例句：好不容易調查了一遍，但這份資料太舊了，沒有參考價值。

track 4-34

日文・中文解題

» 電気が知らないうちに消えていて、驚いている状況。

» 1と3は、今電気がついている。

*「いつの間にか」は、気がつかない間に、知らないうちに、という意味。

» 這題的狀況是電燈在不知不覺間熄了，男士嚇了一跳。

» 選項1和選項3，現在電燈都還開著。

*「いつの間にか／不知道什麼時候」是“在沒注意到的時候、不知不覺間”的意思。

第 33 題

日文對話與翻譯

答案：**1**

メモ

M：明日(あした)はいよいよ合格発表(ごうかくはっぴょう)ですね。

F：1　はい。どきどき*します。

2　はい。10 時(じ)でした。

3　はい。いいです。

M：明天終於要公布成績了呢。

F：1　對，好緊張*哦。

2　對，是 10 點。

3　對，很好。

單字 **いよいよ**（終於）

解題攻略特搜！

把祕技都記下來

track 4-35

日文・中文解題

»「どきどき」は心臓が速く動く様子を表す擬音語。

*「どきどき」の例・手紙を開けるときは、どきどきして、手が震えました。

»「どきどき／噗通噗通」是表示心臟快速跳動的樣子的擬聲語。

*「どきどき／噗通噗通」的例句：展開信紙時，緊張的手不斷顫抖。

N2 聽力模擬考題 問題5

総合理解

track 5-1

共9題

錯題數：＿＿＿＿＿＿

問題5では、長めの話を聞きます。この問題には練習はありません。
メモをとってもかまいません。

1番、2番

問題用紙に何も印刷されていません。まず話を聞いてください。それから、質問とせんたくしを聞いて、1から4の中から、最もよいものを一つ選んでください。

1番

track 5-2

- メモ -

答え
①②③④

2番

track 5-3

- メモ -

答え
①②③④

3番

track 5-4

まず話を聞いてください。それから、二つの質問を聞いて、それぞれ問題用紙の１から４の中から、最もよいものを一つ選んでください。

3番

track 5-5

質問 1

1　サッカー選手
2　医者
3　歌手
4　教師

答え
①②③④

質問 2

1　医者
2　歌手
3　建築の仕事
4　教師

答え
①②③④

5 もんだい　翻譯與解題　第1題

問題用紙に何も印刷されていません。まず話を聞いてください。それから、質問とせんたくしを聞いて、1から4の中から、最もよいものを一つ選んでください。

日文解題 ／ 日文對話與問題

電話で女の人と店員が話しています。

F：プリンターが急に印刷できなくなってしまったんです。いろいろやってみたんですけど。

M：そうですか。1回見てみないとなんとも言えないので、こちらに持ってきて頂くことはできますか①。

F：持っていくのは難しいですね②。大きいし重いので。修理に来ていただくか、取りに来てもらうことはできませんか。

M：はい、両方とも可能ですが、修理に伺う場合は、出張代が別に5000円かかります。ご依頼のあったお宅から順番に伺っていますので、数日お待ちいただきますが③。

F：時間がかかるんですね。

M：宅配便で送られてはどうですか。宅配便も業者が家まで取りに来てくれますし、箱の用意もありますし。

F：うーん、でも、まあ、なんとか運びます。すぐに見てほしいので④。

女の人は、どうすることにしましたか。

1 修理を頼まないことにした

2 店にプリンターを持っていく

3 家まで修理に来てもらう

4 宅急便で店にプリンターを送る

關鍵句 ①②
プリンターをお店に持って行くのは難しい。

關鍵句 ③
修理に来てもらう場合は数日待つことになる。

關鍵句 ④
すぐに見てほしいので運ぶことにする。

「運ぶ」というのは、自分でお店に持っていくという意味。

單字 プリンター【printer】（印表機）　**印刷**（印刷）　**修理**（修理）　**依頼**（委託）

答案卷上沒有印任何圖片和文字。請先聽完對話，再聽問題和選項，從選項 1 到 4 當中，選出最佳答案。

對話與問題中譯 **答案：2**

電話中，女士和店員正在談話。

F：印表機忽然不能列印了。我嘗試了各種方法，還是沒辦法啟動。

M：這樣嗎？但是沒有檢查印表機就無法判斷是什麼問題，可以請您將印表機帶過來嗎？

F：帶過去有點困難耶，實在太大又太重了。可以請你們過來修理，或是來把印表機搬去維修嗎？

M：可以，兩種方式都可以。如果需要我們過去維修，則需另外支付車馬費 5000 圓。我們會按照收件的順序到府維修，需要麻煩您等幾天。

F：要那麼久哦。

M：或者可以請快遞公司代為送修。快遞業者會到府取件，也會備好搬運用的箱子。

F：嗯，不過……，沒關係，我想辦法搬過去好了。我希望可以馬上維修。

請問女士決定怎麼做？

1　決定不維修了
2　把印表機搬去店家
3　申請到府維修
4　請快遞公司把印表機送到店家

解題中譯

關鍵句 ①②
要把印表機帶去店裡有點困難。

關鍵句 ③
如果要到府維修需要等待幾天。

關鍵句 ④
女士希望可以馬上維修，所以決定想辦法搬過去。

「運ぶ／搬運」是自己帶去店裡的意思。

再聽一次對話吧！ track 5-2

宅配便（たくはいびん）（快遞）

日文對話與問題

学生3人が、夏休みの旅行について話しています。

M：せっかく車を借りられるんだったら、山でキャンプも楽しいと思うよ①。朝早く行って、場所とって。

F1：いいね。山なら食事は川で魚を釣って焼くのはどう？

F2：楽しいとは思うけど、いろいろ持っていくのは大変だよ。私は海の方がいいなあ②。海岸でのんびりしたいから。

M：まあ、キャンプだとのんびりって感じじゃないね。じゃあ牧場なんてどうかな③。

F2：私は、のんびりできればどこでもいいよ。でも、牧場で何をするの？

M：ちょっとまって。…ほら、これ、その牧場のホームページなんだけど、プールもあるんだ。馬に乗ったり、アイスクリームを作って食べたりもできるよ。羊やうさぎも。ほら。かわいいよ。

F1：うーん、私は動物がちょっと…*。魚釣りは好きなんだけどね④。

M：そうか。じゃみんな楽しめる所に行こう。僕も泳ぎたいし⑤。

3人はどこへ行くことにしましたか。

1　山　　2　川

3　海　　4　牧場

日文解題

關鍵句①
男の学生が、山でキャンプと言う。

關鍵句②
女の学生（F2）は海の方がいいと言う。

關鍵句③
男の学生が、牧場はどうかと言う。

關鍵句④
もう一人の女の学生（F1）が動物は苦手、魚釣りは好きだと言う。

關鍵句⑤
男の学生が、僕も泳ぎたいと言う。

選項
みんなの楽しめるところは、3の海。

*「私は動物がちょっと…」は「動物があまり好きではない」「動物が苦手」という意味。

單字　**キャンプ【camp】**（露營）　**海岸**（海岸）　**牧場**（牧場）　**魚釣り**（釣魚）

對話與問題中譯 **答案：3**

3名學生正在討論暑假的旅行。

M：既然租了車，我覺得去山上露營也很好玩哦。早上早一點出發去搶位子。

F1：不錯耶。如果去山上，午餐就在河邊把釣上來的魚烤來吃，好不好？

F2：好玩是好玩，可是要帶很多東西去，很累人耶。我覺得去海邊比較好。我想在海邊放空。

M：也對啦，露營似乎沒辦法放空。那麼，去牧場好嗎？

F2：我只要能放空，去哪裡好。不過，去牧場能做什麼？

M：等我搜尋一下哦。……妳們看，這是那家牧場的官網，那裡也有游泳池喔。可以騎馬，還可以享用自己親手做的冰淇淋哦！而且還有羊和兔子耶。妳們看！好可愛喔。

F1：呃……我對動物有點……*。我還是比較喜歡釣魚。

M：這樣喔。那就去大家都想去的地方吧！反正我也想游泳。

請問三人最後決定去哪裡？

1 山上
2 河邊
3 海邊
4 牧場

解題中譯

關鍵句 ①
男學生提議去山上露營。

關鍵句 ②
女學生（F2）回答去海邊比較好。

關鍵句 ③
男學生又提議“去牧場好嗎”。

關鍵句 ④
另一位女學生（F1）提到她不喜歡動物，喜歡釣魚。

關鍵句 ⑤
男學生接著說“我也想游泳”。

選項
綜上所述，大家都想去的地方是選項3海邊。

再聽一次對話吧！ track 5-3

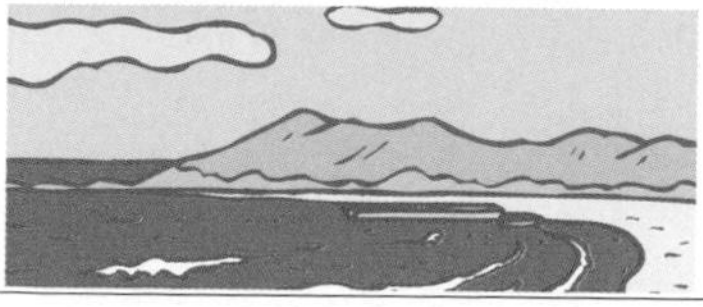

*「私は動物がちょっと…／我對動物有點…」是「動物があまり好きではない／我不太喜歡動物」、「動物が苦手／我害怕動物」的意思。

5 もんだい　翻譯與解題　第３題

まず話を聞いてください。それから、二つの質問を聞いて、それぞれ問題用紙の１から４の中から、最もよいものを一つ選んでください。

日文對話

テレビで、ある調査の結果について話しています。

M：子どもたちの夢が変わってきています。「両親と同じ仕事をしたいと思うか」という質問に、多くの子どもが「どちらの親の仕事もしたくない」と答えました。「したい」という回答は３割でした。「親と異なる仕事に就きたい」と答えた子どもの理由で最も多かったのは「やりたい仕事がきまっているから」でしたが、他に、「忙しそうだから」や「お金が稼げなさそうだから」などという答えもありました。人気のある仕事は、男の子の１位がサッカー選手①、……→ 關鍵句 女の子の１位はケーキ屋さんでした。

M1：僕も同じだ②！おねえちゃんは歌手になりたいんだって。……→ 關鍵句 ねえ、お父さんはどうだった。

M2：子どもの頃はよくおじいちゃんの病院に行っていて、医者になりたいって思ったよ。忙しそうで、あんまり給料も高くなかったけどね。

M1：ふうん。お母さんはどうだった。

F：お母さんも歌手がいいと思ってたな。私はおばあちゃんと同じ仕事をしたいとは思わなかった。だっておばあちゃん、忙しそうだったから。

M1：ええっ！それなのに、なんで？

F：何でかなあ。まあ、かっこいいとは思ってたけどね。子……→ 關鍵句 どもも、教えることも好きだったから③。

M2：僕は、建築の仕事は好きだけど夢をかなえられなかったことはやっぱりくやしいな。おまえは、絶対に夢をかなえろよ。

M1：うん！

請先聽完對話，接著聆聽兩道問題，並分別從答案卷上的選項１到４當中，選出最佳答案。

對話中譯

男士正在電視節目上說明某項調查的結果。

M：兒童的夢想正逐漸改變。當詢問「你們想和爸媽做同樣的工作嗎？」，多數兒童回答的是「我既不想做爸爸那種工作，也不想做媽媽那種工作」，而回答「我想」的兒童只佔３成。如果進一步詢問那些回答「我想做和爸爸媽媽都不一樣的工作」的兒童為什麼，佔比最多的答案是「因為我已經決定要做什麼工作了」，其他答案例如「因為爸爸媽媽的工作好像很忙」以及「因為好像賺不到錢」。男孩最喜歡的工作是足球選手，女孩則是蛋糕店老闆。

M1：我也一樣！姐姐說她想當歌手。爸爸小時候想當什麼？

M2：我小時候常去爺爺的醫院，那時想當醫生。雖然工作好像很忙，薪水也不太高。

M1：這樣喔。那媽媽小時候呢？

F：媽媽小時候也覺得當歌手好像很好哦！我那時也不想和奶奶做同樣的工作，因為奶奶好像也很忙。

M1：真的嗎！既然不想，那為什麼現在又做一樣的工作？

F：我也不知道為什麼耶。嗯……就覺得這份工作很棒吧。而且我喜歡小朋友，也喜歡教書。

M2：我雖然喜歡建築工作，卻沒能實現夢想，現在想想還是覺得很可惜啊。你一定要實現你的夢想哦！

M1：嗯！

再聽一次對話吧！ track 5-5

日文題目與翻譯

答案：**1**

メモ

質問1

息子は、どんな仕事がしたいと言っていますか。

1 サッカー選手　**2** 医者
3 歌手　**4** 教師

提問1

兒子說自己想從事什麼工作呢？

1 足球選手　2 醫生
3 歌手　4 教師

日文題目與翻譯

答案：**4**

メモ

質問2

母親はどんな仕事をしていますか。

1 医者　**2** 歌手
3 建築の仕事　**4** 教師

提問2

媽媽目前從事什麼工作呢？

1 醫生　2 歌手
3 建築的工作　4 教師

單字 **異なる**（不同）　**稼ぐ**（賺錢）　**建築**（建築）

日文・中文解題

①テレビの「男の子の１位がサッカー選手」に対して、②「僕も同じだ」と言っている。

①對於電視節目提到「男の子の１位がサッカー選手／男孩最喜歡的工作是足球選手」，兒子說「僕も同じだ／我也一樣」。

日文・中文解題

③「子どもも、教えることも…」ということばから分かる。

③從「子どもも、教えることも…／我喜歡小朋友，也喜歡教書」這句話可知正確答案是選項４。

4番、5番

track 5-6

問題用紙に何も印刷されていません。まず話を聞いてください。それから、質問とせんたくしを聞いて、１から４の中から、最もよいものを一つ選んでください。

4番

track 5-7

- メモ -

答え

①②③④

5番

track 5-8

- メモ -

答え

①②③④

6番

track 5-9

まず話を聞いてください。それから、二つの質問を聞いて、それぞれ問題用紙の１から４の中から、最もよいものを一つ選んでください。

6番

track 5-10

質問 1

1 お酒とたばこ
2 競馬
3 インターネット
4 わからない

答え
①②③④

質問 2

1 お酒とたばこ
2 競馬
3 インターネット
4 わからない

答え
①②③④

5 もんだい　翻譯與解題　第4題

問題用紙に何も印刷されていません。まず話を聞いてください。それから、質問とせんたくしを聞いて、1から4の中から、最もよいものを一つ選んでください。

日文解題	日文對話與問題
	携帯電話の店で、販売員と学生が話しています。
	M：いらっしゃいませ。
	F：携帯電話の契約をしたいのですが、留学生はどんな手続きが必要ですか。
	M：ありがとうございます。もうご住所は決まっていますか。
	F：アパートは決まっています。ここのすぐ近くです。でも、まだ大学の学生証がありません。
關鍵句① パスポートと在留カードがあればいい。	M：**パスポートと在留カードがあれば、他の書類は結構です**①。住所が決まっていて、在留カードが届いていれば大丈夫です。在留カードはお持ちですか。
關鍵句② まだ在留カードを受け取っていない。	F：実は、今日日本についたばかりで、まだアパートには行っていないんです。だから、だめですね。**パスポートはあるんですが、まず在留カードを届けてもらわなければいけないわけですね**②。わかりました。
	M：申し訳ありません。またお待ちしておりますので、ぜひよろしくお願いいたします。
選項 1 パスポートと在留カードがあればいいと言っている。 2 アパートは決まっている。 4 在留カードがないので、今はできない。	留学生はこれからどうしますか。 1　大学に行って学生証をもらう 2　アパートをみつける 3　在留カードが届くのを待つ 4　すぐに携帯の申し込みをする

單字 契約（契約）　住所（住處）　学生証（學生證）　パスポート【passport】（護照）

答案卷上沒有印任何圖片和文字。請先聽完對話，再聽問題和選項，從選項1到4當中，選出最佳答案。

對話與問題中譯 **答案：3**

銷售員和學生正在手機行裡談話。

M：歡迎光臨。

F：我想辦一支手機，請問留學生需要準備什麼？

M：謝謝您選擇本店。請問已經有固定的住處嗎？

F：公寓已經租好了，就在這附近。不過，我還沒領到大學學生證。

M：只要有護照和居留證，就不需要其他文件了。有固定的住處能收到居留證就可以了。請問您居留證帶來了嗎？

F：其實我今天才剛到日本，還沒去過公寓，所以沒辦法提供居留證。護照倒是有，但我必須先拿到居留證才可以吧？好，我知道了。

M：非常抱歉。期待您再度光臨，務必讓我們為您服務。

請問留學生接下來要做什麼呢？

1　去大學拿學生證　　2　找尋公寓

3　等待居留證送到　　4　馬上辦一支手機

解題中譯

關鍵句 ①

只要有護照和居留證就可以了。

關鍵句 ②

還沒拿到居留證。

選項

選項1，銷售員提到只要有護照和居留證就可以了。

選項2，學生說公寓已經租好了。

選項4，因為現在沒有居留證，所以現在無法申辦。

再聽一次對話吧！ track 5-7

在留(ざいりゅう)カード【在留 card】(居留證)

日文解題	日文對話與問題
メモをとる。	バドミントン部の学生３人が話しています。

F1：体育館の工事中、練習はどうしようか。

M：２週間だよね。駅前の市立体育館を借りられるらしいんだけど、予約が今からだと、かなり日にちが限られそうだなあ。

F2：私、一応、月火木金を予約しておいたよ。ただ学生ホールが使えるから、そっちも使わせてもらおうよ。週の前半は市立体育館にして。

M：ああ、助かったよ。そうだね。毎回あの体育館まで行くのは時間がもったいない。

關鍵句 ①

市立体育館：月・火。学生ホール：木・金。

F2：じゃ、月火が体育館で、木金が学生ホールでいい①？

M：いいんだけど、木曜はコーチが来るから、体育館の方がいいんじゃない。

關鍵句 ②

火曜と木曜を逆にする。

F1：うん。そうしよう。火曜と木曜は逆にしよう②。

F2：了解。じゃ、使わない曜日はキャンセルしとくね。

学校の体育館が工事の間、市立体育館を使うのは、何曜日と何曜日ですか。

1　月曜日と火曜日
2　月曜日と木曜日
3　火曜日と木曜日
4　火曜日と金曜日

單字 バドミントン【badminton】（羽毛球）　体育館（體育館）　工事（施工，工程）　キャンセル【cancel】（取消）

對話與問題中譯 **答案：2**

羽球社的３名學生正在談話。

F1：體育館正在整修，練習要怎麼辦？

M：整整兩個星期耶。車站前的市立體育館好像可以外借，但現在才登記的話，能借到的時間相當有限啊。

F2：我已經把星期一、二、四、五的時段先登記下來了。不過禮堂也可以借用，所以也去登記那邊的場地吧。每週一、二到市立體育館練習。

M：哦，真是幫大忙了！說得也是，每次去那個體育館一趟也很浪費時間。

F2：那麼，星期一、二去體育館，星期四、五就在禮堂，這樣可以嗎？

M：可以是可以，但星期四教練會來，是不是去體育館比較好？

F1：嗯，就這麼辦，把星期二和星期四對調吧！

F2：了解！那麼，我先把不需要的日期取消囉。

請問學校體育館施工期間，在星期幾和星期幾需要借用市立體育館呢？

1　星期一和星期二　　2　星期一和星期四
3　星期二和星期四　　4　星期二和星期五

解題中譯

請邊聽邊作筆記。

關鍵句①

市立體育館：星期一、星期二。禮堂：星期四、星期五。

關鍵句②

星期二和星期四對調。

再聽一次對話吧！ track 5-8

ホール【hall】（禮堂）　前半（ぜんはん）（前半，上半）　コーチ【coach】（教練）　逆（ぎゃく）（相反）

翻譯與解題 第6題

まず話を聞いてください。それから、二つの質問を聞いて、それぞれ問題用紙の１から４の中から、最もよいものを一つ選んでください。

日文對話

ラジオで、社会人の楽しみについて話しています。

M1：先日のアンケート調査によると、最近の20代男性にはお酒、タバコ、競馬などのギャンブルをしない人が増えてきているようです。30～50代では「どれもやらない」と答えた人が24.6％だったのに対し、20代では44.3％でした。この結果に対して、「どれも、体に悪かったりやめられなくなったりするものだから、とてもいい変化だ」と言う声がある一方、「単に、お金がないからで、余裕がなくなっているからだ」という人もいるようです。また、その代わりにアニメ、インターネット、SNSといった楽しみに夢中になる人が増えてきています。

M2：会社の宴会でお酒が飲めないとけっこうつらいから、僕にとってはいいニュースだな。どれも体にも悪いし、家族を不幸にするし、減ってもいいんじゃない。

F：私は、ちょっと怖い気がするんだよね。たとえば、タバコを吸う人やお酒を飲む人が差別的な目で見られるようになるのかな、とか。タバコは嫌いだからいいけど、お酒は別に嫌いじゃないし、飲む人が減っているというのは、余裕がなくなってきているようで喜んでばかりもいられない気がする。

M2：ふうん。僕は、どれも苦手だし、ネットさえあれば満足だからなあ。①　……＞ 關鍵句

F：ああ、それそれ。今増えている、新しい、やめられなくなる楽しみだよね。これもそのうちに、若い人たちの間では減って来た、と言われる時代が来るかもね。

M2：ううん、まあ、そうかもね。

請先聽完對話，接著聆聽兩道問題，並分別從答案卷上的選項1到4當中，選出最佳答案。

對話中譯

廣播節目裡正在談論有關社會人士的娛樂。

M1：根據前一陣子做的問卷調查，最近20幾歲的男性不菸不酒、也不參與賽馬等賭博活動的人似乎增加了。相較於30到50幾歲年齡層回答「以上活動均不參與」的人佔24.6%，20歲年齡層回答相同答案的人則佔44.3%。對於這個結果，有人認為「這些活動，不是有害健康就是容易上癮，所以這是一個很好的趨勢」；然而另一方面，也有人認為「純粹是因為沒有錢所以無法參與這些活動」。此外，取而代之的是有愈來愈多人熱衷於看動漫、上網和玩社群網站這類型的娛樂。

M2：在公司的應酬場合上如果不喝酒就會遭到排擠，所以這對我來說真是一項好消息。這些所謂的娛樂不僅對身體有害，還會造成家庭破裂，愈來愈少不是很好嗎？

F：我倒是對這種變化覺得有點害怕呢。我的意思是，吸菸或喝酒的人會不會受到歧視的眼光之類的。我討厭菸味，所以對這部分沒什麼意見，但是我並不討厭喝酒，而且如果喝酒的人愈來愈少，似乎連喝個酒都變得讓人不自在了，因此這樣的趨勢恐怕不全然是好事。

M2：是嗎？……反正那些我都沒興趣，我只要能上網就心滿意足了。

F：哦對，就是那個！那就是現在愈來愈多人上癮的新興娛樂吧！照這樣看來，說不定「年輕人之間的關係逐漸淡薄」的時代遲早會來臨呢。

M2：嗯……這個嘛，也許是吧。

再聽一次對話吧！ track 5-10

日文題目與翻譯

答案：**3**

メモ

質問1

この男の人の楽しみは何ですか。

1 お酒とたばこ　**2** 競馬

3 インターネット　**4** わからない

提問1

請問這位男士的喜好是什麼？

1 酒和菸　2 賽馬

3 網路　4 無法得知

日文題目與翻譯

答案：**4**

メモ

質問2

この女の人の楽しみは何ですか。

1 お酒とたばこ　**2** 競馬

3 インターネット　**4** わからない

提問2

請問這位女士的喜好是什麼？

1 酒和菸　2 賽馬

3 網路　4 無法得知

單字 **社会人**（社會人士）　**アンケート【（法）enquete】**（意見調查）　**競馬**（賽馬）　**宴会**（宴會）　**不幸**（不幸）　**別に**（並〈不〉特別～）　**そのうちに**（眼看就要～）

日文・中文解題

①男の人は、ネットさえあれば満足だと言っている。

①男士提到他只要能上網就心滿意足了。

日文・中文解題

タバコは嫌い、お酒は嫌いじゃない、と言っているが、特に自分の楽しみのことは話していない。

雖然女士提到她討厭菸味、不討厭喝酒，但並沒有特別提到自己的喜好。

ギャンブル【gamble】（賭博）　**単に**（只）　**余裕**（從容）　**その代わりに**（作為替代）

7番、8番

track 5-11

問題用紙に何も印刷されていません。まず話を聞いてください。それから、質問とせんたくしを聞いて、１から４の中から、最もよいものを一つ選んでください。

7番

track 5-12

- メモ -

答え

①②③④

8番

track 5-13

- メモ -

答え

①②③④

9番

track 5-14

まず話を聞いてください。それから、二つの質問を聞いて、それぞれ問題用紙の１から４の中から、最もよいものを一つ選んでください。

9番

track 5-15

質問 1

1 仕事の進め方について
2 節約について
3 健康について
4 よい人間関係の作り方について

答え
①②③④

質問 2

1 １番目の話題
2 ２番目の話題
3 ３番目の話題
4 ４番目の話題

答え
①②③④

問題用紙に何も印刷されていません。まず話を聞いてください。それから、質問とせんたくしを聞いて、1から4の中から、最もよいものを一つ選んでください。

日文解題	日文對話與問題
メモをとる。	電気店で、販売員と男の人が話しています。 F：どんなテレビをお探しでしょうか。 M：あまり大きいのではなくて、薄型のがいいんです。録画ができた方がいいです。
關鍵句① 1番：録画○、ネット○、値段×、画面×	F：そうしますと、こちらの1番と2番のタイプですね。1番のタイプは録画はもちろん、インターネット機能がついています①。
關鍵句② 2番：録画○、ネット×、画面○	2番のテレビは録画はできるんですが、ゲームやインターネットはできません②。その分、お安くなっています。 M：インターネットが使えたら便利だなあ。だけど、高いし、ちょっと画面が…2番の方が見やすいね。
關鍵句③ 3番：録画△、(画面小さい)	F：はい。このもう一回り小さいのが3番なんですが、これはテレビでの録画はできないんですが、パソコンにつなげればできるようになっています③。
關鍵句④⑤ 4番：録画△、大きさ○	M：それだとパソコンを近くに持って来ないといけないし…4番もできないんですか？これは大きさがちょうどいいんだけど④。 F：こちらも、パソコンにつなげる形ですね⑤。
關鍵句⑥ 「ビデオがついてるのがいい」とあるので、録画機能のついた2番のテレビを買う。	M：そうか。じゃ、やっぱり他のことはできなくてもいいけど、ビデオがついているのがいいから…⑥。これにします。 男の人はどのテレビを買いますか。 **1**　1番のテレビ　**2**　2番のテレビ **3**　3番のテレビ　**4**　4番のテレビ

單字 **録画**（錄影）　**機能**（功能）　**つなぐ**（連接上）

答案卷上沒有印任何圖片和文字。請先聽完對話，再聽問題和選項，從選項1到4當中，選出最佳答案。

對話與問題中譯 **答案：2**

銷售員和男士正在電器行裡交談。

F：請問您在找哪種電視機呢？

M：我想要輕薄的機型，不要太大。最好是附錄影功能。

F：這樣的話，就是這裡的1號和2號機型了。1號機型不僅可以錄影，還附有上網功能。2號機型雖然也可以錄影，但是無法打電玩和上網，所以也比較便宜。

M：可以上網真方便，但是好貴，而且它的螢幕……，2號的畫面看起來比較清晰。

F：是的。尺寸再小1號的是3號機型，雖然這台無法直接在電視上操作錄影，不過只要連接電腦就可以了。

M：這樣一來就得把電腦搬到電視旁邊才行了……，4號也不能嗎？這台大小剛剛好。

F：這台也是必須連接電腦的機型。

M：這樣啊。那麼，其他的功能不需要，只要能錄影就好了……。就選這台吧！

請問男士購買了哪一台電視機呢？

1　1號電視機　　2　2號電視機
3　3號電視機　　4　4號電視機

再聽一次對話吧！ track 5-12

解題中譯

請邊聽邊作筆記。

關鍵句 ①

1號電視機：錄影○、網路○、價格×、畫面×

關鍵句 ②

2號電視機：錄影○、網路×、畫面○

關鍵句 ③

3號電視機：錄影△、（畫面小）

關鍵句 ④⑤

4號電視機：錄影△、畫面大○

關鍵句 ⑥

男士說「ビデオがついてるのがいい／只要能錄影就好了」，因此男士買的是有錄影功能的2號電視機。

日文對話與問題

会社のスポーツ大会について社員が相談しています。

F1：スポーツならなんでもいいんですよね。だったら、テニス大会はどうですか。チームに分れて。

M2：個人的には賛成なんだけど、できない人や、やったことのない人もいるから、なるべくみんなが参加できるのがいいよ。

F2：じゃあ、バレーとか、バスケット？

M1：そうだね。あと、バドミントンとかね。

F1：いいけど、すごく上手な人と、苦手な人と一緒にやるとなると、危なくないですか。新人社員は結構熱くなりそうだし。

M1：そうだなあ…じゃ、野球は①？

F1：ああ、人数はそれがちょうどいいかも②。ただ、道具はどうしますか③？

F2：そうですよね。ボールとか、あと靴もけっこう大事ですよ。

M1：それは僕にまかせてよ。スポーツ用品を借りられるところなら心当たりがあるんだ④。

F1：あとは、場所ですね⑤。

M1：うん、そっちもさがしてみるよ⑥。

どんなスポーツをすることになりましたか。

1 テニス　2 バレー
3 野球　4 バドミントン

日文解題

關鍵句 ①②

野球は人数がちょうどいい。

關鍵句 ③④

道具は借りられる。

關鍵句 ⑤⑥

場所も探してみる。

選項

1 できない人がいる。
2 危ない。
4 危ない。

單字 チーム【team】（隊伍）　個人的（個人的）　賛成（贊成）
バドミントン【badminton】（羽毛球）　用品（用品）　心当たり（線索）

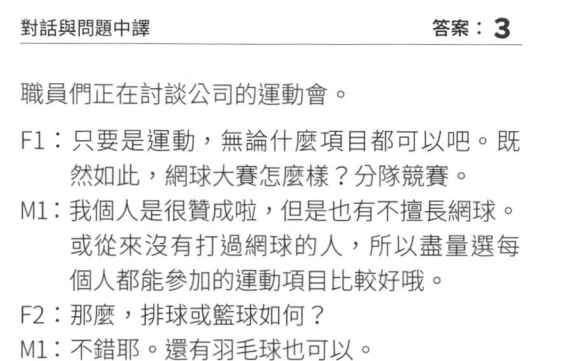

對話與問題中譯 **答案：3**

職員們正在討談公司的運動會。

F1：只要是運動，無論什麼項目都可以吧。既然如此，網球大賽怎麼樣？分隊競賽。
M1：我個人是很贊成啦，但是也有不擅長網球。或從來沒有打過網球的人，所以盡量選每個人都能參加的運動項目比較好哦。
F2：那麼，排球或籃球如何？
M1：不錯耶。還有羽毛球也可以。
F1：這些提議雖然好，但讓高手和生手一起比賽，會不會有點危險？新進職員好像非常熱血哦。
M1：也對……。那，棒球呢？
F1：哦，棒球的話，人數說不定剛剛好。但是器材怎麼辦？
F2：對耶，不只要準備球，還有鞋子也很重要。
M1：這個就交給我吧！我知道哪裡可以租借體育用品。
F1：接下來就剩比賽地點了。
M1：嗯，我也會幫忙找一找。

請問最後決定比賽哪種運動項目？

1 網球　　2 排球
3 棒球　　4 羽毛球

再聽一次對話吧！ track 5-13

解題中譯

關鍵句 ①②
對話中提到棒球的人數剛剛好。

關鍵句 ③④
對話中提到體育用品可以用租借的。

關鍵句 ⑤⑥
對話中提到要找看看比賽地點。

選項
選項 1，有不擅長網球的職員。
選項 2，對話中提到有點危險。
選項 4，對話中提到有點危險。

バレー【volleyball 之略】（排球）　**バスケット【basketball 之略】**（籃球）

5 もんだい　翻譯與解題　第9題

まず話を聞いてください。それから、二つの質問を聞いて、それぞれ問題用紙の1から4の中から、最もよいものを一つ選んでください。

日文對話

テレビで、ある会社の社長がスピーチをしています。

M1：大切なことを4つお話しします。まず1番目に、忙しい人ほど毎日、予定を立てる時間をしっかりとる①べき*1です。会社員だけでなく、学生にも、主婦にもこれは言えることかもしれません。朝起きた時に、その日1日にすることが決まっていれば、まず迷う時間を減らせます。2番目に、忙しい人ほどすべき*2なのがしっかり食事をする、ということです②。食べれば元気にもなりますし、この時間を利用して今日はまだこれができていないから、このあとはこんなふうにしよう、と予定を修正するわけです。3番目に、たくさん仕事がある時は、特に締め切りがないなら、時間のかかる方ではなく、さっと終わる方から片づけます③。その方が、自分でも満足感がありますし、評価も感謝もされます。ただ、もちろん、全部やらないといけませんよ。そして最後、4番目に、捨てる、ということです④。この仕事は必要がない、と早めに判断する。もしかしたらこれが最もむずかしいことかもしれませんね。

M2：なるほどね。会社ではその日あったことを報告しているけれど、翌日の予定はそんなに丁寧には立ててないね⑤。

F：私は、いつも決まったことしかしないからなあ。明日も、朝ごはんを作って、掃除して、洗濯して、パートに行って、買い物して、夕ご飯を作るだけだし。

M2：だけどさ、もし、例えばちょっと珍しい料理をする場合は、いつもと違う店に行くわけでしょう。その近くにある店に用事があれば、その準備をするよね。

（關鍵句）（關鍵句）（關鍵句）（關鍵句）（關鍵句）

請先聽完對話，接著聆聽兩道問題，並分別從答案卷上的選項1到4當中，選出最佳答案。

F：そうね。お菓子の材料を買いに行くついでに不用品をリサイクルショップに持って行ったり。そうそう、あなたの机にもいらないものがいろいろ入ってるみたいだし、明日持って行こうか？

M2：いや、お菓子だけでいいよ。明日はまず、お菓子を作ってよ。

F：はいはい、わかった。とにかく、私も予定を立ててみる⑥。 …> 關鍵句

對話中譯

某家公司的總經理正在電視節目中演講。

M1：我要分享4件重要的事。第1件事，越是忙碌的人，每天更應該*1撥出一段時間好好訂計畫。不只是公司職員，我認為包括學生和家庭主婦都必須這麼做。如果在早上起床後決定好這一天要做的事，就能減少猶豫的時間。第2件事，越是忙碌的人，更應該*2好好吃飯。吃了飯就會有精神，而且還可以利用吃飯的時間確認有什麼事情還沒做，也就可以趕緊調整計畫決定等一下應該怎麼做了。第3件事，有許多工作時，尤其是沒有截止期限的狀況，要先做的不是花時間的工作，而是能很快完成的工作。如此一來不但能獲得成就感，也會得到周圍的好評和感謝。不過，工作當然還是得全部完成哦。最後的第4件事，就是要懂得斷捨離，必須在很快判斷出這份工作可以放棄。也許，這正是最困難的一件事。

M2：原來如此。我們公司雖然要求報告每天的工作成果，但就沒有要求詳細制訂隔天的計畫了。

F：我每天都做一樣的事。明天也和今天一樣，做早餐、打掃、洗衣服、去做鐘點兼差、買菜，然後做晚餐。

M2：但是呢，像是如果要做比較特別的料理，就得去平常比較少去的店買菜，對不對？而且如果剛好也要到附近的店家辦事，還必須事先準備。

F：說得也是。像是去買點心的材料時，順便把用不到的東西帶去二手店。對了，你桌上好像也擺了很多用不到的東西，明天拿去賣吧？

M2：不，做點心就好了。明天的第一件事就是做點心給我們吃嘛。

F：好好好，我知道了。總而言之，我也來試著訂計畫吧。

日文題目與翻譯

答案：**1**

メモ

質問1

スピーチのテーマは次のうちのどれですか。

1 仕事の進め方について

2 節約について

3 健康について

4 よい人間関係の作り方について

提問1

以下何者是上述演講的題目？

1 工作的進行方法　　2 節約

3 健康　　4 如何營造良好的人際關係

日文題目與翻譯

答案：**1**

メモ

質問2

男の人と女の人は、スピーチの、何番目の話題について話をしていますか。

1 1番目の話題　　**2** 2番目の話題

3 3番目の話題　　**4** 4番目の話題

提問2

請問男士和女士正在討論演講中提到的第幾件事？

1 第1件事　　2 第2件事

3 第3件事　　4 第4件事

單字 **立てる**（制定）　**減らす**（減少）　**修正**（修正）　**締め切り**（截止日）　**捨てる**（拋棄）　**不用品**（不用的東西）　**リサイクルショップ【recycle shop】**（二手商店）

日文・中文解題

①１予定を立てる。

②２食事をとる。

③３早く終わる仕事からやる。

④４捨てる。

１～４はどれも、仕事が忙しいとき、また仕事を効率よく進めるために心がけるべきこと。

①第１件事，訂計畫。

②第２件事，好好吃飯。

③第３件事，從能很快完成的工作開始做。

④第４件事，斷捨離。

１到４的每一件事都是為了在工作忙碌時增加工作效率，而必須謹記在心的事。

日文・中文解題

⑤⑥予定を立てることについて話している。

＊1「動詞辞書形＋べきだ」は、～するのが当然だ、～した方がいい、という意味。

＊2「すべき」は例外。「するべき」と同じ。

⑤⑥兩人正在討論訂計畫這件事。

＊1「動詞辭書形＋べきだ／應該」是"做～是當然的、做～比較好"的意思。

＊2「すべき／應該」是「動詞辭書形＋べきだ／應該」的例外。和「するべき／應該」意思相同。

早めに（盡早）　**判断**（判斷）　**もしかしたら**（或許）　**翌日**（隔天）　**材料**（材料）

絕對合格 34

絕對合格 全攻略！

新制日檢N2必背必出聽力（25K）

——MP3 + 朗讀 qr-code

發行人　林德勝

著者　吉松由美・田中陽子・西村惠子
山田社日檢題庫小組

出版發行　山田社文化事業有限公司
地址　臺北市大安區安和路一段112巷17號7樓
電話　02-2755-7622　02-2755-7628
傳真　02-2700-1887

郵政劃撥　19867160號　大原文化事業有限公司

總經銷　聯合發行股份有限公司
地址　新北市新店區寶橋路235巷6弄6號2樓
電話　02-2917-8022
傳真　02-2915-6275

印刷　上鎰數位科技印刷有限公司

法律顧問　林長振法律事務所　林長振律師

定價　新台幣 369 元

初版　2022年 07 月

朗讀QR-code

© ISBN : 978-986-246-691-9

STS

山田社

STS

山田社

STS

山田社

STS

山田社